八个故事

袁凌 著

GUANGXI NORMAL UNIVERSITY PRESS

广西师范大学出版社

·桂林·

序

本集收入我近年所写小说。

大疫之年，迁居长安，往返京陕。屡遭隔离，常怀忧煎。世人困境，深有所感，背井离乡，孤独内卷，省漂北漂，身心不安。身边亲友，路上行人，有忽然辞世，有返乡躺平。有朝九晚九，有抑郁沉绵，有终身不婚，有亲情离间。其名自由，其实自受。其名福报，其实榨干。负此皮囊，奔波世间，一床一饭，已甚艰难。加之情感需求，精神负担，头顶星空，脚下泥潭。众生皆苦，岂为虚言。爱欲交织，人性本原。

偶成篇什，集为斯编。立此存照，凉热人间。

疫后癸卯春月于燕京十里堡

目　录

大杂院子弟

一

　　站在辩护人像半截橱柜一样的席位里，听到法官当庭宣判，邓节有些发蒙。一刹那像是回到了童年时候，天黑归家时大鹅丢了一只，面对爷爷劈头盖脸的斥骂，完全回不过神。

　　没有意料到的失败。代理这桩二审官司邓节信心很足，甲方证据都摆在那里，矿机没有按时交接，待在贵州北部的一条峡谷里，按照区块链世界的淘汰法则，在三年时间中慢慢变成一堆废铁。从一审到二审，租借方始终没有拿出什么像样的证据，只是不断地换律师，从一个知名的大所换成没听过的普通所，开庭前又换成一个只有三四个人的小所，和邓节挂靠的大所根本没法比较，没想到竟然是这个名不见经传的小所律师最终把邓节打败了，还是当庭宣判。法官完全支持租借方的证据和请求，不用支付任何赔偿，没有挖出来一个比特币，那堆山沟里的废铁是邓节客户唯一能到手的东西，如果愿意付出高昂的成本把它们运出来的话。租借方甚至一辆卡车都不用张罗，理由是他们提出过协助运输的需求，没有人搭理，证据是一份几年前的 QQ 聊天记录。

这份记录是复印的，显得油墨过重，比邓节从客户那里看到的凭空多出两行关键对话。邓节觉得，这样一份黑乎乎的复印件随便在哪个打字店里都能炮制，拿到法庭上出示简直是侮辱智商，但法官完全不顾他的质疑，认定这张证据真实有效。

没有法官的事先授意，租借方根本不会厚着有脸皮在法庭上掏出这么一份东西来，毕竟一审他们也没有拿出来过。退庭后邓节又问了自己的客户，客户保证说没有那样两行对话。邓节相信自己的客户，也相信自己的判断，但是输掉官司已经无可挽回了。

这是终审，理论上邓节还可以提出申诉。但是这么一桩说不上惊天动地的经济纠纷案件，高院有兴趣受理的机会很少。眼下看起来，邓节简直拿那张复印件，或者说是那个躲在复印件后面的徇私法官毫无办法了。

邓节觉得这是一件难以接受的事情。当律师以来，他从来没有这样信心十足却又一败涂地过，何况近期另有一个很有希望打赢的案子也败诉了。一个多月前接手这两个案子的时候，邓节信心满满，觉得律师生涯即将迎来高峰；现在却是一个趔趄出溜到谷底。

心情低沉地褪下了律师服，当事人还等在法院门前，他只能尴尬地说了几句申诉之类的话，客户脸上失望又怀疑的表情令他更郁闷，好不容易送走了客户，邓节没有心情去律所点卯，径直打了车回家。即使是站在法院门口等快车的那么几分钟，他也觉得难以忍受。

回到小区，进入楼道的时候，邓节的感觉都和从前不同了。楼道由于不像主城区的小区那样有门禁，成了小广告被驱逐后的发泄之地，从一层到四层自家的走廊，一直到门口，都贴满了密密麻麻黑乎乎的各种手机、QQ号码和"通通通""收驾照分""开锁、换气、修空调"字样，甚至还有"包小姐""迷药"，很多是用黑漆喷上去的，以往邓节没有太在意，这次一路走过去却觉得是在蚂蚁洞里穿行，自己不过是蜗居在北京南三环外的一只小蚂蚁。就算有一个自己的蜗居，那又怎样，房子是在西西名下的，是她在认识邓节之前买的，邓节不过算是拎包入住。有两次吵架的时候，西西也曾经让邓节"滚出我的房子"，这样的话和好后双方不再计较，但也不会完全被遗忘。

西西还在上班，工作单位是邓节以前待的律所。这是件好事，邓节正想安静地往沙发上一窝，他甚至都没有去操心家里的猫，平时这是回家的例行功课，要唤上两声屁股，胆怯的猫咪看清了没有客人，才会呜呜地从哪个角落里出来。

屁股来自大杂院，以前是妈妈饲养的流浪猫当中的一只，西西去时看上了，要了过来。它像所有的流浪猫一样血统不纯，身体是白色的，左眼眶却莫名地黑了一

大块　像是在娘肚子里被人揍了一拳。西西很心疼它，但有时邓节觉得自己没那么喜欢它。

譬如现在。他感觉这只猫在躲着他，就像他想躲开众人一样。窝在沙发上，开始是想怎么把案子扳过来，渐渐变成了怎么对付那位法官，举报，在微博或者微信上喊话什么的，后来又明白没有什么用，自己不是这路子的人。一向自认为是靠专业性打官司的，似乎比那些吃人情饭或者到处喊叫的同行都还要高明一点。现在这份自诩却在一张黑乎乎的复印件面前变成了讽刺。他又觉得外面从门厅到楼道墙上那些黑乎乎密麻麻的小广告都变成了一张张复印件，怎么揭也揭不下来，忽然又一起从墙上脱落下来，重重地打在他的脸上。

他感到手上缺点什么。并不是一件可以抵挡的东西，脸已经被打了。是一支烟。好久没有这种念头了，他曾经以为，这个念头永远不会再回来找自己。

家里没有烟，即使是以往最隐秘的藏匿点也没有。曾经他为了过一下瘾，买一包在外面抽掉一支后扔进垃圾桶，每两天一包，三个月前在业务最顺利的时候戒掉了，觉得再也不会感到需要瞒着西西在外面抽烟，然后小心翼翼处理掉手上可能的烟味，两个人的争吵也会减少很多。现在却是故态复萌。

正在犹豫要不要下楼一趟买烟，接到妈妈的电话，她送饺子过来快要到了，问家里有人没有。

邓节才想起来有饺子这回事情。上个月过中秋节，西西跟着自己回了一趟大杂院，那天母亲包了饺子，西西说馅儿剁得好，比她们东北的饺子要更好吃，母亲记住了这回事，说是趁哪天休息包好了送过来。她的保洁岗位两周才休息一天，今天趁休息日包了饺子送过来，怕儿媳妇推辞又没有事先告知。

如果母亲还没出门，邓节很想说你别过来了。他不知道现在的样子怎样见妈妈，还有将要下班回来的西西。在这失败的一天，同时面对自己生命中最重要的两个女人。但是母亲肯定已经上了公交车，她没有坐过北京的地铁，那个地下世界里的复杂规则让她头晕，尽管刚到北京的几年，她曾经跟着父亲在地铁站台摆过摊。平时她只需要在大杂院和798之间来回，以往去远些的地方摆路边摊都是搭乘爸爸的电三轮，车厢里堆着山一样高的小货，前座上挤着两个人，妈妈只能侧身坐在旁边一个很小的位置上，另一侧还有一个位置，邓节曾经跟父母一起坐过几次，那时年纪小还觉得兴奋，后来再也不肯了。母亲会坐到方庄下车，步行过来，越过南三环立交桥那个有些混乱的桥洞。这对于她来说，是出一趟远门，手上还有饺子的重量。

在等待母亲的时间里，邓节接到了西西的电话，问今天的案子怎么样。西西知道今天的开庭很重要，这是邓节第一次接比特圈的案子，为了进入这个圈子，邓节早就和西西各自购买了几个比特币，还曾经打算包下几台矿机。邓节不知道怎样回复她，又不能不回复，硬着头皮打了两个字：还好。幸好跟着可以说母亲送饺子的事，西西说，"哦，那好，我争取早些回来"。

西西在忙着筹办新办公室的事情，她除了偶尔接一两个案子，多数时间都是面对这些琐碎的事务。她在这方面很擅长，邓节觉得如果是自己，肯定在一团乱麻的人际关系和层出不穷的杂事面前疯掉了。但即使是西西，最近也常常抱怨在所里难做人。

等了一会儿母亲没到，邓节有些担心她拿不准单元楼的号数，几幢楼看上去长得一模一样。下楼去接母亲，等待当中没有忍住，去小卖部买了一盒烟，抽掉了一支，犹豫了一下，又很快地抽掉了第二支，才把其余的扔进了垃圾箱。他闻了闻自己手指上没有明显的烟味，仍旧站着等待，直到母亲偏瘦的身影出现。

母亲提着一个分层的竹屉子，看上去很小巧，大约是从卖旧货的老乡圈子里搞来的，因为手上的分量肩膀有些倾斜。邓节上前接了过来。两人并排走进楼道，邓节感觉母亲和自己身高的落差大了一些，她有些显驼了，邓节想可能是干着两份打扫卫生和捡烟头的活儿，需要低头的时候比从前卖地摊货多了很多。

第一次见到母亲在798捡烟头，邓节很难受。那天邓节和西西约着喝咖啡休闲，中途出去抽了一支烟，没想到在咖啡馆外边走道上见到了母亲，拿着一个铁夹子，正从地砖缝隙里夹出一个烟头。邓节有一阵子没去大杂院，不知道母亲停掉了在集贸市场里的鞋摊，改行干了保洁。

"妈，你怎么干这个？"

那天的太阳白晃晃的，无遮无挡落在母亲佝着的背部，母亲还戴着厚厚的劳保手套，落在地面上的需要拿手去捡。邓节觉得自己夹着香烟的手心冒了热汗，背上更像是有人的眼睛在盯着，热辣辣的无从躲避。母亲却平平淡淡地说这个活儿轻松，时间自由。

邓节匆匆结束了和西西的约会。西西还没有去过大杂院，不知道邓节的父母在摆摊，更何况当街捡烟头。西西出生于很平常的一个干部家庭，虽然没有考上什么好的大学，也在北京城扎下了根，按揭买下了这套紧靠南三环的房子。邓节不知道怎样告诉她自家的事。

所幸后来邓节发现，西西没有瞧不上大杂院，她跟着邓节去了两次，还在那里过了一夜。母亲很喜欢西西，有时候邓节感觉，西西和母亲倒是比跟自己更亲近一些，自己反而像个外人。但有一些两人间的事情，西西又不愿意邓节告诉父母。

进屋之后，邓节把竹屉放到厨房，先洗了洗手，保证手上没有残余烟味。母亲正在打开竹屉，一格格排列整齐的饺子，妈妈包饺子是按家乡的手法，不跟北方这边随便一捏了事，而是像婴儿卧在襁褓中，襁褓和婴儿的形状都没有压坏。母亲轻轻地取出饺子放在托盘上，手法和包饺子一样轻柔，过后回到客厅，邓节招呼，她才轻轻地坐到沙发上，就像她是第一次来到一个亲戚家的客厅，并非是儿子媳妇的房子。母亲的客气让邓节有一丝难受，毕竟这座房子不是他买的，虽然律师业务有起色以来，他已经出钱交了一年多月供，按照法律来说，西西允许他有了参与房产增值的权利。

邓节问母亲喝什么，她也说不喝，邓节只好给她倒了杯水。两人一时找不到话说，母亲显出要走的意思，邓节只好说西西让你在这儿玩，她一会儿就回来。母亲说回去还要给你爸做饭。邓节说你难得过来一趟，爸爸收摊晚，回去也来得及。母亲说现在清退外地人，人越来越少，路边摊卖不动，你爸改行当保安了。

邓节有点意外，问干了多久，妈妈说两个月了。想着你们工作也忙，就没跟你说。其实早知道会有这么一天，那你们还在大杂院住吗？不知道，住一天算一天吧。这院子挨着798，离你爸上班的车场也不远，不住又到哪儿找去。

接下来有些冷场，母亲没有开口，邓节不知道她想问什么，自己又能告诉她什么。最近两起官司连续输掉的消息吗？工作上的事情邓节很少跟妈妈谈，但假如把败诉的消息告诉父亲，父亲会是什么态度呢？父亲一贯认定邓节的工作没出息，当再大的律师也不如考个国家公务员，哪怕是当乡镇干部，假如知道了邓节做律师不顺，口气会不会更难听？母亲更关心的，大约还是邓节和西西想要个孩子的事情，但是上次去做男科手术之前邓节告诉了母亲，引得西西很不高兴，两人大吵了一架，眼下试管婴儿一再失败的消息，又怎么能让母亲知道呢？

还好这时屁股忽然钻出来了，嘴里喵呜喵呜地去蹭妈妈垂下的手背，那只手背因为不习惯触摸看来过于细致的沙发而有点无处安放，这会顺势摩挲起屁股的口鼻来，母亲嘴里也发出了轻微的呼唤应答，这在邓节和屁股之间是从来不会发生的情节，看来屁股没有忘记大杂院的日子，它并不觉得母亲整日握住铁钳捡烟头垃圾的掌心过于粗糙。这段尴尬的时间总算是有了敷衍过去的内容，邓节第一次有点感激这只平时胆怯生分的猫。

西西打电话回来，说她已经下班了，让邓节另外点两个菜，留妈妈一起吃饭。邓节开免提答应着，回头在大众点评上下了单，西西进家门外卖员恰好赶到。妈妈看到说不如买菜我给你们做，西西一边换拖鞋一边说，妈妈送饺子过来已经辛苦了，不过您烧的菜是真的好吃。

西西在大杂院吃过两顿饭，吃第一顿之前邓节曾经很忐忑。到了798和大杂院外围分隔的酒仙桥北路，看到那排破破烂烂的门面，邓节的心里就有些紧张起来，像是当初第一次穿过北京，去到南皋大杂院的时节。那是比这里更破烂的一个大杂院，十二岁的邓节从来没想过自己从安徽老家上北京，会来到这么一个地方，房子比老家更破旧。以前在书上读过和听父母描述过的北京，和眼前的完全不是一回事，就像爸爸在车站摊点上给他买的那个汉堡。邓节曾以为汉堡一定是世上最好吃的东西，谁知道父亲花两块钱给他买的汉堡会那么难吃，简直比爷爷胡乱烩的剩饭煮烂肉片更难下口，第一口就让邓节几乎呕了出来。南皋大杂院的景象也让邓节反胃，地上有垃圾和粪便，院门口是苍蝇嗡嗡飞舞的大公厕，邓节直到上桌端碗，眼前浮现的还是大公厕和垃圾的形象，虽然很盼望吃到妈妈亲手做的饭菜，却一口也咽不下去。眼下这个大杂院入口也有一个大公厕，天气又开始热了，邓节担心西西会闻到那股臭气。

还好西西没有太表现出来。大杂院入口往里是十几排简易平房组成的院落，亲戚们散落住在各排石棉瓦屋顶下，早出晚归做着各自的小生意，虽然同在一院，平时却不大见面，最常碰头的地点是在大公厕里。时间通常是一早一晚，挨个蹲在各自的便槽上，忽略了长幼尊卑，面前是对着小便槽撒尿的人的屁股，凛冽又腥臊的气味钻进鼻孔，有人还偏生爱对着便槽撒尿，不时会溅到蹲坑的人赤裸的大腿和脚踝上。每天的这个时间段都让邓节头皮发瘆，生理需求成了最大的难题，当初用了大半个暑假才渐渐习惯。

低头穿过几排晾在院落里的衣物，看到妈妈在屋外煤炉上忙着炒菜，和邓节第一次带女友来时一样。那是大学刚毕业的时候，邓节没有像同学们那样找工作或者考研，而在大杂院里复习准备司法考试，女友的工作一时也没有着落，曾经来栖身过半年。

母亲很重视准儿媳，专门把平房中的一间布置出来给两个人，请一个做家装的老乡吊了顶，窗户贴上红色窗花，墙壁用墙纸和年画裱糊好，还在晾衣绳上扎了两个气球，有些新房的意思。她不要女朋友沾手家务，总是自己中午赶回来把饭做好，晚上也是骑着三轮车赶回家，来不及卸货就捅开煤炉开始忙碌。母亲肯定希望两个人能顺利结婚，她也早日抱上孙子，即使女朋友只是一所普通大专的学生，和邓节有差距。

但是几个月之后，邓节的司法考试意外地没有通过，被迫开始找工作，错过了毕业季，一时辗转寻觅没有合适的。女朋友倒是找到了一个合适的工作，地方比较远，离开了大杂院去上班，两人见面的时间越来越少，渐渐地就分手了。邓节一个人在母亲布置的新房里又住了半年，觉得自己陷入了抑郁。直到终于找到了工作，朝九晚六开始上班，才最终离开了大杂院。以后弟弟从地铁公司辞职，又接替邓节在"新房"里住了半年。

妈妈的身边围绕着几只流浪猫，喵呜地叫着，大约是闻到了炒菜香，又到了她拿鱼鳃喂它们的时间，这些鱼鳃是妈妈摆摊的菜市场鱼贩子扒下来丢弃的。只有一只白色的猫离得很远，胆怯地缩在墙角阴影里，又抑制不住对食物的渴望，探出半个身位，正是这种情态打动了西西。那次招待西西的饭吃得很顺利，西西看起来很喜欢妈妈按去掉了辣味的安徽套路做的菜，每个菜几乎都吃到了。这是西西的长项，作为助理，她总是能让律所的众人都满意，尽管律所的环境很复杂。西西似乎有一种天生的要让别人满意的愿望，即使提到邓节从前复杂的恋爱史，她常常会有所抱怨。西西还喝了半杯妈妈买来葡萄自己酿的酒，称赞味道好喝。摆下了一张大圆桌之后，平房里有些挤，开了电扇还是热，西西脸上红扑扑的，不知道是酒意还是热的。整个吃饭期间，邓节一直在担心的，其实是西西提出来要上厕所。

厕所有两座，一座在院子入口处，另一座是在最里边。两座大公厕的环境和气味差不多，一溜永远湿乎乎的蹲位加上缭绕飞腾的苍蝇，往往使人无从下脚，便槽里的情形更是不堪入目，邓节初次到北京的时候觉得比老家学校的更差，因为没有人定期拿水冲。院子的主人把出租业务包给了一个河北二房东，二房东也只管收房租查电表，大半年才会找人淘一次厕所，把快要漫溢的粪坑清理一下。如果西西进到大公厕里，会不会失声尖叫跑出来呢？虽然她的老家是在东北的一个小城里，但应该也早就告别了旱厕的时代吧？

使人安慰的是西西始终没有提出上厕所的要求，尽管那天她不仅喝了妈妈炖的汤、酿的葡萄酒，还和邓节一起陪父亲喝了两小杯白酒。父亲每天都要来上两小杯，早上出车前和晚上收摊归来各一杯，这天难得地在家休息，有未来的儿媳作陪，更是多喝了两杯。西西染上了红晕的脸上一直露着微笑。饭桌上她还提出来下次要抱走那只白色的猫，这个要求出乎所有人意料，却又让大家都高兴，尤其是妈妈，似乎有了这只猫，西西就再也不是外人了。

直到晚饭后帮着妈妈收完碗筷，又聊了一会儿天，在那台有些毁色的电视上看了一小段《新闻联播》后离开，到了外面的大街上，西西才有些急促地让邓节带她去对面的798，就近找一家公厕。一直到现在，虽然西西去过大杂院几次，但从来没在那上过厕所。

回家后西西专门买了一个好看的猫笼子，邓节回大杂院把白猫带了过来。捉猫的时候母亲亲自出马，不然没有人能够接近它，到了家中之后，白猫也是躲在一个角落两天不出来，好像无脸见人，或许正是因为这个缘故，西西给她起了屁股这个名字。

这次虽然父亲、弟弟不在，三个人仍算难得地在一起吃了晚饭，玉米肉馅的饺子味道很可口，妈妈特地加了一种香菜。西西和妈妈聊了几句重新躲起来的屁股的事情，让气氛轻松了不少，但这个话题结束后妈妈就很少出声，恢复了局促的神情，和在大杂院的热情张罗完全不一样，似乎自认为这是待在媳妇家里的本分。虽然西西不断地夸奖母亲包的饺子好吃，也频繁夹菜给母亲，饭桌上的气氛还是显得有些过于客气了。母亲大约有想说的话没有说，西西也像是有心事，偶尔会夹起饺子出神，母亲肯定也注意到了这一点，却什么也不问。母亲还想把两个煮破了的饺子舀了吃掉，被西西挡住了。

　　饭后又小坐了一会儿，母亲就起身告辞，西西再三要给她打个车回去，邓节也从一边劝，母亲却始终不肯，说坐小车困人，头晕，一定要去搭公交，邓节只好把母亲送到了公交站，临上车的时候，母亲说了一句"你三叔的腿好像得毛病了"。

二

　　"你的案子赢了吧？"西西问。

　　邓节只好敷衍过去，说是没有当庭宣判。西西皱起了眉头。张律师又来闹了，说是搞什么新办公室，就是想撇开她。周主任又是老样子，背着张律师话说得干脆，一当面又含含糊糊的，新办公室不知道能不能开张。

想到这些觉得好烦心，西西说。

西西以前很少说到这些。邓节还在这家律所时，西西就是最讨大家喜欢的助理，对于担任实习律师的邓节，她也在主任和邓节之间多有联络照应，使得邓节免去了传说中实习期的不少尴尬。但是张律师的事情太过难办，影响到了整个团队，已经不是西西能左右的了。

邓节见过张律师的做派。在律所她拥有一间单独的办公室，有事到大写字间时总是一副睥睨姿态，经常训斥新来的助理或者律师这里那里不对，邓节就受过她的敲打，当时还是西西帮着圆的场，说他新来不熟悉情况，邓节也因此对西西有了第一印象。周主任有什么事要去她房间找，而不是她过去找周主任。案子永远是挑最趁手又来钱的做，除了她自己接的，所里最好的线索都被她要去了，外面的荣誉称号社会职务一大堆，周主任自己都甘居幕后。周主任这么让着她的原因，明眼人一看即知，她也无心掩饰，就是两人的男女关系。张律师早些年离了婚，自己带着一个孩子过，听说是为了周主任。周主任自己有家有室，欠了张律师的情，据说那孩子也可能是周主任的。有了这层关系，张律师自然是要风得风要雨得雨。

周主任在男女关系上一直拎不清，属于见了漂亮女生就挪不动腿转不开眼那种。所里的年轻女律师和助理，有几个人都跟他有些暧昧，平时也喜欢顺手勾肩搭背，对于西西也有过这类举动，只是没有特别过分。邓节离开周主任团队单干，也有对他作风看不惯的原因，西西因为前两年才拿到正，团队人又熟，留下来也是没有办法。

"你们男人都这样！"西西说。

她开始责怪起邓节来，翻出两人刚开始恋爱的旧账。那时邓节另外还有一个女友，有一段时间曾在西西和那个女生之间犹豫不决。那个女生是一个记者，邓节和她是在采访中认识的，两人都很喜欢李娟的书和周云蓬的音乐，而邓节第一次来到这座西西的住宅时，书架上全都插着亦舒的书，现在被邓节的书挤掉了不少，一部分打包进了床下的两只储物箱里。有一阵邓节认为自己找到了传说中的灵魂伴侣。那个女生后来调到了上海的记者站，邓节听到她和站长之间的风声，忍不住去上海看她，到了女生住的楼下，她却不让邓节上去，还大发脾气，晚上邓节在小区石凳上坐了一夜，喂饱了蚊子，女生在快十二点被站长一个电话叫走，就再也没有回来。第二天清晨邓节坐高铁回了北京，拉黑了她的微信，以后再也没有联系过她。

西西对那个女生的事有所耳闻，当时常常对着邓节以泪洗面，她的眼泪出乎意料地多，就跟她在人前的微笑一样，邓节有一阵觉得她是看琼瑶的小说太多，在演琼瑶剧，琼瑶系列是西西学生时代的另一宗主要读物。但跟那个女生断绝联系后，邓节开始不再那么嫌弃她书架上的亦舒，也开始感到，西西是真想过日子的人，而邓节自己，也已经三十出头，到了该在北京安顿下来过日子的时候了。

这正是几年来父亲挂在口头，妈妈时常到了嘴边没有说出来的。相比起高中毕业到北京来打工的弟弟，以及类似经历的堂兄妹表兄妹们，邓节考上了大学，在大杂院的亲戚和故乡亲旧中很有面子，工作和结婚的事却又让父母把面子都还回去了。

说实话，前几年邓节根本没想过要结婚。对于这件事似乎没有什么感觉。即使是和西西的恋爱，当初也没想过会走到结婚成家这一步。小时候家里经常在吵架，父母生活在一起似乎不是出于情愿，只是为了什么原因一定要这么做而已，他从来没有过母亲爱父亲，或者父亲爱母亲这类感觉。父亲早年喜欢出门跑生意，母亲就带着邓节和弟弟在家干农活，养鸡鸭。相比于父亲，母亲似乎对她养的那些鸡鸭更有感觉。父亲的打鼾很严重，回家后也不和母亲睡一块，少年的邓节有时候会疑惑，如果他们从来就不睡在一块，自己和弟弟又是从哪里来的。后来父亲上了北京，离得更远，回家的时候更少了。再后来，母亲也去北京了。家就不存在了，邓节和弟弟剩在老家，分头托付给爷爷奶奶和外公外婆照顾。

爷爷的脾气很呛，寻常是骂，间或要打。觉得邓节不该闲着，给他派了农活，每天放学回家就去赶鹅。夏天还好，到冬天就成了一桩苦差事，池塘上了薄冰，鹅并不愿意前往。勉强赶它们的时候会被忽然啄一口。鹅的身量高大，邓节不过比它们的头高出一小截，像在班级的斗殴中对付一群仅比自己低一个班级的小孩。淮北的空气中含有冰针，又湿又瘆人，邓节只有一双线缝露肉的旧手套抵御，满脸满手通红，耳垂长了冻疮，妈妈第一次过年回家看见，说"活像猴子屁股"。父亲没有什么反应，大约小时候他也是被爷爷这么调教过来的，妈妈却心疼了，商量给爷爷加点生活费，不要让邓节干农活了，爷爷却说干点活有好处，我不是图你们几个钱，娃子放到我手里，就该归我管教。奶奶也拦不住，邓节就仍旧在放学后赶鹅打草，回家面对爷爷的怒气和下手。爷爷的下手真狠，真的是一巴掌连耳朵带脸搂过来，眼冒金光。邓节感觉不到自己是他孙子，就像一个交生活费寄食的外人。可是真对一个外人的话，爷爷并不会这么打。爷爷已经过世多年，邓节也长大成人，但直到跟西西在一起的初期，邓节还会重复那个梦境，梦里爷爷的巴掌是如来佛的手掌可以见风长，邓节不管怎么蹦跶，也出不了手掌心，最后被压在五指山下拼命叫喊又喊不出来，满头大汗地醒来。醒来以后，西西温柔的手掌落在他的额头上，代替了爷爷手掌的力量。

有一段时间邓节常常想不通，好好的一个家，怎么说散就散了呢，就为了挣钱。邓节也不知道钱带来了什么。家里的土房子推倒了，修起了两层的水泥楼房，迁居的时候请了客，父亲对来客拱着手，呵呵地笑着显得很有面子，但一家人在新房里就住了端阳那几天。有一次挨了爷爷的打，邓节哭着走了十里路，回到老房子门前，在挂着的门锁下面待了一下午，哭了一下午。晚上邓节会重复地做一个梦，梦里外婆带着弟弟邓义上了一只小船，划着船去了河的对岸，邓节被撂在河的这岸，哭着招手却没人听见，眼看着小船越划越远，天地之间好像只剩下了自己，从梦里哭醒了，醒来继续哭，又惧怕爷爷听见，只能小声地呜咽，头蒙在被窝里憋着，感觉胸腔闷得要爆炸，呼吸要窒息了，却又毫无办法。

邓节盼望的只有过年，父母从北京回来，一家人能回到老屋子里待上十来天。那是一家人最快乐的日子，父母带回了在北京买的衣服和一些零食，据说都比家乡的好，有时还给亲戚家的孩子捎。邓节也没觉出什么好来，但仍然觉得很开心。短暂的相聚中，父亲的脾气也似乎变得好了些，和母亲不怎么吵嘴。如果邓节和弟弟问他们一些北京的事情，他们会简单地回答，似乎对于北京他们也不知道多少，但仍旧让邓节产生了比光看课本更多的向往，有时还有一种骄傲，毕竟，我的父母在北京，有天安门和人民大会堂的地方，而不是像很多同学的父母一样，只是在合肥或者东莞。

有一次过年，父母提前了几天回来，把邓节和弟弟接回了家中，邓节更开心了。可是到了腊月二十八那天，他们提前在家中做了一顿类似年夜饭的饭菜，就要把邓节和邓义各自送回爷爷和外公家，他们自己要在年前回北京，赶北京的庙会，说是庙会当中卖货快，利润大。听到这个消息之后，邓节和弟弟都崩溃了，弟弟愤怒地对父母喊叫，你们太过分了！弟弟的小脸上淌满泪水，和天空飘落到脸上融化了的小雪黏在一起，也是满脸泪水的母亲略微蹲下来搂住弟弟和邓节，但是她最终仍然跟父亲离家走了，他们早已备好了在庙会上卖的货，买好了火车票，任什么也不能把他们留下来。那次分别成了邓节记忆中最伤心的一幕，他从此对过年失去了盼望，不再指望父母从北京回家，反正他们待几天就会走，甚至还会在年前就走。

　　"我闺蜜说得对，你就是一只养不家的狼"！两人争吵得激烈时，西西曾经这样喊叫，邓节没有底气反驳。他觉得西西的闺蜜说的有一部分是对的，自从那个父母在年前离家赶回北京的下午，他已经不知道家是什么了。同居之初，他怕两个人整天黏在一起，连脉搏都受到挤压，面对西西一天在上班间隙发来的几十上百条微信头皮发麻，心里时常会想起那个若即若离的女记者。他也想要再漂几年，折腾几年，中间一度甚至不想找女朋友，断续在陌陌上约几次炮。这也成了西西吵架时骂他"流氓，恶棍"，甚至抄起手边东西朝他扔过来的话柄。

但是另一方面，邓节又很想要家。这也是西西一开始就吸引他的原因。他像那些在冬天被迫在结冰池塘上凫水的鹅，急切地渴求家中麦草的暖和与火光的温暖，嘎嘎叫着在回家路上碎步小跑。西西身上有一种阳光晾晒干净了的被单或麦草香味一样的气息，一种健康得让邓节不敢直视的东西。他像是一个拎包入住的客人，在西西给予的这个住所安顿下来，犹犹豫豫地感受和适应着，即使领了结婚证，仍然做着时刻被驱逐出去的打算。那样的话，大杂院里母亲一直还留着的房间，将是邓节的庇护之所，尽管几次冲突中他总是去宾馆开房，有次不想走远，还在楼下足疗中心的躺椅上过了一夜，从来没有因此回大杂院住过。

　　今天面对西西突如其来的指责，邓节只好苦笑地劝解，好在过了一会儿西西的情绪也就过去了，说到下一次去做试管手术的日程。按照自我测算，她的排卵期又近了。

　　这件事情也让邓节头疼。前两次失败的胚胎培养之后，邓节对于再去医院已经有些畏惧了。

　　邓节完全没有想过，自己会有生殖方面的问题。看上去一切正常，但精液中没有精子。那次七个小时的探测手术，并没有完全弄清楚问题出在哪里，睾丸里面有精子，但是无法自然排出。医生给邓节解释不清楚，干脆在医务室里用签字笔画了个路线图，邓节看到图中的输精管线路竟然有六七十厘米那么长，曲折往复，医生在七个小时中探明了这段线路的绝大部分，剩下的一小段人类技术无法探测到，类似于古书里说的膏肓之间，但问题可能就出在这一小段。这种情形的概率还不到万分之一，但偏偏就让邓节碰上了。

每次试管手术只能穿刺取精，和西西的卵子一起置入试管培养，几次穿刺下来，邓节开始为自己的睾丸担心。

西西说，她已经跟医生约好，后天去医院。两人睡下之后，西西响起了轻微的鼾声，邓节却没有睡着，听到隔着双层玻璃传来三环上车流的轰鸣，不知它们在深夜里奔向何方。

从手术台上下来，邓节下身仍有隐约的疼痛，又有一种麻痹的感觉。他有些跟跄地迈着腿，去住院部看望西西，一路上总觉得周围的人都看出了自己的异常。

西西躺在病床上，打过了促排针，等待取卵的时刻到来，脸上隐约现着一点红晕。她需要在医院过一夜，因为是妇科病房，邓节不方便陪床，只能手术前再来。邓节觉得西西的手术过程比自己痛苦，她需要全麻，前后又要花几天的工夫。他想对她说：只做这一次了吧。看到西西平静等待的模样，邓节没有说出来。

第二天邓节早早赶到医院，在 B 超室外等待西西做完了手术，脸色苍白地走出来，似乎抱有很大的希望。邓节忽然感到，西西是多么想要一个孩子。这也曾是父母最大的盼望。

前年在大杂院的年夜饭桌上，父亲端着酒杯数落开了邓节："你就是个最不孝的。"

父亲这句话指的是邓节没有结婚生孩子，对比的是大杂院里亲戚家的堂兄妹表兄妹们。不用说三婶家的表哥表姐早已经添了下一代，就是比邓节小五岁的堂弟也给二叔带来了孙子，其他亲戚家的孩子虽说学习不成没有考上大学，早早出门打工，都落得赶早结婚成家，添孙指日可待。从自家说，邓义虽然打工不算顺利，中间有一段失业在家，好歹也已经谈了女朋友，结婚提上日程，只有邓节工作恋爱两头不落。

想想这个，父亲的责怪也是理所应当，邓节没什么好说的。作为同辈中的瓢把子，没有添孙子，父亲没有脸面回安徽老家过年，去年母亲实在忍不住自己回了趟娘家。跟西西结婚之后，父母算是看到希望了，职业也好歹上了道，谁知道毛病又出在邓节身上，如果最终生不了，父母该怎样对亲戚们解释，在大杂院里也抬不起头来！

想到这里，邓节扶着西西的手臂有点出汗，要是始终成功不了呢？医生说即使多次尝试，试管婴儿的成功率也不会超过百分之四十，一般不建议超过三次。西西这么想要一个孩子，假如自己就是无法给她，她的健康生活就无妄地缺少了重要的一块。假如命运非要出一道题，让她在要孩子和邓节之间做出选择，她会选哪头？这样一想，邓节眼前忽然回想起童年的梦境，似乎西西带着小孩乘小船离去，留在这岸的只剩下邓节，所有的人都走了，他又回到了童年孤单一人的状态。如果不是在出租车里，旁座是靠在自己肩上的西西，邓节会忍不住哭出声来。成年以后他从来没有哭过，有时候也以为自己很坚强，想来不过是外强中干罢了，一个连后代都不能有的废物，还有什么坚强可言呢？

下午邓节去了龙潭湖公园，近来他习惯在不想工作的时候来这里，点上一壶茶消磨半天，望着颜色发沉的湖面出神。这个公园由于地处偏远，来的人比较少，邓节觉得适合自己。湖面有种难得的空漠，湖心多年来还有一群野鹅，看上去也没有邓节赶的鹅那么骄横，显出一副心满意足的样子。冬天湖面结冰，它们会摇摇晃晃走在冰上，当年邓节第一次上冰就遇到了它们。

刚上初中那年的冬天，父母仍然在北京赶庙会，为了弥补去年春节前离家的伤害，把邓节和弟弟带到了北京。那是邓节在大杂院第一次过年，初一清早就跟着父母出门。赶的庙会就在龙潭湖，水陆张灯结彩的，十里八乡的都走过来了，塞满了一个公园，人人都想带点东西回去，货不愁卖。虽说一家大小练摊冻得搓手跳脚，心里却高兴，看着湖面冰结瓷实了，走的人多，还有人踩滑轮扛冰糖葫芦叫卖，邓节和弟弟也上去走了一圈，看见那些鹅跟人保持着距离，也在冰上行走。有一刹那邓节担心它们过来咬人，不过很快就放心了，它们蹒跚行走的样子就像电视上看到的企鹅，身量比起正在抽条的自己来说也矮了许多，再也不是邓节的对手了。

正在眺望两只忽然飞起来的野鹅拉长的水线，邓节接到了三婶的电话，用夹杂方言的普通话拉拉杂杂说了半天，听明白是三叔腿上长了一个瘤子，在专科医院检查怀疑是癌症，家里人不敢信，想托邓节找个可靠的大医院再确诊一下。这就是母亲临走说的事了。

三叔和三婶在跑展销会，在大杂院的时候少，只是保留一个房子。他们跟着开展销会的大部队走，开上三轮，拉上行李货物防雨布，一出门二十天个把月，哪偏往哪走，三河、廊坊、延庆、怀柔这些地方，最远到过山东省界的德州，说那里的扒鸡好吃，手指一碰不用什么力就撕开了，跟点心一样，就像他们在那整天扒鸡下饭似的。实际邓节待业那段跟着跑过一次，知道跑展销会是活受罪，吃的瞎凑合，睡的基本是席子，到了晚上货物一收，席子一铺，就地过夜省住宿费。就这样也落不下几个钱，来展销会的都是农民，钱紧，卖不起价，邓节怀疑三叔他们是图个跑得新鲜，比见天从大杂院出路边摊自在。三叔家的堂妹留在城里守了两年摊子，跟一个老是帮她铺摊收摊的青海小伙结了婚，两口子一起去格尔木做生意了。眼下三叔的腿跑出了毛病，难怪母亲说他们回大杂院住了。

邓节只能答应下来，但在脑子里搜了一圈，并没有找出什么合适的医生。后来在微信上告诉了西西，西西说，律所周主任关系广，她去问一下。

下午西西回复说，周主任认识他们做试管手术那家医院的骨科主任，可以让三叔挂上号，过去检查一下，再安排住院。不然在门诊和网上预约根本挂不上。

对于找周主任，邓节并不那么情愿，但又没有多大办法。自己在北京这些年，采访过不少人，也代理了几十起案子，却没有培养起多少交情，天生不如西西。

回复了三叔，心里有点轻松，好歹是帮亲戚做了一件事。第二天邓节带三叔和三婶去医院，直梯简直等不到，电动扶梯上人几乎站不下，邓节把拄拐的三叔扶得紧紧地，分诊台都被围严了，护士不断地喊着今日无加号，主任门前等着一长列人，连同两辆轮椅，有人在呻吟，有人皱着眉头在忍受什么。三叔的眉距本来就小，现在看起来完全挤在一块了。好容易尾随下一个病人进去见了骨科主任，主任批了条子去找分诊台，护士不说什么给加了号，回去看上了，一看片子主任建议转院过来，他给开住院条，等医院电话安排床位。可能要等几天，住上院再检查一次就做手术，不过，不一定由他主刀。

拿着条出了门诊楼，三叔却犹豫起来，说既然不一定是主任主刀，又要等床位，那不如就在专科医院做。邓节说主任不是也说了，三院骨科的条件还是最过硬的。就算不是他主刀，他团队的手术，主任一定也会在旁边看着，不会出大的岔子。三婶也说这边另做检查还要花一道钱。邓节也有点不高兴了，只好说，你们自己看吧，这里住院的人多，医院的电话来了你们不回复，立刻就安排给别人了。

　　回来的路上，邓节心里不愉快，想到三叔和婶婶的为人还是这样，和几年以前跟亲戚们闹翻那次没区别，有些后悔替他们找人。

　　闹翻的缘由是传销。那时候三叔和婶婶在秀水街有摊位，有天他晚上过来找爸爸，说发现一个特别好的投资项目，已经把秀水街那边的摊位退了，换成现钱投了十万块进去，半年内可以回报一百万，让爸爸也一定要加入，最好带领所有亲戚都投资。爸爸问是啥项目这么来钱，三叔说是一款保健品，增进脑容量的，小孩子学习特别需要，市面上特别受欢迎，一盒卖三千五，加入的条件是参加听课，课后一次性买上十盒，往后只需要坐等回本和见利，他和婶婶听了老师的保健课以后，觉得投入少了不划算，一下子买了三十盒，就是十万零五千块钱，当上了经理。经理有权力给下面的人打折，所以哥哥你们加入，每盒可以打九八折，就是优

028

惠七一块钱，优惠力度已经很大了，想加入要赶快，晚了货就没有了。咱们在北京这么多年，这是个最好的投资机会。

父亲问什么样的保健品一盒要卖上三千五，什么成分的。叔叔说都是深海鱼油精华，大陆上没见过的鱼，躲在海沟的岩缝里，轮船捕也捕不起来的，要潜水员下去拿兜子一袋袋地捉，所以特别贵。爸爸还是不信，叔叔说。你买了货再拉来人加入，只要下面有可靠的几个人，这几个人再给你发展下线，你就坐等收钱了。

爸爸一听，这样我就成你的下线了。爸爸向来脾气倔，弟兄姊妹当中他是老大，让他去给三叔三婶当下线，再赚钱他也不会情愿，当时就拒绝了。叔叔很不高兴，一口水没喝完吐在地上，和三婶起身就走了。回头父亲却听说，他们又去找别的叔叔和姑姑们。这时邓节正好回大杂院，母亲提起来这件事，邓节就趁父亲当面时说，这是地地道道的传销，千万不能加入，那些保健品都是骗人的。

父亲没有说话，邓节猜想他可能听进去了，虽然以往他很少会觉得邓节的话有什么道理。过后父亲去给弟兄姊妹们下过话，所以那一次三叔和婶婶没有能说动亲戚中的人。他们在北京也没有其他的人脉，亲戚们不加入，他们没有下线，手上的货卖不出去，没有本钱再回秀水街，也不好意思和亲戚们一起出车摆地摊，只好一走了之去跑展销会。那些保健品听说都给在家乡上学的侄子喝了，就这样侄子的脑袋也没有变得聪明一分，高考砸锅连三本线都不够，来到北京也和叔叔婶婶一起去跑展销会了。

为了这件事，三叔心里记恨父亲，两家以后没有来往，春节期间的小麻将都不参加了。这次得了病才想到来找邓节，又生怕欠了邓节的人情似的。

这也是邓节不爱回大杂院的原因，自从成年之后，他渐渐感觉亲戚们聚在一起不是好事，关系太复杂了。

待业的那一段，邓节最害怕的除了夏天的大公厕，就是进出经过亲戚们的屋门，每次都感到叔叔或者婶婶们眼里的疑惑："怎么回事，还不去上班？""读了大学反倒找不到工作吗？"还好大家都是早出晚归，只是过年凑在一起打几圈麻将，不然真没法在大杂院待下去。叔叔舅姑们的孩子，好几个都在北京打工，有的也在大杂院住，现在看起来他们都比邓节心安理得，包括读铁路技校毕业在北京地铁里当安检助理的邓义。邓节有时也会想，为什么自己这么不合时宜呢？

冬天到来，邓节仍然没有找到工作，大杂院的空气变得更加重浊了，家家都生起了煤炉，煤烟顺着铁皮烟筒从每家平房的门楣下冒出来，接触外面的冷空气凝成水滴，每个烟筒口下面都挂一个铁丝系的小桶，里面是水滴汇聚成的浑黄色的水，有时水满了，倾倒下来泼人一头一脸，没法洗干净。煤烟白天淡，早晚浓，因为白天人出摊了，早晚要捅开炉子做饭取暖。晚上电灯点亮的时候，平房顶上浮着厚厚一层烟气，大约除了煤烟本身，还有房子表面内暖外冷凝成的水汽，有保暖的效果。但是有一天，忽然不准在屋内生炉子了。

南皋出了一件事情，两姐妹刚来北京不久，晚上在屋里生炉子，可能贪图暖和炉口封得不严，或者是烟筒接口有裂缝，早晨两姐妹一直没起来，房东去看时已经双双中毒身亡了。北京死两个人就是大事，紧随而来的是城中村采暖安全大整顿。所有煤炉必须搬出屋外，室内不准有火源，只能用电取暖，拿片警的话来说，"性命重要还是暖和重要？"

大家一时都有些不知所措。炉子是搬到屋檐下了，屋里却没人舍得买小太阳暖风扇这些，顶多置办个电热毯。大杂院的电拉的是工业电，比居民价高出几倍，就是买了电热毯，也不敢放开用，睡前定时开一小会儿。再说电热毯都是在邻近的小摊上买的，质量究竟怎样心里也没底，开久了怕燃起来。妈妈给邓节和女友的床买了电热毯，但白天屋里还是太冷，毕竟两人待在家里的时间多。邓节眼瞅着女朋友的耳垂变得红肿透亮挂上冻疮，坐在屋里直跺脚，不知如何是好。有一天父亲收摊回来，车上多了一副暖气片和几段管道，说是有了主意，自个儿装暖气。

这是邓节少见的感念父亲的一件事，他利用早年在农村搞建筑打零工的手艺，给搬到屋外的炉子架起了管道，管子通到屋内安设的暖气片上，炉子生火之后暖气顺着管道进来，通过注了热水的暖气片发散，屋子里就有热量了。一个炉子带两副暖气片，父母的睡房里也有一副，这样屋子里的温度又恢复了，顿时成了全院子最暖和的一家。

其他的亲戚们都来参观，说这个不错，却没有人跟进。那年冬天是几年来最冷的一个，院子里的水龙头不敢关严，白天黑里流的一小股水很快结了冰，在周围冻成了一座小冰山，人要小心翼翼绕过尖茬才能接到水。厕所里的大便都冻住了，堵在便槽里下不去，邓节不知亲戚们怎么过的，有天他照妈妈吩咐去给小姑送点吃的，走进小姑的屋子感觉进了冰窖，小姑正在敲电饭煲里结的薄冰，原来早晨剩的稀饭一天下来结成冰了，仰头一看，小姑的屋顶下面还结着冰凌，是存雪透过石棉瓦的裂隙和保温层滴下来凝结的。如果不是母亲让送的饺子，小姑打算加热结冰的稀饭就咸菜打发，她连屋外面的炉子都没生，自从姑父生病去世之后，她的生活就过得无比将就。

姑父是几年前得尿毒症走掉的。看上去精精神神的一个人，怎么就得了这个病，邓节觉得是他们克扣自己太狠，过得太苦的缘故。姑父的出摊是"打游击"，开上三轮车，在小区周边转悠，一有城管就赶快挪窝，中间没空去上厕所，大约长期下来憋坏了。

最初只是听小姑抱怨，姑父半夜要起来解几道小手，弄得她睡不好，早上出摊犯困。后来姑父的半边屁股开始发烫，到哪里都不敢打实坐下去，实在挨不住了去医院检查，说是长期肾炎拖延下来，已经是肾萎缩，尿都有毒了。没有别的办法，只能换肾，或者一辈子透析。换肾根本换不起，透析也特别贵，一次好几百，那时候国家还没有报销政策，听说通州有几个农民工自己用柴油机接橡皮管子组装了土机器透析，费用能便宜些，姑父说我不淘那个气，就算能活着，也是一辈子的废人了，纯粹给娘儿俩添负担。只是要回老家去待几个月，不能死在外面，丧事办不起。

小姑也没有主意，只好停掉了摊，陪姑父回了老家，维持了几个月姑父就去世了。小姑办了丧事，依旧把鱼表弟留在老家上学，由爷爷奶奶照看，自己又回北京来。或许是因为姑父没享着福去世了，小姑这一回来，比先前更亏待自己了，有时爸爸都看不下去，劝她两句，她也不听。不让生炉子的那个冬天，有个东北人追求小姑，给她送了一床电热毯，但她不怎么用，说自己怕热，盖两床厚被子就行。

邓节摸摸小姑的被子，也并不觉得特别厚。他问小姑，春节啥时候回家，小姑说不回去。邓节有些意外，鱼表弟在上初三，夏天并没有来北京，过年再不回去，母子俩就要分别一年了。小姑说，春节来回一趟花不少路费人情，她想留在北京赶几天庙会，给鱼娃子存点上学钱。现在手机能视频了，偶尔花流量视频一个，也就当母子见面了。

家里有了自制暖气，冬天总算是能熬过去了。不过日子并不舒服，父母早出晚归对比自己的没有收入，总让邓节的心头像过载的三轮车一样不堪重负，父亲的责备和母亲无声期待的眼神，更将负担加增了一重。父亲提到邓节的不愿考公务员进机关，总是唉声叹气，说："你就是个最不听话的！"借着酒劲，一直生气到脸红脖子粗。邓节毕业时的这一决定，让他在亲戚面前丢尽了面子。看到邓节在埋头复习司考教材，他没好气地问："律师有哪样用？律师还能干得过公安局法院？"母亲只能劝他少说两句。

有一次邓节学的法律知识差点儿派上了用场。那天父亲骑三轮车去一个比平常远些的农贸市场出摊，有一截路是逆行，遇到一辆拐弯的大公交。北京的大公交都开得很猛，那天又有雾霾，大公交从侧面撞上了父亲的三轮车，父亲腾空飞了起来，车上大包小包的衣物皮货也腾空四散，父亲在落地一刹以为自己命不在了，巧的是正好落在散落一地的衣服皮货上，躺了一会儿竟然自个儿起来了，只是手肘脚踝擦破了一些皮。三轮车几乎完全报废，对方叫了交警，邓节赶到现场时，交警裁决父亲是全责，三轮车不予赔偿，对方也不用付医药费，算是和公交车头被碰掉漆皮的损失相抵。邓节觉得这个处理结果太不公平了，和交警吵了起来，可父亲只是从报废的三轮车上卸下了蓄电池，一瘸一拐地拎着电池，坐上母亲骑来收拾货物的另一辆三轮车离开了。

过后父亲在家里养了半个月腰伤，邓节想要到法院起诉这名交警和公交公司，父亲说我们是外地人，还跟北京的公家单位打官司？你快别给我添乱了！邓节也无底气，只好作罢。在大杂院平房里，他感到自己对家庭毫无用处，童年在爷爷家的感觉会重现眼前，像是一个寄食的外人，却没有交纳应有的伙食费，而且是两个人的。面对父母和亲戚，甚至是大杂院里的陌生人，他都感到惭愧已极。在蹲坑上解手的时候，他从来都不肯抬起头来，即使是旁边有人的尿液溅上了腿弯。

过年前后发生了一件事情。邓节和女友去酒仙桥逛商场，两人身上都没什么钱。买了一点小零食后，女朋友看上了一款保湿的护肤霜，她是南方人，一直嫌北京的空气太干了。但这款是新品，两人身上的钱不够，女友在护肤品柜台前留恋不舍，最后两人离开的时候，她鬼使神差将护肤霜放进了羽绒服衬里的衣兜，结账时收银员也没发现，就这么出来了。离开商场后邓节才知道，女友夹带了商品出来。当时邓节心里很慌，想要马上回去还给商场，可是心里一想，回去更说不清，也伤了女友的面子，最后只好就这么回来了。回来把那个护肤霜放着，也不敢用，不敢让父母看见，心里有一种见不得人的感觉。似乎还怕商场找上门来，虽然商场根本不知道有大杂院这么个地方。

但是过了半个月，没有什么动静，女友慢慢地胆子大了些，把护肤霜拿出来用了，一用效果特别好，一整天都不干，又不腻。邓节看她用，也不好说什么。用了一段时间快用完了，女友已经习惯了这个牌子，两人却还是没有钱去买。有天女友说想去商场再逛逛，有没有便宜一点又跟这款用起来差不多的，邓节只好跟她去了。两人进了另一家商场，像上次一样随便买了一点东西，到了护肤品柜台前面，正好这里也有那款护肤霜，女友又走不动了。最后离开的时候，她顺手又把一瓶护肤霜放进了外套兜里。邓节只好硬着头皮和她一起往出走，装着去结账，但这次刚过了柜台就有保安过来拦住，说女友身上有东西。

邓节本来心里直打鼓，这时不知哪里来的反应，一下子暴跳起来，说根本没有，你凭什么要搜我们的身！他的神气很凶，浑身发抖，像是立刻要打人，保安一下子愣住了，回过神来说早就看到你们了，你偷东西还这么凶，我们叫派出所的来，看你认账不！女友吓得哭起来，拿出护肤霜还给保安，求他们不要报警，可是一名保安已经打了110。邓节这时渐渐平静下来，心里后悔自己刚才的反应，可是已经来不及了，保安不放两人走，一会儿警察到场，听了事情经过，把两人带去了派出所。

两人在派出所里待了一夜，做了笔录，念及年轻初犯，实实在在接受了一番批评教育，写了保证书，半夜时才被放了出来。回到家里，隔壁屋里父亲早就响起了鼾声，母亲过来问怎么这么晚回来，两人也不敢回答。女友一路上埋怨邓节不该乱发脾气，如果当时认了错还了东西，罚上一些钱，保安也就放两人走了。邓节也很疑惑，自己那么暴躁的反应是从哪来的呢？在心里他也埋怨女友，但毕竟起因是自己没钱，说不出辩驳的话来，只能生闷气。

女友找到工作之后，搬离大杂院那天说，分手吧，她不想再为了一款护肤品进派出所。邓节一边给她往出租车上放东西，一边无话可说。女友再没有回来，妈妈专门布置的"新房"空了下来，邓节一个人住着不是滋味，觉得亲戚邻居看自己的眼光也更特别了。恰好这时候弟弟嫌枯燥辞去了地铁公司安全员的工作，邓节就离开了大杂院，自己在外租了房子，方便弟弟回大杂院住……

三

妈妈给邓节打电话，说弟弟最近要回大杂院一趟，让邓节也回去吃饭，一起商量个事情。邓节猜想可能和弟弟的婚事有关。

弟弟离开地铁公司后在大杂院待了几个月，然后去了一家天猫店。他先是在地下库房负责收货发货，后来因为会刷单，上楼调到销售部做业务员，又当上了销售经理。女朋友燕子是一家地产公司的文员，是西西介绍的。对于这桩恋爱，父母都感到高兴，也很感谢西西，因为弟弟性格内向，一直没有交过女朋友，同年龄段的子侄辈们多数都结婚生子了，邓节和西西生育方面又不顺利，他们一直急着抱上孙子。

快车在环行铁道公交站停下的时候，邓节有些认不出地方了。临街的门面房和二三层楼房全都拆除，余下一堆堆瓦砾，好不容易才找到去大杂院的便道。院子外边的大公厕也被拆除，树林落满尘灰，脚下堆了大片的垃圾，难以想象大人们在树下打麻将乘凉，邓义和弟妹们拿树棍挖知了装在小瓶里的往事。

大杂院包裹在一片断壁颓垣之中，不知道是它藏得实在够深，还是房东有什么过硬的手段，多少年来它总是堪堪脱险，一次次在停水断电和限期拆除的危机之下幸存过来。像是一个两脚悬空扒在悬崖边上的人，不管怎样就是不肯放手，只是略显落寞，或许是住户搬走了不少。毕竟这次路边早市清理和农贸市场大规模拆除之后，很多人像父亲一样失去了卖小货的营生。

邓家平房外边的煤炉和暖气管道已经拆除。妈妈说现在统一只能用电，已经没有地方买煤球了。出摊的三轮车还停在屋前，看起来父亲还没有放弃哪一天重拾旧业的希望。他摆了一辈子的摊，很难想象一份清汤寡水的保安工作会让他满足。墙角一只皮毛邋遢的猫看到来了生人匆匆闪过，看来妈妈没有放弃她捡鱼鳃喂养流浪猫的习惯，只是不知道798附近的农贸市场关了没有。

爸妈都在，父亲没有脱下他的保安短袖，显得比以往倒精神了点。以往摆地摊的时候城管来查封，其中也有穿保安制服的人，父亲大约觉得保安的徽章和城管甚至公安有几分相像，穿着不丢面子。邓义也很快赶过来了。

弟弟看上去有些不安，几句话之后吐露，燕子意外怀孕，已经三个月了。因为缺乏知识，一直没去检查，到了呕吐反酸才发现，肚子已经显形了。燕子有点埋怨他，但现在也没有办法，堕胎也迟了。

堕个什么胎，结婚啊！邓节说。

父母也附和邓节，弟弟说是打算结婚，所以跟你们商量，不能拖得太久了。

邓节感到父母明显地兴奋起来。那就结婚嘛，这事儿在北京不好办，还得回家。反正你们扯证也得回老家！父亲粗喉咙大嗓门地说。邓节知道这是父亲一直的心愿，想在家乡风光地办一场儿子的婚礼，他自己和西西结婚时，因为西西不适应安徽的水土没有回老家办席，父亲一直耿耿于怀。

但是燕子怀着三四个月身孕，经得起这样大操大办吗？邓节对父亲说了自己的怀疑，父亲不以为然，说不让她喝酒就行了，老家房子宽铺宽，她累了随时能休息。邓节又问，家里有那么多桌椅碗筷吗？父亲说这些东西还不容易，找乡邻借就行，就算自己专门置一套，该有的礼数场面还是得有！邓节就不好再往下说，对于和父亲争执，他一直有心理压力。妈妈也没有说什么。邓义似乎也有些犹豫，但像往常在父亲面前一样，他没有说出来。

婚礼的事情商量得差不多，小姑忽然过来了，邓节上次看见她已经是一年多以前，她的脸还是显得苍白，多了几丝皱纹，小姑对邓节说，听说你回来了，你是做律师的，我找你请教点事情。

邓节跟小姑去到她的小平房里。这里和几年前比没有增加什么东西，只是原有的变得更破敝，似乎居住者有意缩减了其余功能，只留下过夜这一单纯的用处。屋里没有凳子，尽管小姑自己是卖小百货的，却没有顺便给自己置上一把。她自己坐在床上，把一只涂料桶垫上布让邓节坐，有些磕磕绊绊地说起她的事情来。原来她和那个甘肃人是在两年前扯了结婚证的，只是没有办酒请客，亲戚们都不知道，在老家的鱼表弟也不知情。甘肃人在老家也有个儿子，和鱼表弟差不多大，他也没跟儿子说。甘肃人对小姑还算是照顾，也说不上有多深的情分。扯了证两人也没有经常住在一起，只是有个心理上的寄托。去年以来，北京的摆摊生意不好做，甘肃人觉得自己身体不好，一直不习惯北京的饮食，就想着回老家去开个门面，不想在外头漂了，跟小姑商量，小姑又不愿意去那么偏远的地方。当初扯结婚证她去过一趟，风沙大，饮食不习惯。一来二去，两个人也只好分手了。当初扯的那张结婚证却成了个麻烦，人家说是要签个离婚协议，民政局才给办证，小姑从来没办过这种手续，不知道协议怎么签合适，双方日后没有牵扯？

你们有没有财产上的纠纷？

小姑说这个他倒还好，两个人的底垫各是各的，平时多半是他拿钱出来用。像这种在协议里说明各归各就行了吧？

邓节说婚前的各归各，你们婚后有没有共同置办的财产？

没有啥子，结婚没有置办家具电器，双方都是租的小平房用不上，他要给我装空调我没要，你看这屋里啥也没有，我只要过他给我买的一床电热毯，也不常用。只是那年我进金盏市场设摊位，是跟他合伙的，他自己还另有一个摊位，现在他撤摊走了，我这个摊位还在摆，他口上没有提，我想到他也是有儿子要安置的人，不能太亏他。

其他没有什么了？

没有啥了。

登记时他有没有给你买贵重首饰？

他要给我买我没要，后来过生日的时候他送给我一个老银镯子，说是他妈妈传下来的。我放得好好的，从来没有戴过，打算还给他。

小姨起身找到一把剪刀，打开床铺，翻出最底层的褥子，褥子线缝有处地方是拆开后又缝起来的，小姨拿剪刀再次拆开，伸手进去掏出一个镯子，年代太久显得发暗了，看不大出来是银子的。

小姑有些不好意思地说，因为小平房只有个挂锁，不安全，她怕给他搞丢了，就这样收起来。说到这里，小姑现出低落的神情，眉心有点拧起来，几道川字纹变得明显了。当年姑父去世的时候，邓节在小姑脸上也看到过这样的神情。不过小姑总是这样，脸上有一点痕迹很快又会消失，不让人看穿她的心事，就像她跟顾客讨价还价一样，顾客永远不知道自己买贵了还是以保底价拿走了一件小货。冬天她手背上的皲口和冻红的鼻尖，对那些赶人的城管和一部分好心的顾客，会比言辞和表情更有说服力。

邓节考虑了一下，说这样吧，你问问他的意思，摊位和首饰，他有没有要求，让他先起草一份协议，拿过来商量修改。或者你问清楚了他的意思，打电话给我，我帮你们起草一份，你们自己再商量修改。

小姑说好。转身又把银镯子放回褥套里面，拿针重新缝好，再把被褥铺好。她回过身来谢了邓节，邓节想起来问鱼表弟近来怎么样，小姑说他要上高三了，学习不好，"以后来北京的话，摊看样子是摆不成了，不知道能打个啥样的工"。

商量完婚礼的事情，邓节和邓义一块走出大杂院，路上两人仍旧没有多说话，像当年在老家一样。自从母亲跟随父亲来了北京，邓节和弟弟被分别送到爷爷和姥姥家，两兄弟再也没有了从前的感觉，虽然在梦里邓节总是在追赶弟弟，见了面却像是隔着那条河，亲热不起来，找不到话说。工作不稳定的那两年，邓节更是觉得自己在弟弟面前拿不出多少当哥哥的资本，也就更没话说了。对于燕子的身体，他本来还想嘱咐弟弟两句，话在喉咙里，一路经过那些断壁残垣，最终仍旧没有出口。

回家告诉西西，西西也觉得有些不合适。但是因为上次的婚礼她没有去安徽老家，这次也不方便说什么，毕竟这是父亲一辈子的念想。她告诉邓节今天医院来通知，上次的手术卵子受精已经成功，现在正在试管里培养，看三天后是否能发育成胚胎，上次就是在这个环节上失败了，这次运气或许会好一点。

"你都不关心进展，好像是我一个人的事。"西西嗔怪说。

邓节把西西搂在怀里，解释说自己这几天有些忙，心里一直是挂着的。这时屁股正好跑到鱼缸旁边，伸头去看缸里的鱼，西西头靠在邓节肩上，看说："屁股好可怜，从来都抓不到鱼，难道小时候鱼鳏吃太多变笨了？"邓节笑了一下，他又想到了最近两起失败的官司，很想告诉她，但终究没有开口。

四天之后，医院通知胚胎培养失败了。邓节找不到言辞来安慰西西，她掉泪的时候，邓节忽然冲口而出："我实在没用，给不了你孩子，你另外找个人吧。"紧接着蹲在地上，双手握拳击打自己的太阳穴。

西西愣住了，赶紧拉开邓节的手，邓节你怎么能这么说，我是那样的人吗？我嫌弃过你吗？倒是你嫌弃过我文化水平低，只看亦舒琼瑶。随后西西不说话了，转过身去垂泪，邓节话出口就后悔了，只好打叠起精神来安慰。两人那天睡得很晚，商量以后万一不行去福利院领养一个。但后来西西还是打算，过上几个月再做一次。

"那些成功的，不是都试过好几次的吗？"

西西脸上挂着泪痕睡着了，响起轻微的鼾声，屁股也不知道在哪个角落发出轻声的呼噜。邓节一时没有入睡，想到自己今天的反应，实在不应该。他总是这样容易紧张，有时和西西吵架厉害了，会握紧双拳用力击打自己的太阳穴，眼冒金星。小时候挨了爷爷的责骂，邓节就会找一个旮旯，双拳猛击自己的头部，像是要把那些难堪的辱骂从脑子里打出去。他过于紧张的毛病，从那时就开始了吧。忽然想到，不能正常排精的问题，会不会也和性格紧张有关，放松下来就好了？

但此刻似乎又有另一个他，被三环上隐约的喧嚣声吸引，想要随之远去，抛下身边的一切，试管失败的事也只是个托词。这样一个自己，是需要邓节长埋心底，永远不能开口告诉西西的。

四

西西还是不想去安徽，害怕小虫子叮咬身上起疹子，婚礼前三天邓节回了老家，去和十几天之前赶回老家的父母会合。弟弟和燕子也已经在老家，刚刚领了结婚证。

老家的房子看上去认真收拾过了，堂屋里祖宗的神龛收拾一新，屋顶墙角的蛛网灰尘都清扫净尽，但还闻得到隐约的霉气，毕竟几年都没有人住。邓节到家时妈妈正弓着身子在台阶上刮涸染的青苔，姿势看起来和邓节在798见到她夹烟头差不多。至于父亲，也放下了身段，戴着一顶毡帽蹲在院里拔草。心情好的时候，他每天都会喝点小酒，邓节能闻到他身上微微的酒气，甚至听到他轻声哼唱小曲，只有当年在老家驾船贩米时，邓节听见他在船头哼过。

弟弟的新房被重新吊了顶，贴上墙纸，挂上彩带，买了宽大的带雕花床头的新床，电器家具都擦亮了，不少还贴上了剪纸，看来像是为了出席仪式佩戴了勋章，妈妈把当年在大杂院收拾"新房"的工夫再次拿了出来，又加上几倍。正墙挂上一幅妈妈亲手绣的"百年好合"十字绣，看来她为这天已经预备了很久。这间屋在整幢老房子里看起来不同凡响，如同皱巴巴的荔枝剥开后现出的雪白果肉，一切都是在十几天的时间内完成的，让人觉得有些不可思议。

邓节和弟弟一起去亲戚家运来办喜事的桌椅，都很久没有人用，蒙上一层尘灰，两兄弟在院里接水管冲洗擦干之后，苫盖上一大张防雨布，用的就是童年苫盖粮食那张。邓节很久没有干过这种活了，觉得出汗很爽快，只是老家的空气湿热，不像北京那样风一吹就干爽，有些黏糊糊的。弟弟看起来也精神了些，毕竟是要做新郎的人，只是帮忙擦拭桌子的燕子身形让邓节担心，看起来这半个月当中，她的肚子又突出了一些，似乎一有闪失就会磕在桌沿上。还好对于这方水土，她没有西西那样的强烈反应。

婚礼前一天，燕子的娘家人从东北坐火车到了安徽，住在老家县城，燕子也到县城和家人住在宾馆。婚礼当天上午，邓节和弟弟出发去县城迎亲，鱼表兄和另外两个堂弟同行，租了一辆奥迪做婚车，一辆路虎打头。乡邻在家的多半是老年人，邓节找到几个在本地工作的同学开车组成车头，看上去浩浩荡荡的也有十来辆。

到了宾馆是拦门认亲一系列程序，在县城吃了中饭，燕子只喝了半碗醪糟鸡蛋。下午一行人乘车回来，院落里已经铺好红毯，两边是摆好的酒席，迎门一阵震天的鞭炮响，烟雾弥漫，只有在乡下可以这样放开炸鞭炮。按照时新的习俗，邓义把燕子抱下车，显然因为燕子有身孕，他抱起来相当困难，脸也涨红了。邓节很担心，燕子会掉到地上，那样就要出事了。还好从下车到走红毯只是两步路，总算平安地进了屋，又是父亲安排的一系列拜天地父母宣读结婚证程序，起来下去地磕头，每一下邓节都特别担心。虽然燕子搽着厚厚的粉，又衬着白色的头纱，邓节仍旧觉得她的脸色变得苍白，他想让弟弟多注意一点，照顾着燕子一点，弟弟也像是在机械地完成程序。母亲的脸色也有些担心，父亲倒是红光满面，坐在堂上笑呵呵地受儿子儿媳跪拜。这大约是他一生中最风光的时刻，乡邻都喊他"邓老板"，以为他在北京生意做大了，儿子的婚礼场面才能这么风光，光迎亲车队的架势就不一般。

婚礼过后是酒席，燕子卸下了婚纱，换上新娘服和邓义一起在酒席间穿梭，敬酒陪客。她的小腹已经看得出微微的隆起，邓节似乎听见一些客人，尤其是女人们小声议论，燕子的神情也显得很不自然。有些客人强求燕子喝酒，有人还要燕子表演和邓义当众喝交杯酒，邓节挡不住，父亲也不知去了哪里，大约已经喝醉了在跟几个叔叔乡邻扯家常，周遭的婚宴越来越喧嚣，燕子的脸色越来越苍白，邓节的头越来越大，心里越来越担心，后来燕子手中的酒杯哐啷一声掉在地上碎了，人忽然蹲下去，捂住肚子呻唤起来，婚宴一下子变得鸦雀无声，像一台遍身闪光四个大喇叭外放的收录机被人按下了暂停键。

弟弟愣了一下，随后慌乱抱起燕子，邓节搭手和他一起把燕子送上先前迎亲的婚车，邓节开车赶去县城。一路上开得飞快，进县城在一个十字路口过灯有点早，差点撞上一辆抢黄灯的出租车，对方骂"傻逼"，邓节忽然想起父亲在北京的那次车祸，心里不禁狠狠地埋怨父亲，恨不得当着面骂他，把从小到大在他那里受的气都骂出来，连同在爷爷那里的憋屈。他破口大骂了回去，不过手上并未减速，对方也似乎意外而住口了。刚到医院门口，燕子大声喊痛，弟弟惊叫起来，说是燕子流血了，邓节心想是羊水破了，到急诊科一检查，说是流产了，婴儿手脚眉目都已成型，燕子已经昏迷，流血不止送进了手术室。

邓节和弟弟在外边等了两个小时，合伙抽掉了半包烟，好容易燕子止住血抢救回来了。一个堂劳开车把燕子的父母也带到了医院，弟弟陪燕子住院，邓节把燕子的父母送回了宾馆，赔礼道歉解释了一番，依旧开着婚车回去。上车之前他把车头上扎的一束气球扯了下来，随手一扔，气球往上飘了一点儿就落到地上，一颠一颠地滚到了绿化带里。回到老家院子，客人已经散去，满地狼藉，母亲和小姑默默收拾碗筷，父亲和两个叔叔坐在堂屋里，对面抽烟，屋里烟雾腾腾。邓节想冲父亲发一通火，又觉得没什么可说的，转身走到院子帮助妈妈和小姑收拾。

小姑的家在镇子上。晚上邓节开车送她和鱼表弟回镇子，小姑把一张纸递给了邓节，邓节一看是她和甘肃人的离婚协议。小姑说白天没好意思拿出来，你给帮忙看看，回了北京我再问你。一路上鱼表弟没有跟小姑说话，小姑问他明天上学不，他也只是嗯了一声，这点倒是像去世的姑父，他是个沉默的人，直到最后排不出尿浑身肿痛，他也只是这样轻微地嗯哼两声。

邓义的婚礼就这样收场了，事情传得全镇皆知，父亲得到了他想要的热闹。燕子回家休养，父母和弟弟在老家还要待几天，邓节回到了北京。在老家邓节一直睡不好，半夜醒来觉得太安静，安静得叫人心慌，叫人以为乡村里的人全都搬走了，过世了。到了北京的家里，头一晚他在三环的喧嚣里睡得很沉，西西说他打鼾了，鼾声很响，"以后你是不是就要一直打鼾了，照咱爸的遗传"。

第二天邓节想起小姑给的离婚协议书，拿出来看了看，甘肃男人希望小姑就共同出摊补偿他五千块钱，至于首饰就留给小姑了。邓节打电话问补偿条款小姑同意不，小姑还在市场出摊，背景声音很嘈杂，断续听得出来她是同意。邓节说那就没有什么了，我改动了两个小的措辞，打印出来给你拿过去，可能到了民政局还要按照他们要求的样式誊写。

改完了协议书，邓节又开始撰写上次矿机案子的申诉书，当事人坚持向高院申诉，不想接手贵州大山里那堆报废的矿机，也想请邓节继续代理。邓节没有了再打下去的心情，又觉得对不住人，提出义务帮他写好申诉书，之后不再参与这个案子。

协议书打印出来之后，邓节回了一趟大杂院。父亲下班在家，又穿上了保安的短袖，比起上次显得皱巴松垮。他低着头，头顶花白的发茬意外的多，脸盘缩了一圈，很多皱纹都显出来了，手指久久地夹着一支烟蒂，烟蒂的烟灰耷拉了好长一截，似乎他经过一场颜面扫地的婚礼再也回不到从前，甚至远胜摊贩生涯的终结。邓节拿出在路上买的芙蓉王，抽出一支递给他，父亲接过去，邓节给他点上了，自己也点了一根，父子俩对面默默地抽了一支烟。这是邓节第一次和父亲对面抽烟。临走的时候，他把剩下的大半包烟留给了父亲。

　　妈妈仍旧去798捡烟头，弟弟和弟媳回到了他们在丽泽桥的出租屋。亲戚们关门闭户，有两家已经搬离，只有小姑和邓节约好，拿走了协议书。大杂院显得更寂寞，周边的瓦砾无人收拾，树林下曾经像雷鸣一样的蝉声也消退了，邓节心想它大约维持不过这个夏天。多年来紧紧攀附在大北京边缘的手，终究要松开了。

墨菲定律

一

在与一苇和母亲柯凡的关系当中，我不知道自己的身份是什么。心理师，父亲的老同学，叔叔，朋友，还是她叫的哥哥，或别的。

和很多早期的同行一样，我也是半路出家的。从鹤岗辞掉厂部宣传科的工作来到北京之后，我还做了不少年头跟煤有瓜葛的生意，譬如劳保用品、小型机械啥的，都是跟人合伙，拿小头。后来煤矿关的越来越多，慢慢地终究做不下去了，以前赚的些许都赔了进去，一直没在北京扎下根来，家庭也破裂了。有一段我觉得自己的精神状态出了问题，晚上睡不着觉，从单人床上起身成了登长白山一样的事。有一次这样在床上躺了一天一夜之后，身体轻飘得像张纸，肚子却咕咕雷鸣起来，我意识到再这样下去不行了。

病急乱投医，去看了两次心理咨询师，当时还是个新鲜东西，觉得效果也不是很大。后来忽然想到，现在心理出问题的人多，这倒是个有前途的行当。好在大学学的是中文，又爱看些心理小说，转起方向来倒不算是太匪夷所思。那时候国家还有二级心理师考试，我用两年考了个证书，在北京三环之外租了个稍微大点的房间兼作住处和工作室，就算转行开张了。

十多年下来，我没能靠这行在北京买房子扎根，只是挣一口饭吃。心理学的理论一直在变，女客户是大多数，往往喜欢挑女心理师，还兴起能量疗愈的一派，桌上摆个水晶球，一手覆在球上，随便打量几眼客户，就算是接通了能量场，看透了来人的前世今生。这总让我想起小时候见过的跳大神。

我像是起了个大早赶上晚集，常常感觉过气了半截。近两年，我从事务所里出来单干，除了坐等客人上门咨询，我也学习别人建了一个微信群读书会，通过带领人一起读某一本书，一面收点会费，一面培养粉丝。一苇妈妈加入那段时间，我们在读的是《墨菲定律》。

起先我没在意柯凡的加入，她是群里两个鹤岗老乡拉进来的。不怎么发言，只是静静地潜水。直到半年多以后，到了要交下一季会费的时候，我逐个清点群里的成员，到了她的名字，默默打算将本来不算长的名单划去一格了。没料到柯凡不但续了费，还提出找我做一次心理咨询。

因为是第一次，我估摸着报了一个不高不低的价位，约好在我的住处兼工作室见面。这时因为北京的房租涨价，我已经又往外迁了两环，到天通苑二区地铁步行十来分钟的地方租房了。顾客下了地铁，走到稍微不耐烦的时候，也就到了。

柯凡出现的时候我有些吃惊，看上去像在哪里见过。她面容白皙但是皱纹偏多，约略看得出年轻时的清秀，个子不低，穿一件浅色外套，里面是恒源祥羊毛衫。头发看得出用心捯饬过，却被北京无处不在的风吹乱了，马尾上还落了一粒杨絮，远看像是鸡毛。我看着她心想，也许我们在鹤岗的公交站牌下一起等过车，或者共同在一个菜摊前停留，仅此而已。但当初她的面容一定是有些出挑，给我留下了印象。

咨询进行得有些费事。她叙述起来语无伦次，总是陷在自己的某个思路里，看不到同一件事情可以做完全别样的解释，每当这时候，我面前总像并非一个人，而是一只落网的飞虫，或者动物园铁笼中兜圈子的熊。我自己的心情也变得郁闷起来，因为在客人身上看到了自己。身为咨询师又不能太干预，只能顺着她说下去，实在不行的时候才表现得不经意地提醒一下，这主要是为了时间。两小时的咨询收费九百块，虽然我的时间并非如此紧缺，却也不能随意延长。

她叙述的线索在眼下和过往之间缠绕，好久之后我总算理出了一点头绪。她早年在鹤岗结过一次婚，生下了女儿，没几年就由于男方的大男子主义和养小三离婚了。以后她带着女儿过，没有再成家，甚至没有再找过男人。女儿考上大学后，她跟着亲戚来到北京，做医疗销售代表和物业管理之类的工作，把女儿一苇送去了日本留学。女儿半年前从日本回来，和她的关系出现了很大问题，像是变了一个人。

听她说着以往的经历，我又产生了某种熟悉感。似乎她生活中的哪个线头，和我已经在那个小城抛离多年的记忆某处是连缀在一起的。她是从小城考到沈阳去的大学生，在那一代人里面属于拔尖的，毕业后分配回到鹤岗，和铁矿上的一个人结婚。夫妻俩一起下海做生意，发了家，由于丈夫出轨和用度上的毫无节制，两人离婚，生意也破产了。也许是因为在东北有太多这样的情节，一遍遍地上演，没有谁是纯粹置身事外的看客。

丈夫早已不再联络，她现在最头疼的是女儿的事情。女儿从小学到高中都是乖巧听话的别家孩子，也顺利地考上了省城一座不错的大学。去日本留学期间，母女定期联系，也没有特别表现出什么异样。回国之后，一苇却表现得事事忤逆，从找工作到交男友、日常生活习惯，你叫她往东，她一定往西，找关系让她去面试，她故意穿成吊儿郎当的装束，用开玩笑的语气回答问题，把面试搞砸了，回来还显得很开心，像是很有面子一样。进了一家外贸公司，没两个月就出来了，说是不想在日本人的公司干。自己说要找别的工作，却又不见下文。外出时候不打招呼，问她见什么朋友不回答，好的坏的一概不知。

在家的时候，习惯把房间门关起来，一整天不出门地刷手机，只有吃饭的时候会打照面。偶尔进去一看，乱得不像个女孩子的房间了，还有一种昏昏沉沉的气味，一点不像是年轻人该有的朝气。多问她两句，就吵起来。柯凡说，她不知道怎么会这样。说到这里，她似乎会像很多女人一样流泪，准备去拎包里掏餐巾纸了，但终究没有流出泪来，只是眼圈红了。看起来她终究是个要强的女人。

我只能按通常的理论做一些解释，知道对她的问题其实是隔靴搔痒。我提醒柯凡注意一苇从小经历了父母离婚，在单亲家庭长大这一事实，这类孩子的心理相比完整家庭的孩子，不论如何都有更敏感的地方。作为母亲，需要和女儿加强沟通，多从一苇的角度想一想，毕竟她已经成年了。

柯凡起身收拾拎包，一边礼貌地点点头，我不知道对我的话她听进去了多少，不过看上去她到底放松了一些，还转脸打量了我一眼。这张脸我到底在哪里见过呢？正打算送柯凡出门的时候，她停下来问我，你是不是周北方的同学。我有些意外地回答是的。她点点头说，周北方是我的前夫。

她这么一说，我脑子里那些散落的线条算是搭上了。周北方确实是我的同学，但他比我大上四五岁，高中时

058

留级和我到了一个班里。他没有考上大学，复读了一年没有改观，顶班进了矿务局下属的机械厂。他是那种外形轮廓很扎眼的男生，因为大了几岁，在班级也很有大哥范，虽然不受老师重视，却总有几个小弟跟随左右，那时候就经常下馆子吹扎啤。他下海之后，喝酒成就了他的生意，曾经显赫一时，在同学圈中召集每年度的饭局，饭局上他的酒量永远首屈一指，比我们这几个上了大学进单位拿死工资，喝不敢喝赌不敢赌的人要潇洒得多。并且他还找了一位女大学生做老婆，照片上柯凡的容貌更是引人羡慕。

但喝酒和赌博最终也毁了他，听说他落到妻离子散还坐了几年牢，坐牢期间结了婚的小三也离开了。最近几年他再度出现在同学微信群里，开头说是再度创业成功，不时显摆几张坐宝马赴酒局的照片，后来却开始找同学借钱，不过到现在并未借到我头上，大约他也觉得干个心理咨询什么的实在没有多大油水，不过我还是有几分终究会被他点名的忐忑。

我没有见过柯凡，仅仅是看到过周北方手机里展示给大家的照片。但柯凡说，她早就从一个老乡处知道我是周北方的同学，这也是她愿意加入微信学习群，和眼下来找我咨询的原因。

我想告诉她，这种熟人间的心理咨询其实是不合适的，因为咨询师会有代入感，又牵涉到很多隐私。不过我和周北方上学期间并不亲密，除了同学圈也没有更深的交集，长年北漂，这方面的忌讳也就少了一些。倒是有点担心，我这间一半像是住处的工作室给她留下了什么印象。

以后我们偶尔在微信上聊几句天，没太提到过去在鹤岗的事，她会就课程学习里的一些疑点单独问我。有几个群友也习惯像她这样，后来他们商量之后提出建议，在线上的读书讨论之外，再搞一个定期线下聚会，当面交流，参与者另外缴纳一笔会费。柯凡也参与了，虽然我知道她在物业的工资并不算高。

因为我的住处太过偏远，大家约定在雍和宫附近的一家星巴克定时聚会，那里平时人多，周末的上座率不高，我们的讨论不大会干扰到别人。聚会时大家各点自己的饮料，轮流帮我点一份，阅读的书目仍然是从《墨菲定律》开头，渐渐地大家习惯了坐下来先聊一下家常，再开始读书。柯凡往往是来得最早的一个，在角落里占好位置，就着有些昏黄的灯光读膝盖上摊开的书，偶尔会让我想起她的老大学生身份。

像加入线上读书会的经过一样，柯凡一开始仍然是最沉默的一个，似乎她额外交了钱的目的只是来这里点杯饮料坐下，当面倾听大家讲话。后来在拉家常之中她也渐渐会说上两句，但仍旧显得矜持。聚会结束后各自回家，多数人是走到雍和宫站分头搭地铁，我搭五号线回天通苑，柯凡和另两个人是转二号线，她的住处在上地附近，需要到西直门再转乘十三号线。

有一天在二号线地铁站台上，柯凡提出跟我一起去搭五号线，到立水桥再转乘十三号线。我觉得她这样比较绕，但没有说出来，一起上了晚上十点过了仍然显得拥挤的五号线地铁。

地铁上没有座位，我们站在过了惠新西街南口不再开启的车门一边。地铁过了惠新西街北口，开始钻出地面的时候，她背靠着车门问我，如何能让自己想到前夫时不再愤怒？

她说，自己现在看到女儿的一举一动，都会想到前夫，忍不住想骂人，吵架。一苇现在越来越像爸爸了，有时候她都觉得女儿是故意的，为了气她。

车窗外北京的灯火点缀在黑暗的背景中，在柯凡身后时而闪过，不足以照亮奥森公园到西山一带大片的黑暗。黑暗中浮现出了我的那位高中同窗的脸。在班上他经常是中心，而我只是个小不点儿，甚至可以说受到过他的欺负，当然对他来说可能是不经意的，就像人会不经意地伸手去按一下树皮上的一只昆虫。后来听说他的没落，心也会像风吹的水面，掠过一丝轻微的绉纹。

这样的联想其实是不专业的。确实我和柯凡在这时并不是在进行心理咨询，像是两个老友在聊天，她也没有因此付费，但她毕竟是我的忠实客户。我把心思收回

061

来，问一苇和她爸感情好吗。

不好。小时候他也还算疼她，但没多久就闹离婚，他很少回家来，都是我抚养她。再后来，一苇不愿意见她爸，现在更是不愿意人提到她爸。

那你就不能说她像她爸了。你不能在她身上找她爸的影子，对她的伤害会很大。

但她行为举止就是像她爸。邋邋遢遢没个边儿，睡早床，到了快吃午饭时还不起床。屋里一股气味。说话特别难听，要不不理你，当你在屋顶下不存在。作息颠倒，半夜刷手机，有时候还跟人出去，很晚才回来，身上一股酒气，说是朋友，不知道是哪来的朋友。越看越像她爸，来气。小时候她不是这个样子的啊。

我想告诉她，这是心理学上的投射机制，你是把对于丈夫的怨念投射到了女儿身上，这样你会怎么看她怎么像她爸。但说得这样直接并不合适。我只是告诉柯凡，人的心理是互动的，共同推动一件事情向前发展，你越看越像，她就会真的越来越像；你看着不像了，她可能就会越来越不像。这是我们正在学的墨菲定律。

柯凡认真地听着，没有回答。灯火和黑暗依旧交替在她的面容背后闪过。

车上变得空了一些，但我们都没有坐下来。柯凡换了个话头说，她觉得一苇大学学的是外语，又到日本留过学，最合适的就是到外贸公司，可是她就是不愿意，宁肯去找那些不靠谱的什么文化创业公司。她还是觉得，女儿在日本遇到了什么事。

车到立水桥的时候，她忘了下车，我提醒了她一下，她才忽然回过神来。"谢谢你免费听我吐槽，下次再见啊。"我说都是老乡没问题。她冲我微笑了一下，有些急促地跟在别人身后出了车门。

在天通苑下了地铁，正在过天桥的时候，我接到她的一条微信，说有机会的话，让一苇找你聊聊吧。我说可以，不过我估计她不大会愿意，现在她处于自我封闭期。

我沿着一区南边的街道走回家去，这条街道现在变得安静，前两年靠近地铁站排开了半条街的烤面筋、炒河粉和小螺蛳摊子都被清理掉了，再也没有那种闹哄哄的喧嚣，想到这件事情不知道是高兴还是遗憾。小区铁栅栏有一处铁条被人掰弯了，辟出一个可以进入的洞，比走到小区入口进去再绕回来要省一些路，我像别的赶时间的上班族一样钻进这个洞，越过绿植区走向自己租住的楼房。这几年绿植区栽了不少桑树，暗中闻到一种像是酒酢的气息，忽然想到是桑葚成熟了。我也曾不顾打过农药的警示摘下一捧来吃，享用一点酸酸甜甜的南方滋味，但今晚有些心不在焉。

柯凡和她女儿一苇的事情，不知为何占据了我一部分的心理空间，我想到她和周北方那种难解难分的关系，想到可能会见面的一苇，我老同学的女儿；我感到某种好奇，这超出了一个咨询师应该有的心理活动。

二

一苇申请加我的微信，看她的昵称是"胡不归"，加上以后她问我，知道这三个字的意思吗，我说知道。式微式微胡不归，混得不好干吗不回去。一苇看似对我的解释很满意，哈哈笑起来。交谈变得意外的轻松，我们约定在天通苑华联广场一家咖啡馆见面。

这里离我的住处不算很远，我偶尔会来吃一顿快餐，再骑上二十分钟共享单车回家。那天我扫了一辆小黄车骑到华联广场，外面新开张了一个露天儿童乐园，一些家长正在带领小孩子玩西瓜大作战，旁边矗立的网兜城堡上也有不少孩子在攀上爬下。看来天通苑除了晚上过夜的人多，周末的白天也逐渐热闹起来了。这意味着很多北漂一族有了下一代。

忽然想到分手了多年的她，如今她大约也漂泊在这座过于广大的城市里，在北京拥有自己一套房子的愿望，或许实现了吧。我不是那个适合帮助她实现愿望的人，更谈不上和她繁衍下一代。她的孩子如今是不是也过了玩西瓜大作战的年纪，在哪座网兜城堡上爬上爬下呢？

走进 Costa，一苇已经坐在那里，和我想象中的样子很不相同。她的头发焗过油，不过褪掉了一些，颜色正好达不到鲜亮得反常的程度，又有几分亮眼。一身水红色的穿着显得时髦，深 V 敞口的衣领露出一抹乳沟，显得有一点过于性感，和她单薄的身板及年龄不大匹配，也引来咖啡馆里旁人的目光。她的脸上有一点微笑又捉摸不透的神情，近于某种媚态，却又像是很天真，让人把握不出她的心思。

她的饮料已经点过，我另外再给她点了一杯草莓奶昔，试着跟她聊起来，话题闪闪烁烁，不大敢去触碰有关父亲和日本的话题。她倒似乎经过审视，对我落落大方了起来，渐渐说到在鹤岗的一些往事。那个除了冬天的白和其他季节的黑几乎没有别的颜色的城市，她没有任何怀旧之情，小时候只记得家境不错，比起周围的人来都要好一些，后来有一天父母突然开始吵架，她脑子里面的第一个印象是父母站在客厅大茶几的两头，因为父亲经常带朋友来家里吞云吐雾小菜下酒，茶几做得特别的大，水晶的烟灰缸里总是摁满了烟蒂，那天烟灰缸不知怎么到了父亲手里，朝另一头的母亲挥舞着，随时会扔出去，一些积存的烟灰随风飘落，到了坐在沙发上的一苇眼睛里。一苇揉着眼睛却不敢哭，父亲口里吐出一连串骂娘的言辞，几乎听不清他在说什么，茶几另一头的母亲只是冷冷地盯着他，声音不高不低地回上两句，却对父亲具有极大的杀伤力，让父亲更加暴跳如雷，最终却又彻底泄气，冲出家门一走了之。一苇的眼睛这时已经被烟灰扎得流了好多泪水，却不敢真正地哭，怕哭泣惹得母亲更不高兴。她明白在这场剧烈的冲突中，尽管父亲的声音更高，动作更吓人，得胜的却是母亲，父亲实际上一败涂地。一苇除了跟随母亲进退，没有任何办法。

后来一苇听母亲说父亲找了小三，跟着就是离婚。离婚之后，有段时间父亲给生活费，后来说没钱给了，但还偶尔打电话过来，要一苇去他那里玩，"直到妈妈让我去跟爸爸要房子"。

妈妈怎么会让你去要房子？

是啊，那次让我很恨她。一苇画过的眼角有点上挑起来说。

九岁那年一苇放暑假，爸爸让她过去玩一天。临走前妈妈特意嘱咐，爸爸现在不按时给生活费了，他住的房子当初说好是给你的，只是让他一时借住在那里。现在他跟那个女人结了婚，生了孩子，还住那房子，将来这房子就归了别人了。我打电话他总是不接，你去跟他开口要房子，这房子是你的。

到了父亲家里，并没有见到母亲口中那个小三女人。

父亲陪着她出门去买蛋挞和棉花糖，去了天水湖公园划船，在大黄鸭船上她提了房子的事。

在划船的父亲脸色立刻就变了，一苇开始担心他会把她扔下水去。父亲只是沉默地把船划到了岸边，当天的游玩就此结束，父亲没有留她吃晚饭就送她上了公交。到家之后母亲问一苇有没有对父亲提房子的事，一苇说提了，但没说船上的事。

以后一苇常常想起父亲脸上像是瞬间戴上了面具的表情，感到自己做错了什么事情，造成了无法挽回的后果。到了十几岁的时候，一苇大体上就明白了，几年间再没去过父亲家。到北京之后，听说父亲试图再次创业，因为诈骗罪坐牢了，到了十七岁那年，父亲从牢里出来了，母亲打听到那套房子没有被法院没收拍卖，又让一苇主动跟爸爸联系，"顺带提一下房子的事情"。

正在吃饭的一苇感到愤怒，把饭碗一摔，忽然间就跟妈妈吵起来了。

妈妈的脾气很暴烈。小时候她的要求很严格，如果有什么方面达不到，她会很严厉地责骂，有时候还会动手。和父亲吵了架之后，她的脾气会变得很差。离婚之后，她的脾气更糟了，一苇根本不敢有一点违背，这次不知怎么就爆发出来，连柯凡也一时愣住了。

这是你自己的事，你自己没办好，为什么要指使我？那个房子跟我一点关系都没有，想要你自己去要，不要拿我当枪使！一苇一口气对母亲喊出了这些话，自己都被自己的勇气吓住了。她浑身颤抖起来，脸颊不由自主地收紧，等待着母亲暴怒的耳光落上来。

意外的是那次柯凡并没有动手打人，只是冲女儿嚷嚷，这本来就是你的房子，你看我们现在还是租房住，没个自己的地方。一苇说我一点儿都不想要什么房子。争吵含含糊糊地过去了，柯凡没再对女儿提起这件事，一苇也没有跟父亲联系过。柯凡并没有忘记那套已经变成了白菜价的房子，在穿过半个北京的五号线地铁上，她曾经两次对我提起来，只是没有说到过让女儿去索要的事情。毕竟在这个世界上，只有在那套房子里，她曾经是真正的女主人。

这套鹤岗的房子对于一苇毫无意义，里面没有留下跟一苇有关的东西，除了一个铁臂阿童木玩偶，日本货，胸口会发光会呜呜叫，是爸爸有次去日本给一苇带回来的，这也是爸爸唯一的一次给一苇买玩具。这个阿童木一苇还玩了两年，直到和妈妈一起离开那套房子，一苇手里拿上了它，被妈妈夺下去扔在沙发上，说这是你爸爸买的，我们不要。出门的时候一苇最后看了屋里一眼，只见那个玩掉了漆的阿童木孤零零躺在沙发上。

一苇觉得哪里也不是自己的家。不管是有一套据说是登记在自己名字下的房子的鹤岗，还是和母亲多年租房住的北京，甚至中国，一苇都没有什么感觉，大学毕业之前，她根本不想在东北找工作，连北京也没兴趣，只想走得越远越好。

上中学时，一苇的学习很出色，在这方面没有违反母亲的要求，尽管经常会由于玩手机或者偷懒受到批评。她顺利地通过了高考，比柯凡的母校要高出一档。在大学里，一苇成绩不错，和同学们的关系也还算好。母亲满足了她去日本留学的愿望，到了日本之后，看起来日子也还顺心。但是回国后一切都变了，究竟发生了什么呢？

聊天的后半段，我委婉地提出这个疑问，尽量避免让她感觉是她母亲让我来问的。一苇却很坦然地回答了，说是毕业前不久被性侵过。

当时她并没打算回国，想要在日本找机会实习，留下来。有一次去一个株式会社应聘，在一个特别偏远的工业区，会社在一幢近乎半废弃的大楼里，走进去时空无一人。她有些害怕，但还是坐电梯到了四楼，敲开了那家会社的门，里面只坐着一个相貌猥琐的男子，看起来像是等得有些不耐烦了。他假模假式地询问了一苇几句，很快就跟那些 AV 片里的情节一样，离开了桌子开始对一苇动手动脚，撕开了一苇的衣服和裙子。

一苇的力气很小，脑子里近乎一片空白，但和 AV 片里那些性侵实习生的场面不同的是，这个猥琐的男人阳痿，没能真的强奸一苇，但他的手指伸进一苇下体乱捅了一阵，一苇觉得特别疼痛，大喊大叫使劲挣扎，后来他可能觉得害怕和无趣了，放开了一苇，一苇赶紧逃出了办公室，不敢等电梯，一路从楼梯跌撞逃下去，离开了那个工业区。这件事发生之后，一苇就不打算留在日本了。

母亲旁敲侧击问过她好几回，最近两次甚至是逼问，一苇都没有回答。除了在日本时的舍友和个别朋友，我是知道这事的第三个人。还好身体没有留下后遗症，但她做过好多次还原这个场景的噩梦，这也是她一到日本那种株式会社里上班就受不了的原因。在那之前，她在日本还遭遇过尾随。就是那种电视上演的痴汉，头发乱糟糟的，穿花格子衬衣，等在她下课的地方，一路尾随她到住处外边，她吓得两腿都在抖，当时她住的地方在一片墓地前面，比较偏僻，事后赶紧搬了家。

但是现在，她又想再次回日本去，感觉自己还是挺喜欢那里的。但是柯凡说了，不可能再供她回日本，家里根本没有这笔钱。

柯凡跟我说过，回国以来女儿没挣钱，除了吃住在家里，还额外花了她两万块钱，她自己从物业公司离职，还要租房，已经拿不出更多的钱来了。

假如在国内，你想找什么样的工作呢？

我想找文化艺术方面的，一苇说。她不喜欢做生意那些事情，很枯燥。在日本，她喜欢那里的文化气息，自己也喜欢写点小文章，还画过一段速写，只是没坚持下去。回国之后，也没有那样自然的风光了。这段时间她认识了一些文化产业方面的朋友，她打算去试一试，如果能上班挣钱，就可以从家里搬出去，她实在不愿意和柯凡待在一块了。

聊天结束后，我送她上了滴滴快车，自己去坐地铁。她问我刚才也是坐地铁来的啊。我说是的，习惯了公共交通，你也可以尝试一下。一苇轻笑了一下。

我跟你说的那件事，是信任你，你一定不要告诉柯凡。

钻进车门的时候，她回头来对我说。

一定。我说。

三

冬天过去，咖啡馆的大楼外边添了两个花坛和一些游乐设施，其中有两个坐上去能转得像带木格的地球仪一样的装置，常常有孩子玩耍。那天柯凡早到了一会儿，坐在椅子上晒太阳，我看到她的时候，她在像那些小孩子一样轻轻转动"地球仪"，看到我连忙停下来。我也去坐了一下，我把一苇想要找到工作搬出去的想法告诉了柯凡，说这是好事。住在同一个屋顶下，你们的距离太近了，只有彼此，会在对方身上挑毛病，又相互摆脱不了。这在心理学上叫作依赖共生。柯凡没说什么。

后来她问我，在日本是否发生了什么事。我没有明白告诉她，只是说一苇不愿意去日本人的公司，就不要强迫了。至于一苇往文化艺术方面发展的想法，柯凡觉得很靠不住。

我有同样的感觉，但还是劝说柯凡让她自己去试一下，不能代替女儿做主，不要总把事情往坏的想，"我们读的墨菲定律不是说了嘛。你总觉得会发生一件坏事，那坏事就会发生。反过来讲也一样"。

柯凡不置可否。但她看起来有点高兴地告诉我，她已经尽力不再在一苇身上找她爸爸的影子了，看到她有什么缺点，"我就想到你提醒我的，她是她，她爸是她爸，各归各"。她还说，想到一苇她爸的时候，自己也尽力做到不怨恨，心里不再有这个人就完事了。"恨他，说明还在乎他。他这样的人，不值得我在乎。"她微微笑起来说，轻轻地转动了一下我们身处其中的地球仪。

这次聚会上，有两个一起读书的群友说想考消防工程师证书，国家强制推广消防认证，这个行业收入不低旱涝保收，考过了证书的话，只需要挂在企业名下，并不需要日常去上班，时间自由。只是通过率很低，只有百分之五左右。他们都是半自由状态的职业，打算一起去报培训班，柯凡听了也有意，只是害怕自己记忆力不行了。旁边的年轻人青云鼓励她说，你年轻时就是大学生，有功底，考起来一定不会很难。青云在一家教育创业公司做培训招生，人很开朗，听说公司势头不错。过后柯凡在微信上跟我说，她想劝说一苇也来参加读书会，和我还有青云他们都交流一下。

过了一段一苇真的来了，和青云挨坐着，青云的样子看上去很落魄。原来培训学校在化学实验课上出了一次事故，一位学生被爆燃的氢氧化钠严重烧伤，鉴定为三级残疾。学校赔了几百万元，生源也大幅流失，被迫关闭了，青云的经济陷入窘迫，聚会时点不起饮料，只能喝水，一苇替他点了一杯。

读书会前半段的气氛还可以。那天阅读的内容是"习得性无助"一节，讲了两个故事：一只锁在笼中的狗因为一再被电击到抽搐，当笼门终于打开时也忘记了逃跑，只是无助地躺在地上呻吟；一个叫米契尔的人两次遭遇空难，浑身烧伤下身瘫痪，依旧百折不挠获得了成功。一苇没有拿书，青云和她合看一本，跟着大家一段段阅读和讨论书本内容，虽然没有加入讨论，听人讲时也还有耐心，没有心不在焉或者忽然会爆发的感觉。到了后来我问大家还有什么疑问的时候，一苇指着这一节的副标题"没有绝望的环境，只有绝望的心态"说：

"真是这样吗？如果狗笼子就是永远不会开，或者米

073

契尔不只是下身瘫痪，脑子也摔坏了呢？或者当场挂了，死得特别难看？我不大理解心理学的意义是什么，如果生命说到底就是没有意义的，大家的结局都是走向死亡，所谓调整心态不就是自欺欺人吗？"

这么大的问题，让气氛一时陷入沉默，我能感觉到大家在看着我。我尝试着解释说，我们用不着一下子走那么远，就像一个人迈步不会立刻就到达地平线。

你怎么知道地平线那边一定有什么，也许就是什么都没有呢？小时候你看太阳，不是以为它就落在房子或者山顶后边，等你到了那边去看，又在更远的地方吗？一苇说。

对呀，总在更远的地方，所以才有希望。如果我们一开始就放弃了，就看不到太阳一直在更远的地方照耀，并没有真正落下了。

可我并没感觉阳光照在我的身上，我总是赶不上趟，待在黑暗的这一边。一苇说。就算阳光照到了我，我可能也受不住，可能待在阴影里还好些。

我又想起了没有力气起床那段时间的情形。我隐隐产生了一种怀疑，一苇可能是得了抑郁症。

过了一段，一苇的朋友圈出现了一些沉香制品的照片，譬如几个身穿中式服装，看起来是儒商模样的人坐在四合院内院熏香喝茶，配文"别人眼里一寸黄金一寸香，我们就这样泡水喝"，其中也有一苇喝沉香水的自拍。试着在图下评论，一苇口气愉快地回复了，原来她入职了一家沉香文化公司，地址就在雍和宫附近，做老板的助理。我告诉了柯凡，她对于这个卖沉香的公司和一苇需要陪老板应酬感到不放心，仍旧希望我能帮她多了解一些。

我试着跟一苇说自己偶尔会去附近的国子监一带闲逛，到时顺路去她公司看看。她高高兴兴地答应了。去的那天，一苇来沉香公司附近的地铁口接我，给我和她自己各买了一杯奶茶。和第一次见面的扎眼不一样，她穿着一件有些早于节令、对她的身量来说显得过大的羽绒服，使她在衣服里显得更小，似乎比和我初次见面倒回去了两岁。

我们捧着奶茶走进沉香文化公司，里面其实是一家比较宽敞的店面，连带楼上的办公区。一苇说一半的门面在清违中拆除了。一楼的玻璃柜台和壁橱里陈列着大大小小的沉香制品，标价不菲，玻璃盒子上标明各种产地，从马来西亚到东帝汶，一苇说沉香是一种资源枯竭型产物，所以寸香寸金。当然这里也有便宜的，几十块一小截，拿回去当香熏那种，这似乎是店里唯一低端的东西了。两个店员安安静静站在那里，看上去有些无聊。虽然一切装修得考究，却没法改变生意清冷的事实。他们和一苇看起来也不熟，彼此没有搭什么话。

一苇说自从店面被拆掉了一半后，生意受影响很大。她本人应聘的职位是总经理助理，来之后跟老总出去谈生意应酬了两次，人家觉得她还是比较青涩，职责调整为编公号撰写文案。

一苇说她请了一会儿假，可以陪我出去转转。我们走到了对过的国子监街上，晚秋的树荫仍旧浓密，但发黄的槐叶正在飘落，地上已经铺了一小层。夕阳从身后将我们的影子也铺在地上，一苇的影子裹在那件过于宽大的羽绒服中，显得确实像个小孩。一苇说，她在这里并不是很愉快，待遇和当初谈的有落差，而且自从转为编公号之后，主管老是跟她过不去，似乎是穿小鞋。公号虽然标着传播沉香文化，实际还是卖沉香，有业绩压力。她虽然自己写过一些小文章，却完全不觉得在沉香这么个小众的题目上，自己能写出老板和主管要的爆款。

我只能劝她有这么个工作干着，锻炼文字能力。"将来你对沉香了解多了，也是一种资历"。一苇没有再说什么，转头去看街道两旁卖佛教文化用品的店面。她带我走进了其中一间，不时拿起柜台中的饰品和摆件浏览一下，说自己下班后喜欢到这里逛一趟。即使她并不经常下手买东西，那些店员对于她仍旧显得热情，似乎承认她是一个老练有眼光的顾客。在这里，一苇又显得成熟了一点。

眼下似乎是个时机，我问一苇到沉香公司的消息有没有告诉柯凡，她说没有。我径直说，她想让我问问你，近来为什么完全不跟她联系，朋友圈也把她屏蔽了。一苇刚才被店面灯光和鎏金佛像饰品反光涂抹的面容有些暗下来，不过看得出她没有生气。"因为她很烦，什么都想知道，又暴力。"她停了下接着说，"性侵的事情已经被她知道了。强行逼我问出来的。"

原来那次我跟柯凡说过不要勉强一苇去日企工作后，柯凡感觉其中有隐情，回家后使劲追问一苇。开始是问，接着是哭，再后是逼，一苇一直不肯说，柯凡就发飙了，摔砸东西，后来变得歇斯底里，拿菜刀架在自己脖子上。你今晚不说实话，我就抹了自己脖子。见一苇没有反应，她忽然把眼光转向一苇前一段在街上捡回来喂养的小猫，名字叫小布，因为室友过敏放在这边养。柯凡抓住小猫把刀架在猫脖子上。你再不张口，我就先杀猫，再杀自己，都不活了，我他妈早就活够了。一苇看见小猫在明晃晃的刀口下瑟缩，吓得哭了，把日本的事情告诉了柯凡。

"我们之间的事，她冲着小猫？她简直就是个疯子、懦夫、杀人犯。我再也不会跟她说话了！"一苇苍白的脸变得发红，似乎是那件过大的羽绒服让她感到热了。

我不知道怎么劝解好，害怕引起一苇的逆反心理。正好这时经过国子监的门面，我问一苇有没有进去看过，里面有历朝万代的状元碑，一苇说没有。我说可惜这会闭馆了。"都是文状元吗？有没有武状元。"走过去之后，一苇忽然问我。

我说都有，文状元的地位通常比武状元高一些。

"为什么呢？"一苇问，"我想当武状元。当将军。"

我望着她。"我一直想当将军。"一苇说，"当不了岳飞，也要当花木兰、梁红玉。我一直觉得自己前世是个英雄，也许是杀气太重，今世投胎到我妈肚子里，落了这么具单薄的身子骨，连只小猫都保护不了。"

从国子监出来，我将一苇送回了公司，再次叮嘱她不要轻易离开，毕竟这里是个正式的公司，还缴纳三险。她似乎听进去了。

过了两个月，一苇忽然在微信上向我借五千块钱。

她还是从沉香公司辞职了，坚持要再回日本。留不成学就办签证过去打工，自己借钱交中介费，不想找柯凡要。找朋友和同学借了一圈，还差五千块，想到了我。

我有点小小的意外，毕竟只是见过几次面，而且是咨询师和客户的关系。但又似乎不止于此，说起来我毕竟是她爸爸的老同学，见面时她一直喊我叔叔，在北京又是同样从鹤岗那个小地方出来的老乡。但加上这些，也不一定会使她开口。似乎还有一点什么，无法确定，却是她和我共同感到的。

想到这里，我有些不安起来。我和她们母女之间超过了普通的心理师和顾客的关系，从业务的角度来说，这并不合适。但我还是转账给了一苇。一苇只是轻轻回了句谢谢。再过了半个月，她在朋友圈晒出一张日本国的劳务签证，说是很快要走了。

我约她吃个饭送别一下。地点约在北土城附近，出了地铁十号线不远，地铁线对面延伸元代大都遗留下来的夯土城垣。和我们第一次见面相像，一苇再次穿得很单薄，只是一件深 V 领的纯白小毛衣，看去禁不住这个早春季节，有一种近乎可怜兮兮的性感，再次让我想起山里那些成精的小动物。

我特意点了一道日本豆腐。等菜上桌时，我问一苇为何一定要回日本去。"我不是喜欢那边的人。人对我来说不重要。"她敲着一根筷子轻轻地说，我心里起了小小的震动。在给顾客做咨询当中，我偶尔会听到人们轻轻地吐出一句话，却是无声的惊雷，譬如，"我觉得爸爸是我的，不是妈妈的""我希望她遇到车祸瘫痪在床，这样我就能一直照顾她"，一苇的这句话似乎还要严重一些。

"叔叔，你跟我父亲很熟吗？"吃饭当中一苇问。我踌躇于如何回答她，只好说虽然算是老同学，关系并不熟，很多年没见过了。

一苇轻轻点了点头，说我跟他也不熟，也很多年没见过了。我也很多年没有回过鹤岗。她拿起玻璃杯喝了一口开水，水汽从她手指和面容前面升起来，让她有了一丝恍惚的神情，杯身上留下了她的指纹。一时间我也有些恍然，似乎我们是在鹤岗那座老旧的小城里见面，那里的馆子都是东北菜，小鸡炖蘑菇或者大丰收，人们相互碰撞的啤酒杯上带着煤黑的指印，冬天玻璃窗上蒙着一层水汽，漆着"太熟悉"或者"老百姓"的字样。也可能开了一两家"老兵"、"芳华"或者"蒙地卡罗"字样的咖啡馆，大张玻璃上标着啤酒多少钱一扎的广告，画着倾倒的大啤酒杯子图案，生意清淡，桌椅蒙尘。这么多年过去，整个小城没有变得更漂亮，像一苇的爸爸这样的人还留在小城里，指望着在燃煤剩下的灰堆里继续翻找一点过去的反光，年轻人早都走光了，连在别处金贵的房子也没有人要，一幢幢地空着，反射着唯一不缺乏的淡薄阳光。前不久我看到了网上鼓动按揭不起房子的北漂花白菜价去鹤岗圆梦的消息，只想苦笑，反正我这个老家在那里的人，不会去做这样的打算。

饭后我们在元大都遗留的土垣之下散步，土垣之下桃花零星开放，遮不住干结了一冬的生荒地。一苇走在我旁边，身形弱小，像是宫崎骏动画片里借物的小人阿莉埃蒂，显得有些透明，一阵略为强劲的风吹来，不仅她的单薄小毛衣禁不住，似乎还要将她带走，并不觉得性感，倒是有些可怜。我不知道她再次去日本会遇到什么，又能回避什么，就像那个借物的小人儿，人类孩子的稍微一个闪失，就使她没法在原来的地方生存下去。一苇自己却不承认穿薄了，她显得很有兴味，似乎愿意这样多走一段路程。

已经在路旁道过别，走出两步，她回过来要拥抱一下。拥抱的时候，更觉得她身形的弱小，不便真切去感受。松开后她看着我说："哥哥，你在北京要好好的。"

一苇突然改换称呼，我一时没反应过来，看着她坐进出租车，向我挥手而去。我向着地铁站走，心里忽然有一种悲哀，刚才拥抱的一丝温暖感觉，似乎残余在我的胸前，被北方的风吹散。只是这么隐约的一丝，我已很多年没有得到，得到了又转瞬消逝。下一次见面不知在何时，我仍是孤零零的一个人。

以后我离开了北京一段时间，到外地参加一个心理师督导班，算是充一下电，前段时间感到特别疲倦。回去以后柯凡约我见一面，在龙德广场的 Costa，我可以搭一趟公交过去。

见面时感觉柯凡老了一截，头发的花白已经遮掩不住，不由想到从第一次线下聚会以来，时间已经过去两年多。在北京，或许由于地方太大，到哪里都需要太多时间，时间的流逝是不知不觉的。季节已经入夏，广场里这一角的冷气开得不足，我们坐在门外吹自然风聊着。柯凡说，一苇回日本失败了。

一苇委托的中介是黑的，柯凡怀疑她是在百度里随意搜来的。柯凡去网上查了这家地址在沈阳的公司，发现它是借助另一个单位的壳，自己并无资质。后来工作签证果然没有办成，一苇却已经交了两万五千块钱，都是她自己借的。

柯凡打电话去催要，用了各种办法包括找当地的关系人脉，包括联系媒体曝光，最后只退回来两万块钱，白白损失了五千。一苇要那两万块去还账，柯凡问她借钱的来源，说是前单位的同事和朋友。另外短缺的五千块钱，问她是借谁的，一苇不说。

"我想来想去，她该不会找你借钱吧？那样我可一定得赶快还你。"我说没有。

退款转过去之后，一苇拉黑了母亲的微信。前两天解封了，柯凡试探着发了一条小猫的消息，没想到回过来的却是劈头盖脸的痛骂，当时柯凡完全蒙住了。以前母女虽然闹僵，很久不说话或者争吵，却没有过这样的斥骂，她平生没有被人这样辱骂过。这也是她觉得必须见个人聊聊的原因，想来想去只有我。

柯凡把手机递给我，让我看一苇那天晚上发给她的微信语音，密麻麻地有六七十条，都是控诉的语气，到后来羼杂着污言秽语，有些地方不堪入目。我不想一条条地点开那些语音，听到那种尖厉变形的声音，听上去不像我认识的一苇，不是那个借物的小人，倒是另一类动画中复仇的二次元角色。似乎她把积累了二十多年的怨恨，统统凝聚成对生母的致命一击，不计后果。做心理咨询这行以来，我了解很多极端的行为，包括一个少年怀揣刀具准备去广场上捅人报复社会，却没有见过针对亲生母亲这种不堪入耳的诟骂。

短信里提到了九岁时让她去向生父索要房子的事情，这件事情给一苇的伤害比看起来的大得多。还有柯凡每次想到前夫，就拿一苇来撒气，用她经济上的优势来压服一苇，而她毫无反抗能力，只能屈服。再有是柯凡逼问一苇在日本的性侵事件，当时柯凡威胁女儿要杀死小猫再自杀，"你是个懦夫，刽子手，不能叫作一个合格的母亲，甚至都不能称为一个人"，末后的一条文字信息说。我想到在十三号线地铁上，柯凡提到一苇越来越像她爸爸时脸上的表情，想到她们从鹤岗到北京相依为命的租居岁月，活在彼此的晕轮效应里，已经看不到彼此的其他方面。

柯凡说她现在不想把心全放在一苇身上，消防工程师的科目进展缓慢，上次只考过了一门，却看到新的政府通知，强制的消防认证改为自愿了，这个后半生打算就这样落了空。"有时我也想找个男人，可是真的又不想凑合"。这么多年下来，她没有遇见过多么动心的人，偶尔有的一点暧昧也被她自己打消了，毕竟到了这个年龄，对方大都是有家室的人，她生性不习惯随便。"咬牙坚持下来，却成了这个样子。想想是不是自己太清高了？"

末了她请我有空时去她那里看看，做顿饭给我吃。自从一苇离家之后，她就很少和人一起吃饭，也没有什么朋友去过。

我搭上久违的十三号线，往西北绕了一个大弯子，在柯凡往常下车的上地站下了车，扫了一辆哈罗单车骑往柯凡说的小区。我迟到了四十分钟，因为这天有个结婚不久的女人来工作室咨询，说好的时间为一个小时，到了钟点却刹不住车。她历数老公从前谈过的恋爱和嫖过的娼，不管是好的坏的，都让她觉得受到了极大的伤害无法自拔，老公有些大嘴巴，她自己又无法控制地到处去寻找蛛丝马迹。咨询当中她一直在控诉，我几乎插不进话，后来不停地抽泣，到了两个多小时才得以结束，我也不好多收她的钱。这样的咨询到了后来，心理师起不了什么实际的作用，就是充当一个树洞而已。树洞当久了，里面积存的垃圾太多，自己就撑不住了，要找个地方倒掉，却很难有地方，因此我定期会参加课程接受督导，虽然收费不低。

骑自行车让我的头脑清醒了一点，到了红庄，这是一座老式家属楼小区，和北京的很多这类住宅一样平淡无奇，柯凡住的是一套常见的二居室，房间干净得有些空荡，没有多少家具，一苇的房间显得更空，衣物大都带走了，剩下几本书，算不上留下了多少往昔的痕迹。柯凡的房间里有两本我推荐的心理学书籍，新的一本没有开封。旁边还有一摞消防工程师考证的教材。

猫咪不知躲到哪儿去了，柯凡说它特别胆小，怕见生人，最近做了绝育手术，更是一腔幽怨，钻进一个纸箱子躲了两天，连她伸手去搂也被挠伤。

找了半天，窗台纸盒的缝隙里，我总算看到了这只叫作小布的猫，露着警惕人的神情，发出微弱的呜咽，皮毛下面某处还带着伤口。感觉到人的窥察，它用力地更往缝隙深处缩，并且伸出爪子来防卫，显示着它是多么需要又防备着人，脖子上的伊丽莎白圈卡住了它，无法藏得更深。

柯凡张罗的饭菜很丰盛，下厨房忙了半天，我们只吃了一小半，她显得有些失望。吃饭当中柯凡提到一件事，那次一苇唯一一次去读书聚会后，和青云吃了一顿火锅。去之前柯凡特意嘱咐一苇，青云的经济状况不好，不要让他掏钱，特意给了一苇三百块钱，回来后柯凡问一苇花了多少钱，一苇说三百多块，除了给她的另外还加了几十块，柯凡觉得有些贵了，说了一苇一句，后来又在网上随便跟青云提过一句，说两个都是没有稳定收入的人，随后就被青云拉黑了。"我并没有怪青云的意思，要是你跟他还有联系，方便的时候帮我说一句。"我在手机上翻了一下，并没找到青云的名片，看来被他删除了。

柯凡叹了一口气说，"这孩子"。

吃完饭我们坐着聊了一会儿，房间里没有沙发，只有两只高凳子，柯凡说自从前几年得了腰椎间盘突出，医生说不能坐软的，她就把沙发处理了。她在厨房张罗时我坐着凳子，一会儿就觉得腰酸，饭后她让我坐在床上，她坐着一只圆凳跟我聊天，说到这套房子是妹妹早年买的集资房，没有要房租，不然她在北京要坚持不下去了。

后来柯凡也坐到了床上，大约是圆凳子坐久了腰不舒服。她眼睛看着前方，继续跟我说着话，我闻到某种香水或者是洗发液的味道，感到一点她身上残留的女人味儿，毕竟她其实和我差不多同龄。长久以来，我是第一个来到这间屋子，坐在她床上的男性。我一边听她轻声说话，一边想象她和一苇冲突的场景，有种不真实的感觉。

柯凡似乎觉察到了我的心理，解释说："我可能是不该逼她说出来，可是实在是悬心。冉老师你知道吗，我一方面担心她被坏人害，另一方面还担心她真的变坏了。你看她微信的照片，暴露成那个样子，我简直不忍心看。假如是职业需要，那是什么样的职业呢？"

她的语气变慢了，停了一会儿又说："有句话不知当不当说……你跟一苇交往，也不能全信她，把她当后辈小孩。她的心思复杂，有时候是在演戏，可能真的是有坏的一面。"

"按说我当妈的不能讲这话，可这孩子实在是……"柯凡叹了口气。

柯凡的床也是硬的，没有垫子。我坐在床沿总有些不自在。柯凡起身拿了一次杯子，回来后坐得离我更近了。后来她忽然向我倚过来，问："我可以在你肩膀上靠一会儿吗？"

我没有回答她。柯凡的头靠在我肩膀上，我感到她脸颊和下颌的线条，努力坐得正一些，能够承担她倚靠的重量。屋子里太安静，我想听出小布在哪里，但它的响动被什么吸收掉了。眼前浮现出在北土城的残垣前与一苇拥抱的情形，心里感到强烈的不安。显然，我和这对母女已经陷入危险的共生关系，这是我职业上最大的禁忌。自从认识柯凡和一苇以来，事情走到今天，已经充分显示了作为一名心理咨询师，我是怎样的蹩脚。将来又会走到哪一步呢？我感觉柯凡的头部在我肩上变得越来越重。"现在男的都喜欢年纪小的……假如你想要个伴，会找怎样的呢？"

听到这个问题，我的肩头骤然一紧，柯凡也立刻觉察到，移开了她的头。屋子里的气氛变得尴尬，过一会儿我喝了口水，柯凡要去给我加水，我说不用了，站起身来告辞。

柯凡把我送到门口，脸上现出一种近似抱歉又难过的神情。她说："谢谢你。我很久没有这样靠着谁的肩头了。"

四

那天读过短信，我觉得一苇应该是躁狂的表现，必须吃药或者强制送医院治疗，柯凡也认可。但她根本找不到一苇，更别说送她进医院，只能请我帮忙联系。

我试着发了一朵玫瑰给一苇，消息成功地发送了过去，看来她并没有拉黑和我的微信联系。后来她开始给我发语音过来，总是一连发很多条语音，时间一般是在深夜。我如果醒着，也只有偶尔回复一两条给她，回复之后又会引出新的几十条语音，内容大抵是两类，或者是情绪极度低沉，眼前一片黑暗，对自己身体和人生绝望，控诉社会不公；或者是亢奋，说自己病好了要当国际大导演，拍出比宫崎骏更厉害的动画片，或是竞选女首相；如果身体好还想去太空，做宇航员之类。我渐渐感到一苇是得了双相情感障碍，时而躁狂时而抑郁，当她躁狂时我只能保持沉默，等她陷入抑郁，再斟酌说上两句话。她听进去了没有，我不知道，但她一直没有拉黑我，过一段会发差不多重复的语音过来。

我劝一苇去医院看病，她回答，"我根本不想治愈。你说总往坏处想，坏的事情就会发生，还把这个叫什么定律，明明就是迷信，不过我喜欢这个迷信。我就是想看着坏的事情一桩接一桩的发生，让我妈应付不过来，世上所有的人都应付不过来，最后上帝老儿也应付不了，看看他造的是个多么糟糕的世界。我就是喜欢这样，哈哈。"停了一下她又说，"不过，问题在于我并不想出生，到这样糟糕的世上来，而父母违背我的意志生了我。这个问题心理学能解决吗？上帝能解决吗？"

　　有一天一苇告诉我，她想小猫了，但她不想看到柯凡，希望能由我把猫送过去，由柯凡给我一笔报酬。她告诉我自己住在常营附近的一家蛋壳公寓，三个人合租的房子，但让我不要透露给柯凡。

　　我还没有想好是否答应，柯凡发信息过来了，一苇暂时取消了对她的屏蔽，把请我送猫的消息告诉了柯凡，过后又再次拉黑了她。柯凡给我打了五百块钱，说不仅是送猫的费用，还有这一段的帮助酬劳，我没有点接收。

　　我没有进屋，站在门外看柯凡忙活着把小猫关进笼子，拾掇了它的一些东西，猫似乎意识到了什么，一直在喵呜，显得不愿意离开这里。柯凡感叹了一句："现在的年轻人，有的地方怎么不如畜生。"我没有接话。上次来这里之后，我们之间似乎多了一层不自然的东西，让我不知道对她说什么。

我提上了猫笼子，来到一苇要我保密的地址，由于不能带宠物进地铁，我打了一辆滴滴到草房附近。楼房靠近地铁，外表带着一些红黄两色的框子，看起来比较新潮，大约是专为提供给地铁一族的年轻人住的。如果一苇像她说的其实一直有工作，那她在上什么班呢？

　　在对讲机里呼叫，开始应答的并不是一苇的声音，怀疑地问了我半天，猫在笼子里喵喵叫起来。后来才换成她，给我开了门。我上到第九层，敲门时一苇却让我把猫笼放在门外，下到楼底等她。我想她是不希望我看到屋子里的样子。在微信上她发给我一两次室内的照片，看得出房间很狭小，像是刚刚容纳下一个人的蛋壳，只是墙上有一些一苇自己的装饰，有一串饰件晚上关灯后会发出血红的微光，有些梦魇的感觉，她问我好不好看，我只能含糊地回答。

　　出现在楼门口的一苇穿得意外地性感，脸上画了腮红和描眉的妆，似乎有意与上次的见面反衬，把在沉香店工作期间往小长的补回来。尤其是她深V领露出的乳沟，显得格外深邃，完全脱离了一个小孩子的感觉，使我暗自惊讶那里发生的变化。几乎是立刻，我想到了自己前一段买的那个充气娃娃，脸有点热起来，心里担心着被她发觉什么。

　　我们一起去附近喝咖啡，落座之后，我感觉到咖啡馆里其余的客人的目光。开口聊天，又觉得是和微信上一连发来几十条语音的她完全不同的一个人。

一苇说，其实她经常戴着面具，可以表现得很乖巧，让见到的人都很喜欢，不想讨人喜欢时，就会表现得很讨厌，最好对方越厌恶她越好。在外面，她经常就是欺骗性的，可以做到让公司的人都很喜欢她。

我想到她面对我是否也在扮演，从第一次在咖啡馆聊天开始。也许这种扮演并非出于有意，是自动代入了某种心理角色？我问她是否在公司上班，是什么性质的公司，她说是文化类的，我也不好深问。

喝了半杯饮料，她给我看手机上一个男生的照片，似笑非笑地问我，你看他还可以吧，文质彬彬的样子。一苇说他是搞摄影的，"一看就是衣冠禽兽。我喜欢这个类型"。一苇和他刚谈了一段时间的恋爱，三天前分手了，"他想通了，我也想通了"。

他想通了什么？

想通了他还年轻，没有玩够啊。

那你想通了什么？

一苇没有回答。我觉得她眼圈下面画的妆容太浓，看起来像是眼圈发红。她的胸部有些过于丰满而暴露了，从上次在元大都城垣遗址告别起，其间经历了什么？柯凡感到的某种担心，是作为母亲无法触及的，我又能触及她多少呢？某种程度上说，我也是一个心怀欲念的男人，和她遭遇的那些在本性上并无不同。

喝了一会儿饮料，快到晚饭时间，我们走出咖啡馆，去了一家火锅店，火锅店是一座改装的四合院，没有什么客人，我们在深宅大院般的厅堂上坐下，点了两份肉和不少素菜。我发现一苇胃口不错，和柯凡说的平时两天不能正常吃一顿饭不同。她的精神也不错，聊到很多事情，后来说到喜欢唱K，我提出吃完火锅去唱，她挺高兴的样子，说我请你，后来看我在手机上下单了，又要请这顿火锅。我觉得这顿火锅不便宜，问她钱从哪来，她说自己有钱。吃火锅期间她去了两次厕所，我趁她出去上厕所时结了账。结账间隙接到一个微信加好友通知，通过从前的客户分享名片，约定后天找我咨询。这样不错，今天的火锅和唱K费用大部分有出处了。

一苇从厕所回来说自己肾不好，虚，憋不住。身弱压不住命。

"我请大师看过命局，说是很讨男人喜欢，但也容易被男人惦记，在日本的遭遇就是起因于此。"

"我的命理是那种很偏的格局，叫杀破狼。你听过杀破狼吗？"她拿出手机给我解释，这个词包括七杀、破军和贪狼，不甘于平凡，弄不好会伤身，但也可能很有成就。"我觉得一般的工作很没意思，又找不到自己喜欢的。"

知道我结了账之后，她似责怪非责怪地说："我就知道你会这样。"

我下的单在地坛附近的一家麦乐迪，可以走着过去。没有什么客人，我们踩着发光的地板下到底层，在一个迷你包里坐下来，这个迷你包可以坐五六个人，周围的包间大部分都空空荡荡，听不见往昔从门缝漏出各路草根嗓子的嘶吼。落座之后，一苇一定要起身去买水，回来时除了矿泉水还买了两包零食。一苇坐到点歌台旁边，打开屏幕一首首地点唱起来，最初主要是我听她唱。

她的嗓音不错，但是麦克风的音量被她调得太高了，一直往上唱，分贝常常高到我的鼓膜接近无法承受的地步，她自己似乎毫无知觉，过了两曲我不得不悄悄时常捂上耳朵。她点的曲目我不熟悉，类型有些难以确定，常常是唱了一半停下来，不等乐曲结束就掐掉，进入下一曲。有些歌我觉得她唱得不错，正在为她鼓掌，她却全不在意地掐断。

我觉得耳朵已经受到了某种损伤，心想她的鼓膜和我的不一样吗？后来我终于不得不对她提出，把音量关小一点，这时她才意识到，道了歉。一苇让我也点几首，我唱了两首她毫无反应，似乎完全接收不到外界的信息，即使是她自己唱出来的。这就是她会把音量调那么大的原因吗？

我下单的是三小时欢唱套餐，由于只有两个人，到后来她有些唱累了，忽然因为气力不足，由高亢径直转为低弱，和她的情绪一样不可捉摸。她掐断歌曲的频率变得越来越快，似乎已经没有耐心唱完任何一首，后来她终于颓然地撂开麦克风，靠在沙发座上喝饮料吃零食。我和她一起吃，她买的零食口感不错，可能也不便宜。我问她经常唱 K 吗，她说有时候会，更常去的是酒吧，和一帮朋友，其实也不算是朋友，就是同事和熟人，在酒吧也会遇到生人来挑事、搭讪什么的。

"有一次一个男的要我跟他走。我要他上桌子给我下跪。他真的上桌子来给我跪下了。"

"那你跟他有发展吗？他是个什么样的人？"

"那会有什么发展？他就是那种社会上的人，有个文身就觉得自己是地头蛇了。"

还有一次是和另一桌发生冲突，一苇伸手哗啦一下把他们桌子上的酒水和零食扒拉下去，自己拿起一瓶酒仰脖喝干，哐啷一声摔碎在台阶上，邻桌的人说你这么酷，一苇说姐就是这么酷，那桌人也没敢再挑事儿。

说到这里一苇沉默了，过了一会儿她换了低沉的语气说，也有别的时候。有一次她因为唱 K 时的一点小细节，得罪了有势力的人——公司的大客户，客户要她全身脱得只剩下内衣，跪在大理石茶几上，两个客户站起来解开拉链，向她身上滋尿。

"我接受了这个。"一苇的语气似乎是在解释没有什么，"我考虑过，接受了它在我身上发生。"

我有会儿说不出话来。看着面前打扮性感，身量也像是大了一号的一苇，我想到了那个在沉香商店里领我参观，和走在国子监铺洒槐叶街道上的女孩，有些东西永远地改变了。

"这个社会没有人性。那些人，我不把他们当人，他们也不拿我当人。我最长的恋爱不超过二十天。我真想给自己也像猫那样做个绝育手术，这样我就不再需要那些臭男人。我是真的特别想死，也是真的想好好活着。精神好人兴奋的时候，半夜半夜自己跟自己说话，唱歌，觉得自己是将军，能领军打仗；是外交官，可以拯救世界。衰弱下来又觉得自己一无是处，连臭鱼烂虾都不算，连我养的猫都不如，虽说是我在养它。我经常给自己算命，查八字，查了又知道这些没什么用处。"

过了一会儿，一苇又说自己想死，只是没有舒服的死法。她几乎每天都想过很多种，没有一种是靠谱的。跳楼怕高，怕死得难看；上吊怕时间长，怕失禁；吃安眠药怕药量不够，睡不过去；日本人最喜欢的烧炭，怕死不了成植物人。没有一种死是容易的，逼人活着，可是活着明明他妈的更难。她因为说了很多话，显得特别疲倦，在沙发上躺了下来，似乎要在这里睡着。

假如她在这里睡下了，我将不知怎样面对，会发生什么呢？我感到某种不安的气氛正在滋生，催着她坐起来，退房出了包间，走了一小段路到地铁，帮她打了车，在地铁站口附近看着她离去。她似乎很不情愿离开。

我的耳朵里还在嗡嗡作响。刚才在包厢里听到她说的那件事情，像她最初唱的惊悚的高音，震荡了我的耳膜，让它失去了做出反应的能力。

我需要走进地铁，穿过半个北京城回家，实际只是一处出租屋。没有人会在那间一室户里等我。心里甚至有点后悔没有跟她同去，但这是我作为心理咨询师的底线，尽管我并不是一个好的心理咨询师。更不用提我是一苇的长辈、柯凡的朋友。

一苇刚才的话，我怎样告诉柯凡？也许永远都不会。没有了那只猫的关联，也不知道她们会不会再见面，即使身为母女，同在这座过于庞大空旷的城里。

回到家，我把那个藏在迷你衣柜里的娃娃拿出来，用嘴吹，充上了气，用了一次。以前每次使用的时候我都有些勉强，感觉它不管咋说都是坨塑料。这次娃娃却似乎活起来，变成了人，我知道这个人是一苇。从面貌、丰满得有些不协调的胸部到娇小体态，都和她相像。我有些暴力又温柔地使用着娃娃，大脑迷迷糊糊地感到一种极度兴奋却又难受的状态，像是喝了劣质的酒，又被人把酒倒在了身上，酒液似乎又变成了尿液，我和娃娃都黏了一身，我厌恶自己，也厌恶它，却又动作得更猛烈，像是要把它捅破，让它漏气，一下子失去形状死去。事后回过神才知道，满身都是黏糊糊的汗液，和我在娃娃身体里倾泻的黏液一样，很难清洗干净。

　　我疲疲沓沓地躺在床上，脑子里忽然现出柯凡倚靠在我肩头的场景，和她说的话。两个场景拼搭在一起，我感到一种罪孽。想到《借东西的小人阿莉埃蒂》里那个孤单少年，他最后除了目送阿莉埃蒂顺水流离开，怎能伸出手去做什么别的呢？

五

　　我们那个早已像木乃伊一样没有动静的高中同学群，有一天忽然蠢蠢欲动起来，传来一苇爸爸的消息，说他从牢里出来，打算再次创业。后来我忽然接到一个显示来自鹤岗的电话，犹豫着接了，是一苇爸爸打来的。他的声音听上去老了不少，却努力维持着高中时那种漫不经心又带着大哥范的语调，问我在北京过得怎么样。寒暄了半天之后，最后像是要挂电话忽然想起来似的说对了，我现在新公司正在创业周转，向你借两万块钱。

　　预感终究实现了，我不知道如何回复他。两万块钱我拿得出，大约他也是特意挑了这么个数目，让人没有充足的理由拒绝。但我确实不想借给他，他的故事在同学圈里传得太久。我说我在北京只是维持个生活，每月挣的几个钱都贴给房东了。他又说只是周转一下，半年后就还我，还描述了如何盈利的前景，显示他对于新的创业特别有把握，一如从前。我不知怎样回复，他看我仍在犹豫，忽然转而提出，听说我在北京跟柯凡来往多，想请我帮忙向柯凡转达，希望她能借他一些钱，"毕竟我是一苇的父亲"。

我将这件事告诉了柯凡。她在电话里斥骂起来，说他是不要脸到什么程度了，想得起来找她来借钱，还说自己是一苇的爸。他连一苇的房子都贪了，还要咋地害娘儿两个？我答应她不再回复一苇爸爸，也不会再接他的电话。很多天里我一直忐忑地等待，还好他并没有再打过来，或许那次通话在看似轻松的语调背后也耗尽了他的勇气。至于他出狱后在鹤岗的情形如何，几个老同学也没有再在群里聊起，看来他们都接到了类似的电话，觉得最好的方式是少说为妙。

有天柯凡给我发信息，说一苇通知她愿意去看病了。条件是柯凡帮她归还四万多块的欠债。

这些欠债都是她在手机上通过各个小贷平台借的，一个平台到期了就下一个拆借来补窟窿，本金加上利息滚到了这么多。柯凡完全没有想到她欠了这么多，原来她在所谓文化公司的工作没有底薪，只能靠忽悠客户投资来提成，刚出社会的小孩哪来的资源，到现在也没有做成过一单，反倒请吃饭唱 K 花销进去不少；除了在沉香公司那一小段，两年多来一直在以贷养贷，越陷越深。

柯凡手头没有这么多现金，是找小姨支援的，不过总算换来了一苇愿意去看心理医生。过了半个月左右，一苇恢复了发朋友圈状态，我问了柯凡，知道一苇开始服药了。她没有再拉黑柯凡的微信，偶尔两人还能就养猫的话题交流两句。

一苇发朋友圈的频率变得密集起来，内容大都是她和小布的照片。她并不像朋友圈里其他那些猫奴一样自称"铲屎官"，而说自己是"妈"，和猫之间有无数的话说，猫的每一个表情，在她看来都值得发出来欣赏。小猫看上去也确实乖巧可爱，和我在柯凡屋子里那次见到的很不相同，时常是两张偎依的脸，真有点儿母女的感觉。猫吃顿饭，喝水，玩了一会儿她织着的毛线团，或者是翻起爪子自己洗了个脸，都会让一苇感到入迷。她跟我说，这种有一个小东西完全依赖你的感觉，是从来没有过的，"过去总是我依赖别人，还讨人嫌"。"有时候它也会惹我发脾气，不肯好好吃饭，或者是把我的袜子咬烂了。可是它那么小，一掌下去会把它打死，我的气恼就变成心疼了。"其中有一张，是小猫爬到了屋顶挂的那串灯饰的底部，挂在上面，头扭转来看人，眼睛亮亮的。这看起来是它最活泼的时候了。

有时候是发的小猫病恹恹的样子，只露出半张小脸，依偎在穿睡衣的一苇怀里。"我虽然是个病人，但比你强大，我要好好照顾你"，朋友圈的配文说。有时候又变成"妈本事不够，只能让你有吃喝，你一定要锻炼身体，好好吃饭，不能生大病，不然妈妈就看不起了"。

我问她吃药的效果怎么样，她说还行，开始副作用比较大，感觉像挨了一闷棍，那个躁狂的自己被一记打倒了，平躺下来，晚上能够睡着。但又变得嗜睡，头一天早上能睡到第二天晚上，另一种药加量之后，才稍微好了些，但又常常会失眠。她想等病情再好转些，办个卡去健身，好好工作。"挣粮食养活小布。"

六

两个多月后的一天夜里，我忽然接到一苇的电话，声音恍恍惚惚，说她服了一把安眠药，是平时一个月的量，以为能很快睡过去，再也不用醒过来。现在神志迷迷糊糊的，也没真正睡过去，心里有些惧怕，因此打电话给我。

我刚刚脱掉了裤子和 T 恤，只穿着内裤在刷牙，满嘴的泡沫来不及漱干净，又出去笼上裤子 T 恤，一边笼一边想，怎么办？她的第一个求救电话是打给我。以往的咨询业务中，我遇到过几次客户打电话给我说想自杀的，还有一次是身上揣着菜刀出了门，在公交车上打给我，说是打算去广场砍人，这种业内叫危机干预，都被我阻止了下来。但像一苇这样已经服了药再打电话的，我还没有遇到过。眼下只能一边赶过去一边叫救护车，我需要比救护车先到，不然他们也进不了门。上次我只去过楼下，我让一苇告诉我门牌号，幸好她还能清楚说出来，说完又加了一句：别让我妈过来。

电梯里没有信号，我在等待快车的时候打了120，坐上车之后脑子在紧张地转动，一边悬心救护车何时到，一苇在这段时间里会不会昏迷过去，到达再也醒不过来的程度，在微信上告诉她要努力醒着，不要睡，一边在想：光我去不行，怎么办呢？后来我打了电话给柯凡，简单说了一苇的情形，又告诉她最好不要过来，直接去医院。

柯凡显然被这个消息吓住了，只能哦哦地应答，但她应该听清了我的话。清退拆违过后，北京最近人有点少了，这个点儿三环上不算堵车，我赶到一苇住处，救护车还没有到，一个陌生的女孩给我开了单元门，小间的门虚掩着，推门进去一苇躺在床上，我问她也不回答，有些神志不清了，看来她是起床开了门又睡下的。房间很小，灯光昏暗，墙壁是黄红两色的，上面又悬挂着红绿各色小灯的装饰，让屋里显出一种有些邪魅的气氛，这时就更令人心里发瘆。哪里又闻到一股腐烂的味道，通常是老年人的房间才会有，像是多日的外卖垃圾没有扔出去，或者某个旮旯死去了一只小动物。我想到那只猫，听到了它胆怯的喵呜，还活着。我试着把一苇的肩膀扶起来，她软绵绵地没反应，只好任她继续躺着，红绿色的灯光落到脸上。又赶紧打电话问120，告诉说车已经派出去一会儿了，是最近一家医院的。我让他们赶快一点，救命。一边留神听着楼下有无救护车的声音，又担心楼高听不到。似乎过了太久的时间，救护车的警报声终于响起来了。

接下来的一切倒是顺理成章。救援人员麻利地进门，将人抬上担架，没有要求搭手，只是让我拿上一大包卫生纸。临出门时我顺手抄上了一苇的两件旧衣服，一苇的室友呆呆地看着，不知道发生了什么，似乎也不认识一苇这个人。

路上我接到柯凡的信息，我让她转头赶往医院。在车上开始输液，护士拿出一张表格让我填写，问是你女儿吧？我说是朋友的女儿。在摇晃的镁光灯和输液管子的阴影下，护士看我的眼光似乎显得有些奇怪。

救护车开进了一所显得陈旧的医院，走绿色通道到了急诊室，一苇被挪到急救床上，护士开始预备，这时节奏反倒显得慢了下来，毕竟勾兑洗液和调制设备这些事都只能按部就班，还要准备一只大桶倒上清水，让人有一种反常的松弛感，一苇也意外地睁开了眼睛。我按照护士嘱咐握住她的手，这只手小得不够握，似乎不是成年人而是一只小动物的。一苇在看着我，我不知道她的眼神里有什么。她又转头看着那些等下要给自己洗胃的仪器，似乎感到某种不安，又听天由命，还有点好奇。

护士调制好了，吩咐一苇把舌头压住下颚，把管子插到了一苇嘴里，嘱咐我按住一苇的手，因为往胃里插管的时候会很难受。果然随着粗黑的橡胶管子深入，一苇剧烈地颤抖起来，喉咙发出干呕，我不得不使劲按住她的手，好在她的手本来也没多大力气，管子通过了喉腔插入胃里，一苇渐渐平静下来，机器开始有条不紊地运作，我的手还紧紧按着，护士让我放松，我看到一苇的手背上留下了我指甲的掐痕。护士嘱咐我拿出卫生卷纸，擦掉一苇吐到床上的水。我们都看着机器里的水如何通过管子呼噜呼噜进入一苇的身体，又从另一根管子中出来，循环一圈后流入地上的大桶，出来的水仍然几乎是清的，只是最初有一点点乳白色。护士说病人当天应该没吃什么东西，安眠药很快都被吸收了。

这让我心里又紧张起来。值班大夫过来瞧了瞧，回到自己办公室，喊我过去。看到他凝重的神情，我的手脚有些发软，似乎他要宣布的肯定是最坏的消息。不过他说，一次吞服的安眠药片不算太多，没有生命危险，住院观察一天没有特殊情形可以回去。

一苇被转移到病房，我接到柯凡打来的电话，才发现她给我发了好多条微信，说她就在医院外边。我穿过来时的绿色通道去见她，走廊里空旷无人，开水箱发出微微的嗡嗡声，"急救"灯箱两个红色的字体闪烁。柯凡站在通道口，戴着口罩，见了我才取下来，露出两只急切迎上来却又有些躲闪的眼睛。我对着这双眼睛转述了医生的话，它们才渐渐安定下来，早已不知噙在何处的泪滴开始滚落下来，显出懊悔和纠结，"都怪我，又说了那句话"。

　　"哪句话？"

　　"说她像她爸爸。"柯凡说，"一时没忍住。她做的事情，我实在难以理解——"

　　昨天柯凡接到一个陌生号码的电话。第一次她没接，对方隔几分钟就打一次，她觉得可能不是推销电话，就接了，对方上来就问你是一苇的母亲吧，你知不知道她是个骗子，老赖，不要脸？

　　这句话让柯凡整个蒙了。对方又说，你还不知道吧，你女儿欠了我们公司两万多块小贷，过期了一直不还，我打电话催收她还把我拉黑了！她就是个人渣，癞皮狗！你能不能替她还？否则我要给她的所有熟人和公司打电话，叫大家认清她的人渣面目，还要向有关部门投诉，停掉她的征信，叫她出门用不成微信、支付宝，坐不成高铁，下不成馆子，租不到房子！

挂掉电话，柯凡的脑子正在嗡嗡响，又接到一个同样的催收电话。对方是一家银行的，说一苇恶意透支了他们的信用卡，欠款两万多元逾期不还，他们联系不上一苇，准备向法院起诉，让她进入征信黑名单。"你替她想想办法吧，我们是为她的前途着想，她还年轻，还要不要找工作、结婚、出门旅行？"

柯凡的头要爆炸了，上次替一苇清空网贷和信用卡的时候，已经一再叮嘱她，这是最后一次，万万不能再有欠账，谁知小半年时间她又借了这么多？单是生活花销不可能有这么大数目，她究竟做了什么事情？

"我打了电话给一苇，她半天才接，告诉我欠债的原因是她老爸找到她借钱，她自己没有钱，就去网贷和透支信用卡，借了四万块给他！他真是丧尽天良，竟然会找到她，她会给他借！"柯凡停了一会儿，接着说，"电话里边我实在气昏了，也不知道怎么办，就骂了她几句，千不该万不该，我骂了一苇和她父亲是一路货色，没救了。当时她就挂断了电话，再打过去就不通了，微信也再次拉黑了我。我心里也生气，又混乱如麻，就没再想法联系她。没想到她就服药了！"

我不知对柯凡说什么，也不知怎样宽解。柯凡侧脸向走廊张望，问能不能进去探望一下？我想了一下，说怕一苇突然醒过来，一下子又受到更大刺激。柯凡轻声说那就算了。

我想起来说，病房没安窗纱，可能会有蚊子，你去外面买一盒蚊香吧。柯凡离开去买蚊香了，我赶忙回到观察病房，一苇还在沉睡中，药水一滴滴通过管道注入她的手臂脉管。一旁连接的监视器上，心率和脉搏、血压的几条曲线一高一低地从左向右行进着，像是几列在操场上不停跑圈的学生，有一条老是发出滴滴的警示声，趁注射液换瓶我问了护士，她说不要紧，可能是触点没有贴紧，又摆弄了两下。病房里似乎没有蚊子，是否蚊子也喜欢健康的血液。

柯凡的蚊香买回来了，我在走廊里接了回来，终究不敢让她来病房探视，除了怕一苇突然醒来，也担心柯凡自己失控。我跟她说你回家吧，在外面待着也没有什么用，一苇有什么情况，我会随时告诉你。她点点头，让我进去，说她一会儿就走，又把急诊费用转给了我。

观察室另外两张病床上早先没有人，刚才来了一对小伙子，其中的患者我在值班医生那里见到过，他沉重地低着头，一直在向值班医生诉苦。"你说我的肾有问题，要我住院，我哪里住得起？"他一遍遍地重复，似乎并不是他出问题的肾，而是值班医生的要求让他面临无法摆脱的窘境。值班医生大约见怪不怪，只是用平稳的语气告诉他，你不住院不行。当时我以为他是孤身前来就诊，现在总算还有一位同伴，或许是工友，夜深之际，他们一头一脚地挤在那张病床上。我的倦意也上来了，在床尾叠着的被褥上靠了一会儿，索性在床边坐下来，头靠着床沿打瞌睡，这样我斜抬眼睛能够方便地看到悬挂的注射瓶，避免像第一瓶打完时叫护士不及时针管回血，当时情形还有些紧张。

半夜一苇醒来了，因为输液代谢想上厕所。她身上太软，需要人扶，还要有人在旁边举着瓶子。值班护士除了换药没有到病房来过，我也没想到去叫她们。这是件有些麻烦的事情，我不得不扶着一苇进了女厕所。还好这个时段里面没人，那对割腕打耳光的恋人也已经走了。往后的过程不知道是怎样完成的，隔间里很难容下两个人，扶一苇起来时她身体太软，针头一下从她手腕脱落，掉到了地上，我慌忙给她插回埋设的脉管。回到病房后告诉值班医生，医生严厉地批评了我，说针头和注射液都被污染了，让护士另换了一瓶新药和输液管子。这是个三十多岁刚刚进入中年的医生，大约还在主治医师的职称上苦苦挣扎，因为经常值夜班显得疲惫。他会认为我是个不称职的单身父亲吗？

一苇没有跟我说几句话。从厕所回病房后，她被动地看着护士换药，和重新在她身上安装监测仪器的电极，似乎他们的忙碌和她无关。护士走了以后她问："我是被抢救了吗？"

我大略告诉了一苇昨夜的经过，包括插胃管时她呕吐的情形。一苇摇摇头说不记得了，只知道我到了她那里，伸手试探她的鼻息。"我真费事，"她说，"死了一半想活，连累了你。连累了所有人。"

或许是看到"想活"这两个字在我眼里引起的一线光亮，她接着问我，"你看过一部日本电影没有？《忍》。"

"里面有个忍者的技能是不死。被人杀死肢解了也会活过来，不用说自杀了，敌人因此骂他是怪物。他说，我不是贪生，只是比较不善于死。"

"我就是比较不善于死。"

一苇看着我的脸，似乎在观察我对这句话的反应。过了一下又问："你是在想我为啥给父亲借钱吧？我知道他还不了。也不是因为我是他女儿，我在心里早就不是了。"

没有等我的回答，她说："是因为我想到向他开口要房子的情景，觉得耻辱。相比之下，我被催款的银行和小贷公司骂，被爆通讯录，都没有什么。我可以去死，一了百了，只需要给小布找个托付的人家。但是现在我想到要房子的场景，不再感到耻辱了。"

一苇再次睡着了，后来我也迷迷糊糊睡过去了。早上接到柯凡的微信，说她在医院外边，买好了早餐。一苇还没醒过来，但脸色比昨夜好了些。我出去拿早餐，看柯凡神情疲倦，像是一夜没睡，身上还微微有种熬夜的气味，问她，说是打车回去也远，就在医院长椅上靠了一夜。

我不知道说什么，只是让她这会儿回家休息，一苇应该没有什么事，医生说到中午就可以回去了。柯凡似乎终究放下心来，脸上的皱纹化开了一些。"这孩子，真拿小命不当回事。谁知道她会这样呀。"她有些感慨地说。我发现，几天之内她老了许多，头发添了花白，当初残留的老大学生派头消失殆尽了，和我在鹤岗煤建路上天天擦身而过的那些下岗大姐没有两样。

告别柯凡，我拎上早餐回到病房，一苇已经醒了，靠在床上看着我，忽然说了一句"哥哥你真好"。

这让前来撤掉监测仪器的护士又多看了我一眼，就是救护车上的那一位，我感觉一苇是故意的。拔掉身上粘的几处监控管线之后，一苇吃饭方便了，看来她挺喜欢吃豆腐脑，并不像一般东北人那样热衷大煎饼。如果她知道这是柯凡买来的，肯定会拒绝。我也吃了一点早餐，东西到了嘴里没有味道，看来是昨晚睡得太不好。一苇吃完早餐又沉沉睡去了，观察室里再度空了下来。

整个上午，我像是一个身处局外又扮演着某种角色的人，待在一苇的病床旁边，等待时间流逝，不知道跟她说什么，也不想问柯凡到底回去没有。在这里陪伴的，本来应当是她的父亲、柯凡自己，或者一个真正的恋人，而不是我这个蹩脚的咨询师和冒牌的"哥哥"。或许我应该立刻抽身离开，让她们母女处理自己的事情，说到底我的在场又有多大意义？

但我的双脚被一种莫名的力量缠住，仍然待到了下午，一直到送一苇回家。我扶着身体仍旧软绵绵的她上了出租车，回到那间蛋壳公寓里，把她依旧安顿在单人床上，想要离开的时候，一苇让我找找小布。这才想到它独自在家待了一夜，昨夜救护车和众人进屋的情形肯定也让它受到了惊吓。这会儿它完全躲起来了，跟那次在柯凡的房子里一样，我费了半天力气才在一个宜家小储物箱的一堆脏衣服下面找到了它。这些衣服肯定已经很久没洗了，就和那些没有提出去倒掉的外卖盒子一样。

我给小布添了食水，换了气味已经过于浓烈的猫砂，找了一只装衣服的大塑料袋把垃圾整理起来，感觉自己没有什么事情可做，是离开的时候了。这时一苇让我在床边坐坐，陪她一下。

我又感到上次在 KTV 里的不安，但仍旧坐到了床沿。一苇伸出手来拉住了我，我没有动。

"我知道你想走了。"她说，"这件事情跟你没关系，但我把你卷了进来。在这个世界上，我不信任任何人，老师、父亲、男朋友、亲戚、老板、客户，包括柯凡。我知道我对不起柯凡，可是她也对不起我，她把我生下来这件事就得罪了我。她自以为是的母爱，就是伤害，和我父亲的虐待一样。"

"你知道我对柯凡最愤怒的地方是什么吗？"

我没有出声。

"我想了很久，并不是她对我那些极端的苛刻，那些自以为是，包括在青云面前叫我丢尽了面子。是让我去向父亲要房子。上次没有告诉你，我是在一个最不合适的时候对父亲开口的。那天父亲带我去天水湖公园划黄鸭船，忽然下起了雨，父亲和我两人挤在一把伞下边，我们挤得很紧，父亲的伞很大，能恰恰遮住我们两个不被淋湿。周围都是茫茫的湖面，雨滴密密麻麻地落到湖面上，溅起无数这样的小水泡。虽然被大雨困住了，我却是很高兴的，我和父亲从来没有这样的时候，我还感到父亲也是高兴的，他的胸口挨着我的背，他的胸口温热。我甚至希望这一刻一直延续下去"。她停了一下，眼里弥漫起来的雾气散开了，"可就是在那时，我干了一生中最愚蠢的一件事。我趁着这个机会，不错，是趁着这个机会 因为柯凡派给我的任务，见到父亲后我一直都不敢说，我怕柯凡，也怕父亲。这个任务一直压在我的心头。柯凡还要求，我一定不能以她的名义要房子，要用我自己的名义，因为按离婚协议房子是归我的。那会儿我感到父亲心情很好，对我很温柔，我就想趁着这个机会，把任务完成了。

"'爸爸，你啥时候可以把房子还给妈妈和我呢？'

"我的声调很随便，像是漫不经心的一句。可我感到靠着的父亲的胸膛立刻就变冷了，我们之间也有了距离。他还在撑着大伞，但从那一刻开始，这把伞忽然变小了，再也笼不住我们两个人，我感到我的胳膊湿了，肩头湿了，身上也湿了，简直整个人都湿透了。我还感到父亲的状况跟我一样，就像伞忽然有了无数的窟窿，就像滴到水面上的雨忽然都被风改变了轨迹，只是向着身上横扫。我们冒雨回到了岸上，我感到自己丢尽了脸，搞砸了所有事情。从那一刻开始，我心里极度地痛恨柯凡，我知道自己的童年完全成为过去，再也不会有那样的情景了。"

一苇眼里蒙上了一层雨雾。我不知道说什么，轻轻地抽出手来，去给她倒了杯水。一苇喝了点水，再次握住我的手，看着我，她眼里的雨雾渐渐消散，闪出了一丝亮光，奇怪地让我觉得不安，手心出了一层毛毛汗。

一苇说："我就是这么一个人，任何关系对我都是负累，尽管我也都需要。因为我需要，所以我试了一下，但还是失败了。可能我自己的毛病太多了。

"但是我信任你。我信任你是因为我们之间没有真实的任何关系，老师、父亲、叔叔、朋友、恋人，包括我喊你的哥哥。我就那么一喊，也知道你心里不会接受。

"但是现在，我想让你真的做一回哥哥。就一回。过后就作废，不算数。你也不用有什么负担。"

她的手臂忽然使劲把我拉过去，倒在她的身边，双臂搂住了我的脖子。也不知她哪来的力气。我感到了她灼热的呼吸，嘴唇的温度，和冷冰冰的充气娃娃完全不同，也许那个借物小人阿莉埃蒂和少年最后的告别时分，缺少的就是这样一个吻，挽回人世间全部的凉薄。我的头埋在她胸前，那过于丰满的双峰又完全不像是她，而是那个充气娃娃的，我搞不清自己身在哪里，是和一苇还是充气娃娃在一起。她像是完全摆脱了服药洗胃后的虚弱，极其地亢奋，周身燃烧了起来，我也跟着她焚烧，烧起来的同时却又有一种极度清醒的不安，似乎有一双眼睛在盯着我们，这双眼睛带着一贯的有些幽怨又责备的神情。

我想停下来，但不能阻止一苇和我自己的焚烧。柯凡的目光渐渐模糊了，却像是化成了一层黏糊糊的液体，涂在我和一苇身上，让我从头到脚很不舒服。忽然我看到了一苇在 KTV 里讲的那个场景，一瞬间火焰被浇灭，我和一苇全身涂满那两个男人的尿液，感到极度的自我厌恶和恐惧，我使劲挣脱了她。一苇像是从一场梦游中醒过来，呆呆地看着我。

"你嫌弃我。"过了半天她说。"觉得我脏。从 KTV 那次我就知道了。"

"你走！"

我离开了蛋壳。电梯里看到先前柯凡发的信息，问

113

是不是出院回家了。说她早上回去打了个盹儿，刚才做好午饭带到医院去，护士说我们已经出院了，还追问她是一苇的什么人，我到底是一苇的哥哥，还是别的什么人。她也不知道怎么回答。

她想要过来照顾一苇，毕竟服药后的身体没有完全恢复，但她也知道，一苇不会叫她过来。以后怎么办，她完全不敢想，感觉自己成了盲人，走完了这一步，不知道下一步在哪儿。

"这件事情从头到尾，我们娘儿两个真的太辛苦你了。我也是真的没办法。"话像说了半截，停了半分钟，又发过来下一条语音，语气吞吞吐吐，"一苇这孩子，真的特别不懂事……我就怕她没大没小，被人带坏了……你掌握分寸……"

电梯里没有信号，我的脑子里空荡荡的，想不出一句回答的话，可以在出电梯之后应付柯凡。这时电梯井里什么地方奇怪地哐啷了一声，轿厢一震，忽然开始加速下坠，脑子立刻由空荡变得嗡嗡直响，充满了坠入深渊的恐惧，身体一刹时失去了重量，像是要飘起来，最后却又会瞬间变重，致命地砸向底板。一瞬间脑子里闪过很多事情，像听说过的人濒死时脑子里放快进电影，出现的有老家鹤岗的街道，母亲，前妻的形象，但主要的是认识柯凡和一苇以来的经过，一步步走向今天，我模模糊糊感到一切都不会结束，只是开端，已经无法置身事外。幸好我的生命马上要结束了。

不料电梯下坠到半路忽然又停住了，卡在四堵墙壁之间，外面没有丝毫光线。头一刻我感到被幽闭的巨大恐慌，急着按操作键盘上的警示按钮，连按了几遍没有回音。也许那头会被人听见，也许永远不会。

片刻等待之后，我的心情却有几分安稳下来，放弃了继续按警铃。坐在电梯底部。在这个绝对封闭的空间里，暂时可以不去想外面的事，等待下一刻或许有人接收到信号，打开电梯门来救我，或许不会。或许电梯会再度坠落。或许已经离井底咫尺之遥。如果我们心里最坏的那个结果总是会发生，那我又有什么必要去考虑如何应付呢？

奇怪的是，在黑暗之中，我仿佛透过电梯的金属板和钢筋水泥墙壁看到了外面的天空，北京的天空在没有霾的时候很蓝，蓝得近乎透明和空洞，一个人站在大街上仰头望着天空，会有一种下坠的晕眩感。这就是当年我来到北京第一天的感觉，它在今天实现了。一苇和柯凡来到北京的第一天，是否也抬头仰望过那样的天空，感到晕眩呢？

彩色骨灰

一

"轮回开始了。"

那天晚上快十二点，我在医院病房里陪着育珍，迷迷糊糊地准备打盹儿，忽然听到她清清楚楚地说。

房间已经熄灯，只留下了靠近育珍床头这盏。用帘子和另外一张床位隔开，那张床位上空着，上面最后一个躺着的人白天刚刚出院，放弃了治疗。开春不久，西安的雾霾还很重，紧闭的病房窗户似乎也没有完全隔住，床灯的光线显出黄晕，有灰尘浮动，使人有一种虚幻感。育珍先前闭着眼睛侧卧，似乎已经睡着了，这时却睁开了看着我。

我心头一阵悚然，下意识地扭头去看了看床头检测仪器上的数字。一条条带波纹的线从屏幕上跑过去，渐渐变得平滑，同时下方一排警报灯忽然红了起来，发出低沉的嘟嘟声，像是地平线上在跑火车。

育珍平静地看着我和仪器屏幕，似乎离这一切很远。她的眼睛变得很大，眼神里挂起了一领帷帐。我害怕立刻就够不到她了。

我顾不得去碰她，按了床头的呼叫器，过一会儿护士赶过来了，带着一托盘的针管和吗啡针剂。起初她以为是疼痛，看了床头的仪器，一脸惺忪的睡意上增添了一些别的意味，让我检查育珍戴的尿不湿。育珍漠然地看着我们忙活，似乎我翻动的下身也和她无关。

"有血便。"护士看着我手里揭下的尿不湿说。我心里一怔，先前护士说过，这意味着到了最后时刻。育珍看起来在这里好好地躺着，她的眼神高深莫测地看着我们。她的内脏却在出血，崩溃，溶为液体。

她看起来是在渐渐昏迷过去，眼里的帘幕越来越浓厚了，像是整个把自己围了起来。我以为她已经听不清我们说什么。但当护士问我需不需要抢救时，育珍再一次清楚地说："我不打针。"

这是她跟我交代过几次的，希望平平静静地走，不想到了奈何桥上又被人拉回来。那座桥她觉得是带拱的，来回爬起来太累，尤其是身上插着各种管子和电极，脸上罩着呼吸机的话。心电监护仪的电极片安放到她瘦巴巴胸前的时候，她就是一副事不关己的模样，似乎只是懒得争论，才任凭我们折腾。一向替别人办事分寸不差，一定要做到比别人想到的更周全的育珍，在自己最后的事情上，却变成了一个超脱的人，似乎她住院这段时间以来在暗地里每时每刻修行，是我完全没有料到的。

我总是觉得，像她这么心重的人，到了自己最后的一段路，肯定是有很多放不下的。一个来月之前，她还赶回纺织城的父母家里去，给他们做过年大扫除。我让她千万不要这么干，她还是去了，对我说不论怎样，不能让七老八十的父母觉察出什么异样，知道女儿要走在自己前头。那似乎是比她自己得病还重大的事情。以后田田到南方去旅游，她还跟着去，说是最后陪女儿一道，回来脸白得跟纸一样，手脚摸起来冰凉沁骨，好像不是去了三亚晒太阳，倒是到哈尔滨去看了一趟冰雕，把影子模在冰上了。

我总觉得这两次辛苦加速了育珍的离开，几天后她就躺在了医院肿瘤病房的床上。那以后她就变成了另外一个人。但我觉得她心里并没有那么全然放下，她本来是想住到方向家里去的，只是方向最终没有点头。

那天办理入院是方向送我们一起来的，他自己开车，垫交了入院费用，还吩咐医院可以用最好的进口药，医保目录之外的都行。育珍一路上没有说话，但是躺在观察室里等待床位的时候，育珍轻声说自己不想住院，希望能去方向的家，让他陪着走完最后一段。方向沉默了一会儿，没有同意，说还是医院方便。

我和育珍都没有再说什么。毕竟对于一个只是交往了不到半年的男友，这样的要求有些过度了，只能看人家的意思。相比起前夫和其他育珍交往过的男人，方向已经是做得最好的一个了。

我到走廊上给方向打了个电话，告诉他赶快过来，育珍要走了。另外打给了育珍的妹妹。他们白天都来了医院，是育珍特意告诉他们回去，让我一个人留下来陪床的。她说想把这段最后的时间留给自己，只要我陪着她就好了。

护士离开了。我收起了陪护的行军床，坐在病床边握住育珍的手，她恢复了先前的平静，眼皮渐渐地闭上了，实际上几天来她曾反复地从疼痛交替到昏迷，但这一次不一样。我不想去叫醒育珍，但也不知道，她的眼睛还会不会睁开。心率检测仪上的几条曲线变得越来越平滑，无力，间或有一点点起伏，前端光点带着轻微的滴滴声闪动，似乎为了拖着那条线用尽了最后的力气，随时会罢工。弥留。这是护士说的育珍的状态。她即将走出世界。但我想到的，却是育珍刚刚向我走来的样子。

二

八年前我遇到育珍，她刚刚离婚，并且离开了她待了十五年的那家厂区幼儿园。

她自己创办了一个幼儿园，需要采购一批游戏和玩具设施，有人介绍了我给她供货。那是我的第一单业务，因此我特意去她的幼儿园见面，看看如何配合场地。这里还没有开张，场地空空荡荡的，外墙新刷的彩色涂料还有一股气味。她穿着一身幼儿园的职业套装，领我在室外活动场地上一边走一边解说，这里需要一个儿童滑梯，那里是彩球池，室内需要一套儿童沙发和桌椅，多大的规格合适。她穿着一身套装，看上去非常憔悴，谈话之间忽然会断片，似乎同时在另一个更加困难的场合与人沟通，那个看不见的场合耗费了她大部分的心力。但她说出的只言片语仍旧老练，有一种让人安心的感觉。不知为什么，这种老练和憔悴混合在一起给了我一个很好的印象。

后来我才知道这是为什么，那是一种刚刚离婚女人独有的气质，和我当时身上的一样。我也只是在半年前结束了自己的婚姻，还有同期的一段婚外情，创办了这家专门为幼儿园提供设施的公司。刚开头的日子，一切都不容易，我的第一单业务，就这样把我和她联系在了一起。

我们相处得很好，厂家发货和安装都很顺利，她的幼儿园开张那天，还邀请我去看了一下，孩子们玩耍得都很开心。她有一种可能是长期练习出来的能力，可以让孩子和幼儿老师们感觉到她的要求，即使是那些哭闹得最厉害的孩子，也会感到需要顺从这种要求。但是因为租金便宜，幼儿园的地方比较偏，在康复路附近一个不起眼的岔街里，这里早已衰落，入园的孩子并不多。

我后来知道，她离开工厂的幼儿园，自己一心要开办这家幼儿园，有一部分是想跟老公较劲儿。老公说，别以为你能干，自己出去，啥也干不成。

老公习惯了这样说话。这是他放不下的口吻，总在宣布什么事情，像是仍旧在工厂的文艺晚会上报幕。是这副口吻让育珍和他最终走到了尽头，虽说最初也是这副口吻吸引了育珍。

当初育珍是车间一个普通女工，相比之下老公远为风光，是厂里姑娘注目的中心。他个子高，有一副浑厚中带某种甜味的好嗓子，每当他站在台上说出"下一个节目是……"或者"机械厂先进表彰大会正式开始"，不单那深红的幕布，连台下所有的观众和整座工厂，都成了他嗓音的背景，他显然比别人更明白这个，特意在话尾带上一个拐弯，把那丝甜味强调得更突出。有人说听到他的嗓音就想到赵忠祥解说动物世界，大家都觉得这是一种夸奖。等到结了婚，坐在家里沙发上跷着二郎腿，哪怕对一件芝麻小事儿，他仍旧是这么说话。再看看电视上放的《动物世界》，忽然觉得很不是味儿，有些想把他话音里最后那丝甜味儿去掉，哪怕就是一本正经地骂人也行啊。

再后来，厂子改制成公司，也不再经常举办文艺晚会和全厂职工大会，他不需要再报幕，安心坐在厂部迎来送往就行。他嗓音里那个带甜味的尾子就去掉了，变成一种夸张的往上扬的味道。而在家里，则是往下压，似乎他在外边为了往上扬费了太多的力气，要找补回来。声音变了，育珍就觉得他渐渐变成另一个人了。

改制之后有一阵育珍没事干，后来通过参加成人高考，拿到了幼教文凭，变成了幼儿园老师，又一直做到园长。这十来年当中，老公渐渐从厂部办公室一路往下走，一直到变成看大门的保安。

他的身体和他的人生走势相反，明显地发福了，不太像是个需要巡夜的保安的身材。回家坐在沙发上的时候，他往下陷得越来越深，说到自己的时候开始话音往下沉，尾音又越来越往上扬，说到育珍总是一副看你瞎折腾的口吻，这种频率的起落让育珍越来越感到难受，只能把心思多放在幼儿园和上初中的女儿田田身上，直到后来发生了那件事。

那天老公回到家中，一反常态地降低了嗓门，吞吞吐吐地对育珍说，这一段你自己出门或者带女儿出去，注意提防着点儿。

育珍觉得奇怪，一再追问之下老公承认，自己相好上了一个同厂的女人，被对方老公知道了。女人的家也住这个集资小区，那男人打听到了育珍和女儿的情况，威胁育珍老公说要对育珍母女下手。

育珍一听火都要冒出头顶了，自己忙完幼儿园忙家里，你有工夫在外边招惹小三，招惹了不说，还把祸害引到家里来，让自己的老婆、孩子、熟人受威胁，出个门都得提防着点儿。忽然觉得这么多年的将就到了头，再也不能忍受这个男人陷在沙发里，用那种尾巴先往下沉又往上扬的口吻跟她说话了。宁肯不要这个男人。

她提出了离婚。

知道了彼此的状况，除了业务往来，我们渐渐开始在手机上聊天，先是QQ，后来又是微信。后来我们都参加了亲子课程高级培训班，成了同学。难得双方有空的时候，我们会一起约着去喝个茶，做个头发之类，头上箍着蒸汽罩交流刚刚学到的蒙特梭利教育法。我也见到了育珍的女儿田田。

离婚的时候，育珍离开了那套集资房，带上了女儿。她觉得把女儿留在那里跟着老公，女儿就会变成下一个老公。他说会掏孩子的抚养费，像那么多年里他拍着胸脯表过的无数次态一样，这次也成了空话。他注定是一个只会报幕的人，幕布拉开之后的事情他就不管了。

育珍自己租了房子，地方不大，但有个房间专门让女儿练琴。这是她一以贯之的理念，从小让女儿学钢琴，将来有个明显的特长。也是她在幼儿园推行的理念。田田的学习成绩也不错，人看上去很听话，但是有点发胖，我想这是弹钢琴坐得太久的缘故，像郎朗。

育珍的幼儿园开得并不顺当。生源正在打开的时候，出了两家大人因为孩子在西瓜大作战中的输赢发生争执，拿西瓜砸了对方一脸红的事情，家长互相之间打官司，幼儿园也赔了钱，影响特别不好。好容易缓过劲来，西安开始了清理整顿，她租的那处房子被划为违建，要拆掉，只得搬家。一搬家上次购置的设备全部变旧，租金上涨，更主要的是那一块远离高档小区，对亲子课程感兴趣的家长不多，没几个人听过蒙特梭利为何物，生源一直往下掉，终于只好关园清盘了。

亲子园清盘之后的当天，我开上新买的车，约育珍去了终南山脚下的一处温泉。大冬天人不多，我们找了一个小池，两人脱了衣服泡在里面。这是我和育珍第一次面对彼此裸露的身体，最初还有些不好意思，幸好池子里升腾着水汽，身体的线条变得朦胧了。我感到，育珍的体态其实挺不错，修长也不乏起伏凹凸，只是她穿惯了幼儿园职业装显不出来，这两年离了婚又顾不上找男人，总是带着一种清苦的味道。在温泉的水汽之中，这种清苦僵硬的感觉就慢慢化掉了，连同那些沉重的往事近事。育珍说到她的小时候，是家里的老大，脚下有两个妹妹和一个弟弟，弟弟有点小儿麻痹。父母都是工人，时常三班倒不在家，她从小需要照顾弟妹，什么事情都是最后想到自己。尤其是小儿麻痹的弟弟，时常都

126

是背在身上。到了谈恋爱的时候，心里其实渴望遇到一个特别能照顾自己，完全可靠稳重的人。但实际中遇到的都是像弟妹那样需要自己照顾的。

后来在文艺晚会上听到老公的声音，被那一股浑厚磁性迷住了，也不讨厌尾巴上的那一丝甜，以为找到了合适的人。谁知道就是这一丝甜，以后全部变成了苦，交往起来才知道，浑厚的声音背后是夸夸其谈，陷在沙发里坐享其成，连最起码的一件事也办不了，开学送闺女去学校，中间买包烟遇到一个下岗摆烟摊的哥们儿，都能跟人聊上半天，回头自己跨上摩托就走，把闺女忘在街上，差点走丢。连育珍自己的弟妹都赶不上，简直就像一个亲子园里让人没有办法的孩子。老公是家里的老小，上头两个姐姐一个哥哥，从小就被惯着，他想要当老大的想法都是虚的，只停留在他的大话和报幕的语气里。

"他可能不是没有心，只是学不会。"我说。

"就像我学不会被别人照顾。"透过模糊又带一丝硫黄味儿的水汽，我似乎看到了育珍的苦笑。

"我出过轨。"育珍忽然说。

我吃了一惊。

池子里的水很热，我们继续泡了一阵，转移到水温稍低的大池子里，这里仍然没有什么人。我们的躯体在水下变得短小又弯曲，像两个漂浮的大头娃娃，有一分不真实感。我等着育珍往下说，她却再未提起这件事。

三

快两点的时候，方向来到了病房。育珍仍然处于昏迷中。方向身上有一股酒味，他是趁空参加了一个应酬，让司机开车过来的，这几天他名下公司正在竞标两处地块。他问有没有给育珍打强心针，我说育珍不让抢救。监视仪器上的曲线变得比先前更平滑无力，光标只是用最轻微的力气在挪动，有时轻微地抖动一下，并不像是弥留状态下常有的反复，像是育珍控制了她的潜意识，不再无谓地挣扎，只是还免不了轻微的抖索。

我似乎有种感觉，方向在这里有些多余。尽管我和育珍都不会让他离开，但自从育珍提出要住到他家里没有结果之后，两人的关系就完全变了，尽管他看起来是在努力弥补。

确实他也没有什么可以责备的，毕竟这两天的治疗和抢救费用都是他出的，只要有时间就会过来探视。

我和方向只见过不多的几面，都是育珍坐他的车出来。因为经常要赴各种酒局，他有专门的司机，但这时他一般自己开车。我们吃过几次饭，饭桌上他会替我们

128

两人摆好餐具．用公筷布菜，点的菜也照顾育珍的口味。我们还曾经一起去终南山里玩过几次，我和育珍在后座，看他在前面驾驶，车子开得快速平稳，连续拐弯的地方也抹得很顺。到了山里他扶着育珍爬山，有时也帮一下我，他的体型保持得不错，虽然他衣兜里时常揣着的三部手机让我有些担心，他的内脏在房地产生意中打磨成什么样了。他扶着我的动作很得体，感觉没有对于一个摆脱不掉的第三者的勉强，也没有让人不舒服的暧昧。除了方向总是需要离开去接个电话，这些旅行和饭局都没有什么让人不满意的，看起来他是那种懂得世故又没有坏到哪里去的男人，说不上是凤毛麟角，但和育珍谈的前两个人相比，已经算是天上地下了。

育珍是到了我的公司后开始谈恋爱的。她花不少钱办了一个交友网站的会员，也不拒绝熟人的介绍。我也给她介绍这个把人，她没有看上。

相亲总是会遇到一些奇怪的人。有个人一上来就谈他的狗，说自己的金毛需要一天遛三次，一再地问育珍喜不喜欢金毛，"它的样子实在太可爱了"，当场展示狗照之余，见面之后也微信联系，总是发过来自己遛狗的照片，一再追问育珍是不是也喜欢狗，愿不愿意爱护狗。听起来他就是想找个遛狗的。有个咸阳的人坐下来，一开口就连声问："有没有房子，有没有房子"，说自己在咸阳是有房的，因此育珍需要在西安有房子，"一定要有房，没有房子那就不谈了！"育珍索性说自己没房，结果那顿饭都免了。还有一个人更奇葩，头次见面约育珍吃烧烤，点了一串烤韭菜，挟起一串满脸邪笑地问育珍："你知道韭菜有什么功效吗？"不等育珍回答，他得意扬扬地自己说："能壮阳！特别厉害！"然后张开门牙把那串韭菜送入口中，好像他当天晚上就能用上韭菜的功效似的。育珍只想起身就走，让他自己多吃上几串没处使用。中间断续交往了几个人，都没有持久的，育珍还是坚持在婚恋网站上充值积分，把自己升级成了白金会员，可以在网上浏览众多男士的照片和条件，有大体过得去的就去相亲。她还常常劝我，不要因为离了一次婚就不相信男人了，一个人过终究不好，要找。

　　一来二去，好歹是遇到了还算聊得来的，是个大学教师，谈吐间经常引用点唐诗宋词啥的，离过婚有个孩子，条件和育珍差不多。两人开始交往，到后来育珍常常对我念叨他，想跟他结婚，但他总是没有反应，用各种理由拖延。

　　他的拖不光是在结婚的事情上。每次约吃饭，我和育珍到了，他总是有事，一直到结账了他才出现。回想起来，我没有吃到过一顿他买单的饭。育珍却要常常给他和孩子做饭。

　　我撺掇育珍和他断了，却一直断不了，直到出现了另一个男人，近似一个完美的对象。他外形帅气，对育珍温柔体贴，出手也大方，每次开着一辆奔驰去约会，身份是个成功的老板，有两家公司。

育珍很快忘掉了那个大学教师，心醉神迷起来。我们见面的时候，她总是在说着这个男人的事情。但意外的是，我从来没有见过他。他业务繁忙，一直没有饭局的时间，和育珍也只能一周见两三次。当时我和育珍可能都觉得，我们三个人一起吃个饭是迟早的事，事后回想起来，才知道他在回避我。

后来就出了那件事情。他忽然消失了，育珍怎么也联系不上他，微信不回，电话不接，朋友圈只能看三天，没有更新。有一天一个女的请求加育珍微信，问你是不是也在找他？他是不是也在和你谈恋爱，借了你的钱做周转？

看到这句话，育珍说她脑子嗡的一声，变成一张白纸。白纸又变作废纸，晃悠悠地飘到脚下，一文不值。电话里育珍告诉我，他借了她二十万块钱，说是有笔很划算的生意需要短期流动资金，一时周转不开，十天就能还回来，还能有一万二千块钱利息。她有点犹豫，这是她预备让女儿去美国读书的存款的一部分，但还是给他了。这件事育珍没有告诉我，怕我劝阻。拿到钱之后第二周，他说去外地出差谈项目，就没有下文了。

那个女人建了一个反骗婚微信群，把育珍拉进去，育珍才知道在这半年期间，他同时交往的女人有五个，其中三个最近借给了他周转资金，加起来是不小的一笔。他拿到这笔钱之后以同样的理由消失，然后再也联络不上了。

报了警，警察说他在婚恋网登记的身份是假的，户籍信息上查不到，车也是用假身份证租的。"我们遇到这种报案特别多，专门针对你们这种群体。婚恋市场上要长个心眼，不要开个好车，说几句好听的你们就信。"警察一只手按住鼠标，丢过来一句话。几个女人快快地走出派出所，群也就此解散。

育珍蔫了很长一段时间。我的公司也遇到状况关闭了。她不得不去别处找工作，女儿上了高中，损失的储蓄还得挣回来，她一定要实现让女儿出国读书的目标。或许倒是这种压力逼得她走了出来。

那段时间我们又回到了两个单身女人搭伴的状态，见面的次数增加了很多，一起去做 SPA、喝茶或者看电影，偶尔也带上她的丫头。不过育珍并没有彻底放弃找一个男人的想法，她的这份坚持收到了回报，终究遇到了方向，也找到了合适的新工作。如果不是突然查出了癌症，简直就是一个苦尽甘来活生生的例子。

命运简直像是专门拿某一个人开玩笑，育珍是在入职体检中查出癌症的。她已经在那家大学办的教育机构上班，拿到报告后还坚持了一段时间，直到确诊了扩散。

那天育珍拿着确诊报告来找我的时候，我已经想不出什么话来安慰她，毕竟在彩超发现疑似肿块时那些安慰已经用过一次，后来在还没有发现扩散时又用了一次，已经一文不值。我等待她像发现被人骗婚骗钱时那样再度崩溃，在我面前哭泣起来，她却并没有，像是想要让我安心似的端坐在桌子对面，倒是让我有些不知所措。

把消息告诉方向也是一件困难的事。他会不会就此弃之不顾，甚至是发脾气，抱怨育珍让自己摊上晦气呢？这样的人并不缺。当然，弃之而去也没有什么奇怪，毕竟两人在一起的时间也不长，还说不上谁欠了谁的。所以我们商量之下，还是很快把消息告诉了方向。他并没有表现出上面两种态度，倒是表示要育珍好好治疗，心态乐观，不要担心费用的事。这真是让人松了一口气，同时育珍又觉得，像是强行把方向拉了进来，欠了他一点什么似的。

几次化疗期间，方向都会抽出时间到医院看望。育珍更加依恋他了，在我面前也不避形迹，好像有些变成了小孩的样子。化疗掉头发后，天气还有点余热，她总是在方向来时戴上假发套。有一次方向没有打电话就来了，育珍当时没有戴发套，让方向看到了她光头的样子。方向没有表现出什么来，育珍却显得特别尴尬，方向走后很久她还在懊丧，似乎做了一件不可原谅的事情。在我看来，两人的关系变得有一点奇怪了。我有时希望育珍奇迹般地好起来，一切回到原状。有时说来奇怪，又会想到让这一切赶快结束，即使是方向就此离去也罢。

直到过年后育珍提出要住到方向家里去，走完最后一段，方向犹豫之后婉拒了，我觉得育珍这才从一个梦里醒来了。虽然如此，她并没有责怪方向，而是回到了从前我熟悉的那个样子，接受了发生在身上的事情。这似乎倒让我松了一口气。方向仍旧抽空来看她，她也仍旧戴上发套，毕竟季节也变冷了。一切看起来并无什么变化，被维护得好好的，但又很不一样了。

从那时起，育珍开始渐渐谈到自己的身后事，最终离开时希望清静，不需要麻烦别人，只让我陪在身边。

想到育珍可能不会再清醒过来，我还是通知了方向和她的家人。方向到来不久，育珍的妹妹来了，奇怪的是，育珍前夫的姐姐也来了。育珍病重时她就经常前来，带着自己的儿子。完全不需要她们出现，她们却仍要留在这里。育珍说过，这个前大姑子母子家境困难，孩子从幼儿园一直到高中都受到她的资助，她们大约是报恩的心情。

不知为什么，我有点害怕育珍再醒过来，看到这些人围在她的床前，包括方向，甚至包括我。即使我是她要求留下来陪伴的。在那个她决意单身踏上的世界里，她不需要任何人。即使她曾经有过那么多的念想。

那天晚上育珍还断续地醒过来两次，但都是弥留状态，并未睁开眼睛认出眼前的人。所谓醒来是指脑电图上的曲线在缓慢消逝之中重新出现起伏，向上攀升了一段，显示出还有什么东西没有放下。我想起来了一个医生伯伯，他也是得了癌症，自己很懂治疗，临走前求生意志很强，直到完全失去意识之后，脑电波的起伏仍然很剧烈，隔一阵就会在屏幕上划出高山深谷的锐角，身体也不由自主地痉挛起来，让人想到他挣扎着想要醒过来。那段弥留时光因此显得特别漫长痛苦。育珍的脑电图曲线虽然也波动了几次，可是非常轻微，没有到达锐角的程度，像是微风鼓动下水面最后的涟漪，慢慢地也就消退了。如果说大脑皮层深处还有什么放不下，譬如说一直蒙在鼓里的父母，或是在国外读书的女儿，也被育珍自己节制放下了。

大家都没有发出声音。我握住育珍的一只手，似乎感觉到还有一点点脉搏，此外也不能做什么。病房的窗帘透进微光的时候，屏幕上的曲线终于完全平坦，变成了一条零度的直线。握在我手里那只手也失去了最后的温度。这时我知道，育珍终于走了，她得到了自己想要的去世。

四

早晨的菊厅里空空荡荡的，来的人不多。虽然育珍在发病之前找到了工作，但并未正式入职，以前的纺织厂她又辞职多年，没有单位的人来送花圈致辞。离了婚，缺了婆家这一支。家里的父母又不敢告知，只能是零星几个亲戚朋友来送一场，免得过于孤单。方向没有来，可能他觉得到场身份尴尬，只是以朋友的身份送了一个敬挽的花圈。我也送了一个，写着"挚友早逝，永远怀念"。育珍的妹妹和弟弟也送了两个。最主要的花圈，是身为女儿的田田送的。

田田已经从美国回来一个周了，育珍临走时，嘱咐不要让田田在场。这次告别仪式，是母女最后见的一面了。她倒是没怎么哭，像是她以往一贯的性格，在有大人的场合不引人注意，或许因为她练琴太久，人也有些过胖，不愿意移动，有时忽然来两句冷幽默。

田田的爸爸也来了。

我们按照固定的套路，绕着敞开的灵柩缓缓移动，看着躺在当中的育珍。育珍和我们之间隔了一道花圈，这些花是不会换的，一天当中要用在十几个人身上。说不上育珍和平时有什么不一样，或许是因为什么都不一样了。我也参加过两次亲戚的告别仪式，这种时候总是

136

什么也说不出来，什么心情也弄不明白，所以才用千篇一律的哀乐来代替吧。有时甚至觉得这种仪式完全是多余的。我想这也是田田没有哭得很厉害的原因，虽说她的眼睛是湿湿的，带着一点红。我想也符合育珍的意思。

育珍穿着她生前比较喜欢的一套浅色套装，就是她在幼儿园上班穿的。上半身搭了一条杭绸的披肩，这是她去杭州旅游时在西湖旁边买的，是她最喜欢的一条，上面是五色条纹的图案，像是雨过天晴时的彩虹。育珍说她那天在西湖边看到了彩虹，随后就买了这条披肩。昏迷之前育珍嘱咐我，换衣服的时候，一定要给她戴上这条披肩。

圈子转完之后，人们陆续走出菊厅，田田爸爸却停了下来，他走到灵柩正对面，向着菊花簇拥中的育珍弯下身子，端端正正鞠了三个躬，又走了出去。

工作人员麻利地从后门出来，将遗体推离了告别厅。我们忙着将花圈拿走焚烧，等着一会儿去领骨灰。育珍的弟弟一瘸一拐地先走了，我一手拎了一个花圈，是田田和育珍的弟弟送的，田田拎了我送的那个。走到焚烧炉那里，看到这些昨天晚上才扎出来的花圈被焚烧，青枝绿叶变得卷曲焦煳，发出噼啪的响声，有一种奇怪的感觉，又想到这会儿育珍的情形。

一会儿通知亲属去领骨灰，我和田田、育珍的妹妹一起去到骨灰室，见到一个铁盒子，里面是刚从炉膛里取出来的育珍的骨灰，工作人员让我们捡一些装进骨灰盒。骨灰带着没有褪尽的温度，正像传闻的那样烧得并不是太细，几乎都不能算作灰，只是一些粉碎了的骨头渣子罢了。我们默然地捡着骨灰，这时田田忽然问，妈妈的骨灰怎么会是彩色的。

我吃了一惊，仔细一看，骨灰确实带着一些彩色，像是骨头本身的颜色，并不是所有的骨殖都有，但确实有一些是彩色。我问工作人员这是为什么，没有得到解释，心里也开始怀疑，这是不是育珍的骨灰。忽然想到，原因是那条彩虹色的披肩。披肩随骨头烧化之后，颜色渗进了骨头里面。

这倒又是一件符合育珍心愿的事情，她在那边可以一直披着这条彩色披肩了。

在殡仪馆存放好了育珍的骨灰盒，我带田田和她爸爸吃了个饭。

饭桌上的气氛有些沉闷。吃菜的间隙，我看了看眼前这个男人，当初的风采几乎消失干净了，大背头还保存着一点遗迹，花白的发际线也完全散落，他看上去比育珍老得要快得多，透露出他离开那家工厂之后，也经历了不少。眼下他在一个亲戚开的运输公司里押车，这次也是从山东赶回来的。

我不知道怎么看待眼前这个男人，因此也只能埋头吃饭。田田比平常更沉默。他要了一瓶啤酒，我们俩都不喝，他就给自己倒上了。

随着啤酒下肚，终究他还是打开了话头。他先是问田田在国外的一些情形，田田也不怎么搭理他，再吞吞吐吐说到自己眼下的一些境况，又开始提到育珍"你妈这个人吧……"，那种特别的腔调，使人想到他在舞台上报幕的过往。他提起两人之间的一些琐事，语调啰里啰唆又空洞无味，让人昏昏入睡，但是我忽然感觉到，第二杯啤酒下肚之后，他的话虽然仍旧是鸡毛蒜皮，却渐渐出现了一些迹象，让我有些不安起来，似乎他是在围绕什么兜圈子，有时试探着靠近一下，又离远一点，或许他自己也没意识到在这样做。终于有一次他提起了话头：

"其实我跟你妈这事吧，也不能全怪我……"

像是条件反射地，我立刻抬起头来直视他，让他清楚地明白我的意思，是在断然阻止他说下去，吐出育珍那次在浴池里对我提到的那两个字眼，尽管我全然不清楚，这两个字眼背后是怎样的内情，也是这一刻才确信，作为丈夫的也知情。

他领会到了我的眼神，原来在啤酒作用下活跃起来的眼神变得窘迫，半截话在喉咙里止住了，这想必是他特别不习惯的一种情形。田田这时也有了一点反应，略略抬头看着爸爸。他的喉结动了两下，有些困难地把后半截话从原来的由头上离开，像他早年报幕遇到意外情形那样，看起来是接着往下说，实际是用另一个话头来救回了场面。

"你妈要是一直跟着我，她不会去世……"

这句话也让我觉得很不中听。我想到他先前在告别仪式的结尾，独自对着育珍遗体的三鞠躬，当时觉得有些感动，现在又觉得像是在舞台上表演，毕竟旁人还是能够看到。但话头转到这上面，好歹是把田田的注意力转移了。他开始说到育珍离婚后的一切，几乎都是瞎折腾，没有遇到一个好的男人。似乎他也知道育珍遇到婚骗的事，打算顺带抖出来。不过好歹他还是点到为止。不论如何，他把话头转到这方面，我算是松了一口气，育珍的这些事情，田田不是完全不知道。她也带几个男人回家去过。就在育珍遇到那个婚骗，一头扎进去的时候，田田曾经在一次去回民街吃饭时对我说：

"妈妈的后宫又换人了。"

她是举筷夹住一根滑溜溜的酸辣粉条时这样说的，似乎正是在这种不能分心的时刻，她能够对一件完全不相干的事情下一个准确的定论，让你没有办法去反驳她，怕影响她夹住那根粉条的状态。那天是田田的期末考试日，育珍却要忙着去和那个骗子见面，因为已经有几天没见了，只好让我陪田田先吃个饭。

这个字眼从半大孩子的口里说出来，还是让我接不上话，我想到这些年来，田田曾经目睹或者听说了母亲换过的多少男朋友或者相亲对象。偶尔育珍把男人带回家时，在那套并不宽大的出租屋里，田田也可能听到过某些动静，即使是她在用心弹那架立式钢琴的时候。没准她在按下琴键的时候，双手的指头会暗暗计数，妈妈的男朋友是否已经超过了八度音阶的数量。

田田和我一样，没有见过那个骗子。对于妈妈的对象，她像对于生父一样不关心，只是和方向见过一面。这次如果不是生父要求，田田也不会和他一起吃饭。说实话我也不太清楚他约这顿饭的目的，虽然他说自己现在境况不错了，仍旧没有对田田在美国的费用表态。大约就是看一看女儿吧。我觉得在端起啤酒杯之前，他也还没有准备要把那两个字眼在女儿面前抖出来，虽然不说出这件事，这么多年来他一定非常难受。

他请了这顿饭。看着他离去的背影，我也有一点点不安，感到这件事情对他或许有些不公平。他在育珍遗体前的鞠躬，毕竟也算一种心意。

我和育珍的妹妹一起，在北山脚下看好了一块墓地。相比起险峻的终南山，育珍喜欢坡度平缓的北山，有一年我和她一起来这里的一个度假区住了两天，度假区就在山坡下，有大片起伏的草场，像是马脖子上飘拂的鬃毛，我和育珍还骑了马。查出癌症之后，育珍就说自己要埋在这里。育珍的骨灰在殡仪馆放了两年，两年中父母都过世了，也埋在了这里，育珍的骨灰随后才落葬，算是附从父母。父母去世之前，始终不知道女儿已经先他们走了一步。

骨灰落葬的那天，是交秋的时节，墓园停车场里没有几辆车，地上落了好多成熟腐烂的柿子。入口处凑着好几条小狗，搞不懂哪里来的这么多狗，它们在死人的地盘上能找到什么，或许是一些人上供的馒头点心之类吧。墓园入口是深深的树篱簇拥成的甬道，头上几乎被遮严了，气氛立刻和入口外边区别出来，如果是一个人走在这里，背上难免会有些发凉。即使是头顶一片叶子的飘落，也让人觉得有点不寻常。

田田手捧着妈妈的骨灰盒，毕业回国后她在一个教育机构里找到了教钢琴课的工作，也交了一个男朋友，只是人还是显得胖了些，显出她不爱活动。骨灰盒还是有些沉的，我不知道她抱着会不会觉得累。到了墓地里边，气氛倒是又有些开朗起来。

工人已经挖好了浅浅的墓坑，落葬的过程很简单，我们没有带花圈，把几束花搁在了墓碑前面。新打的墓碑，写着女儿田田泣立，黑色大理石上两行白色的字体，表明了逝者的生卒年月，简单地叙述了生平。字数和生卒年月的间隔一样，比起周围大多数的墓碑，和紧邻的父母，都显得少了一点儿。这就是我的朋友，方育珍，留在世上的最后记录。

我们在墓地旁边逗留了一会儿，算是最后陪伴一下育珍，虽然我知道此后还会常来。晚秋淡淡的阳光照着，显得很安静，有一分残留的温暖。前一阵西安一直下雨，似乎是经过了很长时间的等待，终于得到了这么一个好日子。育珍的妹妹忽然感慨起来：

"姐姐这一辈子就是活得太累了。要是她少操一点心，也不至于这么早就走。"

她的女儿却反驳说："大姨这一辈子好着哩，是为自己活。"

田田没有出声。不知道对于母亲，她的心里是怎么想。这次回国后，她还没有去见过父亲。我又想到了从前的方向，想到在那次两人单独吃饭时，田田说到妈妈的"后宫"那句话。

我也不知道该说什么，关于我的朋友育珍。

亲爱的皮囊

托养中心的病房太大了，很少有这么大的病房，像是仓库。

仓库顶下没有声音。床上的人们全都平躺瞪眼望着屋顶，眼神里空空荡荡。每当我在早晨七点走进第三病房，总会有一种偶然进了某个硝烟平息的战场的感觉。对我来说，这是误入，什么也没有赶上。但我和同事们的职责就是这样，收拾残局。

搬到这里之初，我非常不适应。这和从前在山上不一样，那时只有一个病人小梅，后来也不过增加了两三位。我们有七八个护士来照料，比病人的数目多上一倍。到这里却倒过来，床上人的数量是护士和护工数量的两倍。活气就有点不够用了。

没错，床上躺着的也是人，也还活着。我无数次这样告诉自己，这也是我们进入中心第一天培训就学到的职业要求。但是他们身上的活气实在太少了，稀少得像是一株盆栽植物能够散发的，还是仙人掌那类植物，连多肉都赶不上，因为几乎所有人身上都没什么肉，近乎干尸，眼睛才因此显得更大。

六床的老鱼叔是个例外，他的腮帮、手臂和身上都还有一点肉。这是几乎与我同时掐着点进入病房的张阿姨的功劳，她也在上班，只是看护的唯一对象是老鱼叔，她的丈夫。三号病房像张阿姨这样的家属只有一个，其他病房里还有一位。她和我们一样长住在中心的宿舍，按时出入病房。我们对病人要干的活她都干，还干得更多。

我们每天要干的活按部就班：观察床头仪器显示的心跳、血压，最重要的是血氧饱和度，有些老人在沉睡中血氧会降低好几个刻度，有窒息的危险；给病人擦脸、揩手、梳头、翻身、换尿袋；对于咳嗽喘息，喉管嘎嘎作响的，要揭开喉咙切口上覆盖的纱布查看，必要时插管吸痰；喂病人喝水，一天六次喂流食。做这些操作时，床上的病人都毫无反应，只是愣愣地看着你，实际上也并没有在看你，眼球和玻璃弹子一样没有光泽。病房屋顶下虽然忙碌，仍旧一片寂静，就像一片苗圃。我在宿舍养了一盆绿萝，每当为病人喂水的时候，我总是想到浇花的情形，绿萝叶子得到了水分，几乎立刻从夜里的困倦收缩中打开，枝叶舒展，显露出新鲜的生机。病人的反应却没有这么快，一杯水喂下去，加上擦脸翻身梳头，也并没有使他们就此变得多么精神。从这一点上来说，他们还不应当被称作植物人，没有那么明显的光合作用，更像是木头。说木头也不对，其实是某种经年累月缓慢生长的真菌，或者石缝里发黑的苔藓，表面看去几乎没有了生机，但暗地里还在延续，甚至生长。

没错，在生长。譬如今早我正在五床忙活的时候，张阿姨在六床拿着小毛巾给老鱼擦脸，到达耳朵部位的时候，她停手仔细端详起来，像是我们在实验室用显微镜查看玻璃涂片，后来叫我："过来瞧，老鱼这里长了个小疙瘩。"

我凑过去看了看，张阿姨把老鱼的耳朵往上略略掰起来，果真老鱼的耳朵后边长了个芝麻大小的疙瘩，被耳轮遮住了，不仔细看根本看不出来。也许前几天已经有了，张阿姨也没有发现。疙瘩没有发红，说明不是出的疹子之类，就是个小的增生，不说明任何问题，也不值得去告诉医生。但这毕竟是个新现象，我发现张阿姨并没有担心的表示，反倒是有某种高兴。她俯下身去，对着老鱼的耳朵轻轻说："老鱼，你这儿长了个疙瘩。"说话的口气，就好像孩子们告诉对方一件新鲜事。一时间连我也感到某种兴奋，照料了这些身体这么久，总算是来了这么一点反应，就像这个疙瘩是我们专意培育出来的一般，也算是某种成果。

老鱼依旧瞪大眼睛，毫无反应。"唉，眨都不眨巴一下。"张阿姨叹息说，手里的毛巾又开始在耳朵上忙活。病房里恢复了寂静。过上一会儿，听见她在问："翻个身好不好？"这也是在问老鱼，自然不会有回应，接下去通常是张阿姨自问自答："不听话。"然后双手开始忙活。但如果老鱼眨巴了一下眼睛，张阿姨就会觉得老公回答了她，不仅翻身擦背干得特别轻快，接下来一天中的心情都会好起来，我们会感到她这一天明显地精神焕发，分外有劲头，甚至整个病房的气息也活跃起来。在我看来，那不过是病人碰巧无意识地眨了眨眼皮而已，甚至完全比不上耳朵后面长了个小疙瘩来得实际，但对于张阿姨，那根本就是另一回事。

实际上我和同事们一样，在给病人擦洗脸和手、整理被褥时，有时也会跟病人说说话，"今天皮肤看起来不错""真乖"之类，就好像是在普通病房里。那是因为太安静了，总想自己和被照料的这具躯体之间能有点交流，不至于真的像是对待一段木头。

其实在来到植物人中心之初，看着这些躺在床上沉睡的病人，我真地想过，他们有一天是不是会醒过来？虽然知道这种概率小到极点，他们之所以躺到这里，大脑的生物层面都受到了不可逆的严重损害，完全不像电影电视上演的那样，用诚心就可以唤醒回来。但真的看到一个活人躺在那里，有呼吸、心跳，能进食，有时候还会眨眼睛，还是难免会这么想，尤其是对于经手照料的第一个病人小梅。她是中心当时存在下去的唯一理由，是我们的天使。

小梅是个命运特别不好的天使。她是和老公一起到北京打拼的，辛苦了好多年，终于有了一些积蓄，两口子也不想一直在北京漂泊下去，打算回老家开一家饭店，利用在北京学到的技术在老家创业。这时又有一件喜事，她多年来一直助养的亲弟弟很有出息，考上了北京的一所大学，开学报到，她骑着平时上班用的电动车去西客站接弟弟。刚把弟弟接上，大约弟弟抱着的行李太宽了一点，回来的路上被一辆转弯超车的大公交从后面带倒，没有降速的电动车飞了出去，后座的弟弟当场死亡，小梅的后脑磕在马路牙子上，在医院 ICU 躺了两个月，命保住了，人却始终没有醒来。

医院费用太贵，再住下去赔偿的钱要用光了，连当初积蓄准备开店的钱也不够花的。脑外科医生碰巧认识我们中心的创办人大象，把小梅介绍到了这儿来。

送小梅来的是她的老公秦明，一个沉默老实的男人，他在医院已经陪侍了小梅四个月，小梅到中心以后，他在附近租了个房子，仍旧每天过来看望。后来不是每天了，但还是三天两头来。有时晚上还会打电话过来，问小梅的情况。再后来他上了班，一周过来一次，电话也打得少了。一年之后，他得到了一个工作机会，去了南方当饭店的大厨，过来的机会就少了。好在中心在病人床头装了摄像头，可以在视频上看到小梅的一举一动。

小梅以前是酒店领班，人长得很漂亮。即使出事后完全变了模样，剃光了头发，也还是看得出皮肤的白皙和五官的精致。病人躺久了，皮肤会失去弹性，发黑萎缩。因为可惜小梅的脸，每天擦洗的时候，我会把自己的护肤用品给她使，好像还真的有作用，小梅的脸始终没有变得发黑枯干，比现在这些病人强得太多。

小梅过生日那天，我们还为她举办了庆祝晚会。买了蛋糕，点了蜡烛，帮她吹完蜡烛之后，把蛋糕打成流食给她喂下去，我们每个人也分了一块。几个护士围在小梅床边，唱了生日快乐，大象以前玩过乐队，弹吉他为我们伴奏。后来又单独给小梅弹了一曲《大约在冬季》。秦明刚刚在后厨下了班，也在视频上看着，忽然他打电话过来说："小梅流泪了！她醒了！"秦明的声音激动得发抖，大象手拿电话，仍旧很沉稳地让我们看一下，果然小梅的眼角流出了一颗眼泪。我们都非常激动，觉得小梅醒过来了，似乎她的眼珠马上就会转动，坐起来跟我们说话，我们将会在她的三十八岁生日这天见证奇迹。只有大象很沉着，他观察了一番之后说，这是泪腺受到刺激后的正常反应，小梅并没有醒过来。果然小梅张得大大的眼睛仍旧无神地瞪着我们，以后她也照旧沉睡。电话那头的老秦兴奋了一番，语气也只好黯淡下去。这以后他的电话来得更少，我们的心里也怅然若失，像是有个东西破灭了似的。山上地方太偏僻，吃水要靠车拉，经常用柴油机发电，下趟山回个家很不方便，看着中心的业务没起色，护士们陆陆续续都走了，等到搬到眼下这里时，真正从头坚持下来的只剩下我一个。

小梅住到中心一年半的时候，由于天气转凉，山上又冷，患上了感冒，一直没有病愈，后来发展成肺部感染，大象打电话给老秦，让他拿主意是往医院送，还是

151

继续留在中心，老秦沉默了半天说不送医院了。再过了一天，大象通知老秦小梅不行了，让他来北京准备接人，就是人死后从中心直接送到殡仪馆，这是入住的合同上约定的。很少有人会把植物人从这里接回家办丧事。

老秦是和一个女人共同来的。女人看上去本本分分，两人一起给小梅擦洗，换衣服，女人给小梅整理了仪容，跟殡仪馆的车送走了小梅。理论上来说，老秦这时还没有和小梅离婚，但是我们都理解。老秦跟我们告别时搓着手红了眼圈，说了声谢谢。

小梅走之后，她的床空了很长一段，我在生日时给她买的一个小猪佩奇还一直挂在床头，新的病人来之后也没有取下来。每次看到佩奇我都会想到小梅，也想到最后一次来带走她的老秦。我甚至想到过，如果老秦想要跟小梅离婚，他能离掉吗？他在小梅躺在我们中心的时候另外结婚，是有可能的吗？这些问题已经随着小梅化为一把骨灰而消散了，永远也不会有答案。

在老鱼和张阿姨身上，不存在这样的疑问，她压根儿就没想过另找，虽说她也不过六十来岁，想再找也不是不可能，密云广场上跳舞的单身老头子一揪一大把。

我喊老鱼叔和张阿姨是从小开始的。她家和我家住在同一个镇子上，女儿小鱼是我小时候的玩伴，比我大上几岁，攀扯起来还有一点远亲关系。大半年前，我接到许久不联系的小鱼的电话，得知老鱼叔出了车祸，手术之后一直没有醒过来，打算来我们这里，我很吃惊。小时候我和老鱼叔见面不算多，他老是在外边跑车，后来又听说在山西包矿，但见到时他态度总是很温和，还带着点幽默。有一次正赶上他给小鱼带了果冻回来，分给了我一个，是那种用勺子挖着吃的，我分到那个里面带着一瓣橘子，小鱼的是一颗草莓，挖到嘴里滑溜溜的，会自己往喉咙里钻，哧溜就下去了，还没下到胃里全化掉了，我从来没尝到过那样好的滋味。我觉得小鱼也差不多，老鱼笑眯眯地在一旁提醒："要尝味道，不能像猪八戒吃人参果哦。"从此以后他的幽默就带上了果冻的甜味儿，连同人参果的典故，一直留在我的记忆里。对了，虽然他叫老鱼，还有钓鱼的爱好，但我从来没在老鱼叔身上闻到过鱼腥味儿。

我虽然每天在托养中心见惯了植物人，但以往认识的，老鱼叔是第一个。小鱼跟我说了家里的情形，她在一个超市上班，张阿姨老了，一个人照顾不过来，医院又不能长住。我自然建议她送老鱼叔来这里，中心的收费并不算高，有我在还能多少有个照应。老鱼叔送来时，我特意跟主任大象商量，腾出了我负责的三号病房靠中间一个床位。

在担架上见到老鱼叔，我已经认不出他来了，不仅是脸上没肉，连脸型轮廓都收缩了，怎么也看不出这张脸上曾经起伏过幽默的线条，这并不奇怪，每个植物人的外貌变化都很大，千辛万苦活下来，保住了心跳和呼吸，外表的很多东西就顾不上了。但是比起那些我只见过他们现状的植物人，亲眼见到一个从前喊叔叔的人变成眼下的一副躯壳，还是非常震动。张阿姨我倒是一眼就认了出来，她虽然老了一大截，五官和脸面轮廓没有发生彻底的变化，脾气似乎也还是过去那样。"到了这儿安稳了吧，"她环顾病房一圈，眼光收回到刚刚安置好的老鱼叔身上，"再不用跑了。"

小鱼悄悄跟我说，老鱼遭遇车祸的起因是驾车离家出走，路上不断需要分心接听张阿姨换着号打过去追踪的电话，因为走神追尾撞上了一辆大卡车。老鱼离家出走不是第一次，我小时候就见过他大年初一跟张阿姨吵架，当天开车返回山西矿山，弄得小鱼过了一个冷冷清清的年。那次吵架给我留下的印象很清晰，因为老鱼叔身上增添了面汤味儿，面汤味儿和巧克力味儿合在一起，成了我对老鱼叔记忆的一部分。

当时我正和弟弟还有两个伙伴待在一片猩红的街上，佝头捡昨晚炸剩下的鞭炮，忽然听到小鱼发出惊叫，混合着张阿姨的叱骂声，紧接着看见老鱼冲出家门，和通常利索的样子不同，他的头上和肩膀上挂满了面条，身上也有零星挂着的，从头到上半身完全湿透了，还冒着热气，热气又在寒冷的天气里很快凝结，使他有一种雪人的感觉，只是雪人不会像他满面通红，人们也不会给

154

雪人挂上这么多面条的装饰。张阿姨跟在后面追出来，手里还扬着捞勺。情形看起来应当是，正当一家人起床吃早餐，张阿姨从铁锅里捞面装碗的时分，不知为何和老鱼叔吵了架。张阿姨顺手将仍旧热着的面端起来泼向老鱼叔，老鱼叔猝不及防被泼了满头满脸，桌旁等吃面条的小鱼发出惊呼，满头面条面汤的老鱼奔到外边，一面是躲避战争，一面是寻求降温，张阿姨则一不做二不休，抄起捞勺追了出来，小鱼则追在后面，嘴里哭喊着"爸爸、妈妈"。张阿姨还在街上追了老鱼叔一段路，老鱼叔一边逃跑一边忙着清理面条，有的面条已经冻硬，黏在老鱼叔的头发和脸上，被起床早的许多乡邻看到，吵架自然以老鱼叔极度不体面的惨败告终。可能考虑到接下来几天还需要走亲拜友，实在脸上挂不住，老鱼叔选择了当天下午开车出逃，车钥匙还是委托小鱼悄悄从家里拿出来的，一去就再没回来，直到夏天张阿姨带着小鱼去矿上团聚。

　　小鱼成年之后，张阿姨和老鱼叔的吵架仍在继续，张阿姨吵架有股狠劲儿，急了会拿刀杀人那种，老鱼叔的幽默派不上用场，实在憋屈了照旧出走，最长的一次走了一个多月，去南方见了打工的小鱼，探了张阿姨的口风，过了几天才回家。小鱼说，出走成了父亲处理冲突的一种常规模式，她后来也习惯了，只是最后一次出

155

了事。

最初送老鱼来中心的时候，张阿姨并没有留下来照料他的意思，反倒显得很轻松，终于可以自由一些了的感觉，"在医院把人累坏了！"她说从老鱼出事，自己几个月没有跳广场舞了，错过了新教的扇子操，回去一定要补上。

张阿姨送来老鱼就回家了，有一周多没来看老鱼，也没在群里过问老鱼的情况，这在家属里面也是比较少的。一般植物病人送来之初，家人都来探视得勤，视频里看得也勤，群里经常发言问这问那，被子没盖严啦，有点咳嗽啦，脸色不大好啦，都会引起家属的担心，一再叮嘱我们照看，有的还会怀疑我们不像对外宣传的那样周到。两三周过去，探视的频率就会慢慢降下来，对我们也放心了，群里提出问题少了，大多数时候忙自己的去了，毕竟谁活着也不容易。但像张阿姨这样送完之后一开头就不管不顾，情况还是少见，除非是那种家庭矛盾很深，关系破裂的，譬如二病房有一个中年男人，是因为经商发了小财，在外边养小三，被老婆拿刀捅伤之后昏迷过久，再也没醒过来。老婆大约是坐了牢，连送他来的儿子也不待见，再也没露过面，只是按时打钱，花的也应该是他自己的家底。小鱼大约是超市上班太忙，又只有一天周假，也没来探视过，只是叮嘱我照顾下老鱼。我也不能说什么，只好每天护理老鱼叔时精心一点，心里打算着他成为下一个无人来探视的病人。

没想到两个周之后，张阿姨一个人来到中心，还拖着一个带行李的小拖车，背上背着一个大登山包，到病房才卸下来，一整天陪侍在老鱼旁边，晚上到我们下班她还不离开病房。她说今后不走了，要住在病房里。因为病房里不好加床，后来大象跟她商量，在我们的员工宿舍旁边给她加了一张床，后来又让她跟在二病房这里长年守护的李阿姨同住，饭也交钱在伙食上吃。张阿姨就此在中心住了下来，每天和我们一起"上下班"。

张阿姨的态度转变如此之大，大家都觉得吃惊。我不好意思去问她和小鱼，只是按照中心的技术要求，手把手教她怎样去护理。她有一些不太符合要求的习惯，比如一天太多次地给老鱼擦脸擦手，这样容易引起感冒，说她她也不听，就好像干坐在那里必须找这些事儿来做。过了好几天，老鱼一直没有排便，拿手揉肚子也没有动静，需要戴上三层医用手套，拿手伸进肛门里去给他往出抠。对于护理植物人来说，这是一项常规操作，以往在病房里却是不需要的，使用开塞露就可以了，因此让我非常不习惯。第一次给小梅抠大便的时候，我多戴了两层手套，抠完之后拿肥皂把手搓洗了十几遍，几乎把手指搓破了，仍旧觉得手上有味道。当然后来也慢慢习惯了。张阿姨以前未必给老鱼抠过，我多戴上两层手套，和张阿姨一起把老鱼翻过来，让张阿姨脱了老鱼的纸尿裤，给张阿姨交代了，正打算给他抠的时候，张阿姨说："这个你别动他，我来。"

我有一点点尴尬。植物人躺久了之后，下身都会萎缩，连同性器官，男人看上去只是一束风干的萝卜缨子——我老家每年冬天都会晾在屋檐下，实际上已经谈不上什么性别特征。在我看来，人一旦躺进这里，也就失去了性别，跟植物一样，当然植物其实也有雌雄，只是人已经看不出来。屁股上的肉也渐渐流失，和腊肉差不多。病房里的任何一副皮囊，掀起被子都不会让我觉得尴尬。眼前的老鱼在我眼里，也无非是这样一副风干的皮囊。但对于张阿姨来说，老鱼却仍然是个男人，是她的男人，像这样私密的动作，由别的女人来做不合适，只能由她自己上手。至于像脏臭这样的考虑，是不在她的意识之内的。

我只能指导着她先细致地剪去指甲，戴上手套，变换着体位和手法，一点点地把粪便从老鱼体内抠出来，又避免抠破直肠肠壁。粪便已经干结成褐色的疙瘩，一团团落到尿不湿上，倒是也不算很臭。在这样的指导与操作中，自从她入住病房以来，身为护士的我和张阿姨之间积累的某种紧张感一点点消失了，感觉这确实是她的男人，就该由她来操作，在她眼里老鱼始终是老鱼，不是什么植物盆栽，或者随便一副皮囊，这只能算是老鱼的幸运，虽然他对此恐怕毫无所知。

张阿姨给老鱼拾掇完，拿出一个收音机放在老鱼枕畔，调了一番频道，收音机里传出袁阔成讲评书的声音。这大约是从前老鱼在独自开长途的路上听惯的节目。她开得不大，我们也没有人去干涉，反正别的植物人也听不见，这间病房里平素总是过于安静，静得能听见防褥疮充气床垫阀门的细微嗡嗡声。我往回走的时候，张阿姨招手叫我过去，在她拿的小凳子上坐下，她自己坐在老鱼的床沿，先问我是哪里人，在这儿多久了，听说我是从中心开张一直在这儿，她脸上露出理解的神情说："真不容易，你一个大姑娘的长年在这儿。"她的眼睛往周围瞄了瞄，像是在打量那些一床床排过去的躯壳。我好奇心起来了，顺着往下问，"你为什么要回到这里呢？"

"我不一样！"张阿姨说，"开始我也不想侍候他。在外面一个人自由有啥不好的？以往跟他在一起处得也没多好，吵吵闹闹的。那天我从这里回去，还感到一身轻松，总算有个地方把他托养了，以后就少操心了。

"头几天确实过得自在，我给自己做饭，吃完了就去广场，和老姊妹们一起跳舞。她们听说我给老鱼找着了这么个地儿，用不着多操心，都说是好事。我买了新式的跳舞服，和她们一起学了新教的扇子舞。晚上回到家，我就看会儿电视睡觉，没事了给闺女打个电话，过去看看外孙，觉得日子挺不错的。

"这样的日子过了五天，第六天头上，我心里忽然空

159

起来了。不知道为什么，我忽然挂念起他来，一下子牵肠挂肚的。真的就像有一个钩子，把我的心钩起来了，别的啥意思也没有了。他在这儿咋样？我鼓捣了半天，让女儿在手机上指导打开了几天没用的摄像头，在镜头里看了看他。他跟我预料的一样躺在这儿，一动不动。我觉得没什么意思，又去睡觉了。可是我怎么也睡不着了。

"翻来覆去的，我想不通这件事。牵挂他干吗呢，他只是一副皮囊了，都不能算人了，算人要加上植物两字。他从前也不听话，吵了架，他就要出走。最后出车祸，也不能算在我的头上。我没什么对不起他的。可是想穿了这些，还是没有用。他就那么挂在我心上。以前他能跑，现在跑不了了，躺在这儿。可他也不是躺在这儿，他是挂起来的，挂钩的另一头就吊在我的心上，取不下来了。

"我翻来覆去跟自己掰扯了几天，特意去想他的短处，干过的坏事儿。早年他跑车的时候，我们刚刚挣了一些钱，在密云县城买了商品房，家道算是爬起来了。可是他跟那些狐朋狗友混，在外面赌博，赌得特别大，劝也劝不住。有一天他半夜时候回来，没有听到楼下停车的声音，手里的钥匙都只剩房子钥匙了，人失魂落魄的，问他半天才知道，他一晚上输出去十几万现金，还把车子也抵给人家了！十几万现金好多是借的，为了还钱和买新车，我们被迫卖掉了刚住没一年的房子，搬回

160

乡下过上了租房子的生活，四五年后才翻身。后来他倒是忌赌了，但还干过别的坏事儿，甚至动过散伙的心思。想到这些，我就不想去看摄像头里的他了，还是去跳舞，回家还是做饭。"

可是张阿姨的舞跳得越来越没劲，饭也做不动了。煮好了饭，一个人呆坐着，望着饭菜一筷子不想动。就是凄惶，心里还委屈。委屈又不知道为什么。凄惶得厉害了，打开摄像头看看，老鱼还躺在这儿，没走没咽气啥的，就好一点儿。可是好得不够。老担心他跑了、死了。后来发展到半夜醒过来看，爬起来看，时时刻刻想看，一边看一边流泪，也不知道流的是个啥。泪流到屏幕上，把屏幕洇模糊了，看不清了，心里就更委屈。时时刻刻觉得自己凄惶。舞跳不下去了，周围的姐妹都像消失了似的，世上的人儿景儿都看不见了，只有那个摄像头有意义。张阿姨觉得自己丢魂儿了，摄像头把她的魂吸了去。老鱼就在镜头里那么躺着，却比以前能说能动能吵嘴，能拔脚偷钥匙开车就走的时候更能吸引人。跟吸铁石一样，自己不动，把钢镚缝衣针铁屑儿吸过去。电话里跟小鱼说了，她让张阿姨去北京城帮她带孩子，可张阿姨不愿去，那样离老鱼更远了。

"后来我想，干脆来托养所陪老鱼吧，也不怕你们笑话。我就拾掇行李，骑个电动车来了。一坐在这床边，看到他眼珠子瞪着我，真的跟条鱼似的，跟活人一样出气儿入气儿，心里顿时踏实下来。多亏你们收留我，不然我都不知道往后日子咋过。"

往后我们还偶尔在护理的间隙聊个天，我大体知道了张阿姨和老鱼之间一些我不熟悉的过去。张阿姨生在农村，因为父亲有工作，早年是商品粮户口，老鱼是退伍的汽车兵，在乡下跑驾驶。当时张阿姨在一个专门接待汽车司机吃饭的食堂工作，在窗口卖花卷和炸油条，老鱼开车过路经常来买，两人就渐渐认识了。"我们那个汽车食堂是全国优秀单位呢，出过全国劳模，年年评先进，进门就是大红的奖状，从卖票窗口到饭厅挂了一长溜！"老鱼开始追求张阿姨，相当于农民追求城市身份的人，态势上自然低了一截。两人结婚之后，随着改革开放到来，街上遍地馆子，曾经辉煌的食堂终究不可避免地倒闭了，老鱼跑个体依旧赚钱。张阿姨跟着老鱼进了城，成了第一批买商品房的，后来因为那次赌博的原因，又卖掉房子搬回了乡下，在镇子上自己起了房子。老鱼始终在外跑车，后来又去山西金矿上打工，帮几个合伙的老板管理选矿厂，前后在那边待了十几年，张阿姨也过去给矿工做过几年饭，以后在家带孩子上学。快六十岁的时候，老鱼回到了密云，过上了安闲日子，但还喜欢往出跑，有时就是漫无目的地转上一圈。"我尤其受不了的是，两口子争嘴是常有的事，有什么话你说出来，

162

或者你让我发一阵火，过一阵就消了。我就是这么个性格。可是他憋在心里，忽然就跑了，在外边实在待不下去了才回来。有时我都想把车给他砸了卖了，可是下不去手，那是我们最贵重的财产了。"

张阿姨说的这些事，我多少都有印象，尤其是他们进了县城又返回乡下。这件事在当初很不寻常，街坊邻居有不少议论。当时我能再跟小鱼一块玩，高兴之余也隐约觉得奇怪，问小鱼她也不知就里。现在听了张阿姨的讲述，我想起在他们搬回乡下之前不久，我唯一一次去县城胡家庄小鱼的家。听去过她家的街坊说，胡家庄是县城第一片商品楼房，只有有钱的人才住得起，小鱼家房子里面收拾得像天上，进门要换鞋，地板亮得能当镜子，到处被张阿姨收拾得一尘不染。窗户带着花边的窗帘，墙上挂着带框画，电视屏幕跟录像厅的投影一般大，冰箱比人高，冰箱里有好多种水果，张阿姨各样拿出来一些，洗干净了放在大理石茶几上的玻璃盘子里招待客人，连盘子都是专用装水果的，水果有的是从南方带回来的，见都没见过，看起来就比苹果桃子强多了，吃起来香甜里带着丝丝凉意，描述不出来。我心里在想，硬要比较的话，大约和我以前吃到的果冻差不多吧，果冻就带个'冻'字。

在这样的描述之下，我对于小鱼在县城的家产生了无穷的想象，都不知道自己到了那里手脚往哪放，眼睛

163

往哪看了。母亲路上也一再叮嘱我，要守规矩，不能被张阿姨和小鱼笑话。但那次真的到了小鱼家，感觉却很不相同。小鱼和老鱼叔都不在，张阿姨神情显得落寞，虽然招呼我们换鞋进屋，接过了母亲手里捎的一袋山核桃，客气了几句，也在茶几上给我们倒了水，神情却有些心不在焉。屋子固然是干净的，地砖却没有传说中那样有光泽，能当镜子；总觉得哪里像是落了一层隐约的灰尘，虽然即使是用手指去摸，也摸不出来。盖着蕾丝罩的冰箱没有打开，那些南方的水果也就没有盛到玻璃盘子里来，显出它们的五光十色。后来张阿姨像是忽然想起来地微笑了一下，说"吃苹果吧"。

她走到厨房的墙角，那里倚着一只袋子，里面装的就是普通的苹果，甚至不是眼下流行的红富士，比较小，张阿姨拿水果刀慢慢地削，给我和母亲一人递了一只，味道也有点酸，似乎没有太成熟。我忽然为这间屋子和张阿姨感到有点难过，这样的小苹果不应该出现在这套胡家庄的屋子里，搭配她和小鱼的生活，这样的袋装本地苹果是住在镇子上的我们日常吃的。一定有什么事情发生，虽然我不知道是什么。张阿姨和母亲拉着家常，似乎隐隐在说她们会回到镇子上，希望以后照顾。过了不久，她们果然搬回了镇子。

听了张阿姨讲述我才明白，那次我和母亲去县城小鱼的家里，刚好是在老鱼赌输了卡车之后。

我常常一边听着张阿姨絮叨，一边跟她搭手给老鱼注射流食。护养中心每天提供统一的流食，材料是鸡胸肉加上各种蔬菜和牛奶、主食，张阿姨觉得营养不够。她总觉得，其他病床上那些躯壳的日渐干瘦是由于营养不良。她自己买了打流食的机器，骑十来里地的电动车去市场买来肉蛋奶和蔬菜，自己加工流食，倒进中心提供的流食给老鱼一起喂下去，或者干脆喂自己的。所谓喂流食其实是注射，植物人已经失去口腔的吞咽功能，实际他们的嘴巴已经没有用处，不论进食还是喝水，都是通过鼻饲管用注射器打进去，这项操作必须由护士来完成，因为手法过快会让病人噎住或者呛住，引发危险，注射之前还得先抽半管前一次喂下的流食出来，看消化得怎么样。如果抽出来的流食带褐色，说明有胃炎现象，需要在流食中加上消炎药和抗生素一块打进去。张阿姨不能插手这件事，但她总是目不转睛地在一旁看着，唯恐老鱼出现什么状况。一天喂食六次，我和护士小舟就要在张阿姨目不转睛地注视下操作六次，远比给别的病人喂流食压力大。这次我听着她的讲述，手上的速度大约略快了一点儿，老鱼忽然咳嗽起来，这是他从未出现过的情形，我连忙停止了注射，把流食往出抽，对于植物人喂食这是一项常规操作。可是我看到张阿姨的脸色一下子变得惨白，好像一瞬间死去了一般。

我不由想到，植物人大致只有一两年的寿命，如果床上的老鱼这次真地"跑"了，再也不会回来，张阿姨会怎样？

老鱼叔住进来的时候是夏天，一晃秋天到来了，燕山上的树叶渐渐红起来，和深绿的夏天相比，现出丰富得多的层次。托养中心像往常一样安静，即使是在周末，有些家属会来探视病人，大家进了病房，也不约而同地会放低声音，平时絮叨的人也变得沉默，似乎联排躺在床上那些失去知觉的躯体，像是巨大的海绵，会把人世的气息都吸收消音。这周当我午后换班，从四病房转回三病房的时候，却听到了一阵低低的争吵声，像是心里的气压不住，争吵的声音来自五床旁边的张阿姨和小鱼，小鱼身形有变化，腹部隆起，一看就是怀孕几个月了，脸上现着生气又无可奈何的神情。听见小鱼在说："你在这儿有多大意义？是能让爸醒来还是什么的？你真的相信电视上那些？"

张阿姨依旧是平时的表情，似乎全然不为所动地回答："我没想过他会醒来，他一直不醒我也要在这儿陪着，反正他还没死！"

小鱼的声音不甘心地分辩："你就不想想你亲闺女？人家老人都在给儿女带孙子，谁像你长年累月守着一个植物人的？第一个娃就是孩子奶奶那头带的，现在奶奶

166

腰椎间盘突出了，我生二胎，老公天天加班，你就不能帮忙照顾一下吗？"她的声音几乎带上了愤怒。张阿姨却平静如常地给床上的老鱼整理皱了一角的被褥，一边凝视着老鱼说："他不是植物人！我觉得他心里明白，就是没法动弹。我跟他说个啥，他会冲我眨眼睛，捏着他的手也会动。我把你养大，尽到我的义务了，你要生二胎是你自己的事，照顾你爸才是我的义务！"

小鱼使劲盯了张阿姨一眼，站起身来。这是一个我熟悉的动作，小时候一起玩儿，谁让她觉得很不公道了，她就会这样使劲地盯人一眼，像是把她的全部力量放进去了，随后起身离开。她没有注意到我，也没有跟床上的老鱼告别，有些艰难地迈步走了。我一直站在隔着两床的位置，给八床的病人按腿，这时看到张阿姨抬起头，"唉"了一声。到中心侍候老鱼两个月以来，这是她第一次叹息，在寂静下来的病房里显得很清晰。

我跟别的护士交代了一声，赶出病房送一下小鱼，她还在托养中心门外等待公交。我走到她身旁，她像是没有看见我，风从山上下来，到这里稍为平缓，吹动了她鬓边的一缕散发。从侧面我看出来，小鱼的脸型更像老鱼，而不是张阿姨，都说长女随父嘛。我让她不要太往心里去，张阿姨也是对老鱼叔感情深。小鱼看来先前已经注意到我了，接住我的话头往下说，"感情深，我爸活着的时候也看不出来。他们俩一吵架就闹离婚，从小到大我不知听他们说了多少次要离婚"。

小鱼说，张阿姨和老鱼现在在法律上其实已经不是夫妻，他们在出事前一年去办的离婚证搁在床头柜里被她看到了。办了离婚证之后，不知怎么又住在一起，住在一起还是吵。老鱼叔在山西那些年，小鱼放学回家，一边端碗吃饭，一边被张阿姨催着问，假如我和你爸离了婚，你跟你爸还是跟我。跟着你爸有学上，但是他有野女人，会给你当后妈，跟着我，可能供不了你上学，最多供你到初中毕业去打工。你选哪个。张阿姨询问时态度很严厉，小鱼只能说我选妈，但跟着张阿姨会质问难道你不想上学？你不是喜欢你爸吗？肯定说的是假话，你们俩是一条心，你去跟他吧，过好日子，让我一个人去死！她的这些话像横七竖八刮来的贼风，让小鱼完全不知如何招架，饭吃到嘴里失去了滋味，一顿顿晚饭就这样报销了，晚上也不得安生，睡觉之前刚要合眼，张阿姨会跑到小鱼床前，把吃饭时的问题再重复一道。

"我妈的想法是错的，她总觉得我暗地里更喜欢我爸。其实我没那么喜欢老鱼。自从爸爸第一次离家出走，我妈就给我灌输，说爸爸不负责任，没有担当。我也觉得我爸尿，吵不过我妈，只会离家出走，把我丢给我妈，他和我妈之间的矛盾、压力都转移到我身上。什么学习，什么成长，都成了屁话，我就是班上不折不扣的垃圾学生，什么也没有考上，不像你能去学个专业技术，我就只配在超市收个银，在菜市场出个摊。他为什么不把我带走，为什么不敢离婚，离婚了为什么要给我找后妈，我对他来说不够吗？十几岁的时候我就是这样想。说到底，我谁也不喜欢。我在这世上从来都是孤孤单单的。有了老公，老公经常在跑业务，应酬，感觉跟爸爸一样的，我不知怎么又走上了我妈的路。

"所以我想给自己生两个娃。我不想他们孤单，和我一样。要不是我妈的商品粮户口，我也可以有兄弟姐妹，跟你一样的！"

我不觉伸手搂住了小鱼的肩膀，这是我们之间多少年没有的动作，她的肩膀没有了少女时代的瘦削，但仍然感觉得出某种压力，沉沉地负在肩头。托养中心地处僻远，通村公交等待的时间很长，小鱼打破了沉默继续说，老鱼出车祸住院期间，做了三次手术，对方赔的钱都花完了。第三次手术之前，医生告诉小鱼和张阿姨，这次脑部出血的量很大，就算抢救过来，很大可能是植物人，你们是坚持抢救还是放弃治疗。小鱼考虑了一阵决定放弃抢救，她觉得张阿姨的意见跟她肯定一样，因为在老鱼住院抢救期间，张阿姨仍旧一直在埋怨老鱼，还说过他怎么不一下子撞死算了，省得她来侍候之类的话。没想到的是，张阿姨坚持要抢救，就算成为植物人也在所不惜。小鱼根本劝不住。

"我说爸爸出车祸已经很受罪了，到现在还没醒过来，你想叫他再受罪吗？我妈说什么叫受罪，人活着总比没了好。再说恐怕醒了呢。我说植物人能叫活着吗？还是人吗？她现在天天侍候的，只是老鱼的一副皮囊，并不是老鱼。你是护士，你从专业出发说说，是不是这样？"

我又一次面临尴尬，这种问题一旦提出，其实是没有答案的。对于送病人到这里来的家属来说，要害是心头从不产生疑问，产生了也不能当真，一下子过去，不然心里的阴影就会很大，甚至是我们这个中心存在的意义也成了问题。其实我见到躺在床上的老鱼叔，有时也会忽然想到他到底算是活着，还是死了？他还是我从前认识的老鱼吗？这和面对小梅的感觉不一样，小梅毕竟一到这里就是植物人，我并没见过她从前的样子，虽然我们在尽力照着从前依稀的样子保护她，希望她磨损变形得慢一点。这种疑问连大象也解答不了我，他只是因为植物人太多无处托养才办了这个中心。我们到现在都是既不算医疗也不算慈善机构，当然更不是养老。当然从另一头来说，病人家属不管怎么想也都是正当的，只是我需要坚定地按照中心的要求去想：老鱼叔是活人，是从前那个人，那些像骷髅一样横在床上的躯体也是活人，是他们曾经所是的那个人，养小三的老板、爱跑全马的白领，矿工，艺术家。我不知道张阿姨是否也是这样想，或者她觉得病房里所有其他皮囊都不算人，唯有老鱼例外。

公交车终于来了，看着小鱼有点费力地上了车，车子消失在略微带起尘土的公路上，我忽然感到一阵疲惫。不管怎么说，伺候植物人是个耗人的事，我有时都觉得自己的心境已经很老了，远远超出二十七岁的年龄。

前几天父母担忧我一直待在中心，见不到男性谈不成恋爱，又给我张罗了一个相亲对象。为了应付他们，我周五轮班休息时去赴了约。对方是一个事业单位的科员，见面说我的护士职业好啊，以后照顾家人都很便利。我就似乎看见了几十年后他因为喝酒打麻将熬夜一身的富贵病，躺在床上让我侍候的样子。我说，我照料的不是一般的病人，是植物人。他就显得很惊讶，啊，植物人还需要照顾吗，不是让他们安乐死吗？我说你从哪儿看的我们国家允许安乐死，安乐死的对象又是植物人？他不响了，看我的眼神变得有点奇怪，吞吞吐吐地问，你干吗要在那种地方工作，不瘆得慌吗？我觉得他是在说，跟我在一起也会瘆得慌，因为我是在那里工作，就好比对一个在殡仪馆上班的人，大家总会有种奇怪的感觉。我说，植物人挺好的，比有些看起来没病的人好相处。那顿饭的气氛变得尴尬，不过饭菜是平时在托养中心吃不到的，我就把注意力集中在眼前的饭菜上，不去管对面的他，吃完之后他结了账，我发了个一半饭钱的微信红包给他，他没有收，说，以后再让我请他。我也

171

就随他了。

是啊，我为什么要一直在植物人托养中心工作？张阿姨也问过我这个问题，我说那你也在这儿，她说"你不一样"。跟我一起进中心的护士都辞职了，我也曾经多少次想辞职，父母也劝我离开这里，即使别处工资低一点，工作辛苦一点也成。我没有走成的原因，是大象的挽留，他总是说，你是元老，得看着我把这摊子事儿做起来。你要是走了，将来我真的成了大人物，连个知道我是怎么一路牛起来的人都没有。他这么说的时候，脸上就浮出一贯的幽默，好像什么事儿在他那儿都不是事儿似的。是的，他要像我们一样把大小事儿往心上搁，那植物人托养中心倒了十回也不止了。

我总是记得在山上的时候发生的一件事。那是一个冬天，下了很大的雪，下山的交通断绝了。小梅走了之后，一时没有新的病人，别的护士都走了，只有我和大象留在山上。那天我的肚子突然疼起来，不知道什么原因，大象判断可能是阑尾炎，不能耽搁。路上都是积雪，车子无法开动，大象把我抱起来，硬是走了三公里下山的冰雪路，到平地上打车。到密云医院检查，果真是阑尾炎，晚了就化脓了。大象只是一个医生，我不知道他的双臂哪来那么大力气，一次也没有把我放到地上，被抱着的感觉真温暖，我脸上身上似乎都发热了。过后我

问他 他笑嘻嘻地说，双臂完全麻了，连挥了几百次才找回来一点感觉。又说谁让你那么轻呢，平时吃饭跟猫似的。托养中心确实有一只猫，总是显得很饥饿的样子，我平时也觉得自己的饭量不如它，譬如它有时会在一半荒废的别墅里不知什么地方抓来一只老鼠整个吃下去，这在我看来完全是不可想象的事。不管怎么说，从那以后我觉得大象是个不一样的人，他要办的事儿，不管多难，总归能够办成，植物人托养中心就是例子。或许我真的是在期待着大象真地成功的一天，想到其中有我这个小护士的一份，暗暗地感到满足呢！

也许，就像我对那个相亲对象说的，植物人挺好的，比医院的病人和家属都好相处？医院的病人会提各种要求，经常在怀疑你，猜测你，觉得你在瞒着他什么，觉得你在敷衍了事。有时会遇到难缠的病人家属，甚至医闹，很多精力都牵扯在无聊的事情上头，甚至还有人身危险，陶勇医生不就是被家属砍开了头盖骨吗？在这里不一样。不论做什么，说什么，植物人都不会反对。他们顺从地吞咽和呼吸，完全依赖着你，不会跟你斗心眼。家属平时不在，经过了在医院的折腾，最后把人送到这里，心里也没那么高期望值，不会提出什么刁难的要求。照料植物人虽然注意事项多，一天到晚闲空很少，但都是按部就班，心并不累。是的，这里过于安静。但我好像也习惯了这种安静，一到热闹地方反而受不了了。

也许我就是会在这里一直待下去吧。我喜欢这里的山风，从燕山山坡上吹下来，树叶层层翻动泛白；喜欢空旷的院落，以前用作团建培训基地，老板栽种了很多树木，夏天到来还可以摘葡萄；喜欢晚上能看到银河，比在城区看到的清亮繁密得多，想到不远处病房里躺着的几十个植物人，也不像开始那样觉得悚然，反正病房里通夜亮着灯，定时有人巡视，所有病人也都睁着眼睛。我还喜欢大象偶尔拨弄的吉他，娓娓的调子让人似乎想起很多事情，又没有一样是真地想起来的。他从一个神经外科主任转行做这个，肯定是有他的理由。至于张阿姨，我不知道除了照料老鱼，她是否也喜欢这里的环境，她很少待在病房以外的地方，只是偶尔能看到她在院子里略站一会儿，直直腰，吁吁气，用手揉揉身上的什么地方，就跟她给老鱼按摩一样。

和小鱼争吵这天晚上，张阿姨和护士们一起下班之后，并没有马上去睡，端个小马扎坐在院子里。月亮从燕山顶升起来，照亮了一半的院子，只有零星的树影婆娑。我也有点贪这月光，就站在台阶上没进去。后来她叫我的名字"李茵"，我走到她的身边蹲下来，她缓缓地跟我说："今天的事情你看到了吧。"

我沉默地点头。她并没有看我，继续往下说："你也知道，其实小鱼小时候，我并不疼她。我脾气暴，是家里唱白脸的，小鱼怕我。老鱼脾气温吞，是唱红脸的，每次跑车回来都带零嘴和礼物，小鱼跟他亲。就算是他在山西矿上，我一个人带了小鱼好几年，只要她爸一现面，还是亲她爸。可是现在，小鱼也没有那么顾惜她爸了。来得少，来了就催我回去。平时电话上也唠叨我。娃是她身上的肉，床上躺着的肉，也是她亲爹呀！"

我替小鱼稍稍圆了两句场，又怕伤到张阿姨，找补着说也可以请月嫂。你在这里，老鱼叔叔的状态明显比别的人好，看着白白胖胖的。"白白胖胖"几个字似乎引起了张阿姨注意，有一小会儿她若有所思，忽然问我："你知道打干细胞针的事吗？"

"二号病房的老李跟我说，她看电视上讲很有效，返老还童，还能让植物人起死回生，醒过来。她打算给她老公买几针。"

我昨天刚知道这件事。李阿姨去问过大象，可不可以给病人打这种针。大象委婉地劝阻了她一番，但李阿姨相信电视上的宣传，说推荐的是权威专家，她认识的人里边就有打的，看上去真的像年轻了十岁。大象也不好多说什么。事后他召集护士，讲述了中心对这事的处理方式：不鼓励，不反对，不管打下去人是好了还是坏了，中心不负责任。对待植物人，家属的任何想法都是可以理解的。

这时李阿姨从我的房间出来了，理着湿漉漉的头发，见到我有一点轻微的尴尬，她刚洗完澡，因为她和张阿姨住的屋没有热水器，其他护士房间人又多，她们会过几天就趁我不在时来我房间洗上一次。我就顺便问李阿姨干细胞一针多少钱，她理着湿头发的手停了一下，说出来的数字吓了我一跳：两万五，一个疗程四针。看来我真的是在这里待久了，都不知道世上的行情，怪不得我相亲一次次失败。张阿姨应该是已经知道了这个价码，没有出声。

过了几天，李阿姨买的干细胞针剂到了，由销售公司的人员护送前来，自行给病人注射。虽然不需要我们上手操作，但这仍旧是中心发生的一件大事，大象在工作群里交代我们在旁认真观察，密切监测注射后的各种生化指标：心跳、血压、脉搏、血氧饱和度，有没有明显的上升下降，"甚至"，他在这两个字后面加了个做鬼脸的表情，"有没有人醒过来"。

颜色透明却昂贵的针剂缓缓推入沉睡的病人的血管，各项生化指标没有明显变化，更别说"醒来"。但在李阿姨看来，干细胞针还是起了效果。尤其是打了第二针之后，她觉得，老公的皮肤变红润了，头发显得黑了一些，"眼里也有神了。我跟老刘说话的时候，他还冲我眨巴眼睛"。她说这话时眼睛也在放光，即使在我看来，那双空洞的瞳仁还和从前一样，没有什么光泽。

打针的当天，张阿姨也和我们一起认真盯着，往后还过去看了几道李阿姨的老公老刘，回来显得有些心绪不宁，一个护理动作会不断重复。有天她把老鱼的手背擦了太多道，弄得有点破皮了，我只好给老鱼抹碘伏。抹着的时候听张阿姨又叹了口气，接着问我："要不要给他打呢？"

病房里静悄悄的。张阿姨低声说，十万块钱的针，她是打得起的，老鱼生前给她买好了社保，还存了一笔钱。她也觉得老刘打了针，似乎有些效果，而且销售公司解释越后面的针效果越明显，就好像从量变到质变，"这是电视上专家讲的"。老鱼的状况原本比老刘好，她觉得给老鱼打上两个疗程，他是有可能"醒"过来的。

但是她想要打电话联系销售代表的时候，有一种东西却把她阻挡了下来。她有种模模糊糊的担心，不是担心白花钱，是别的东西。今天早晨她给老鱼洗脸，再次查看那个小疙瘩的时候，口里说"老鱼，翻个身吧"，老鱼没有应答，她像往常口里说着"不听话"，一边把老鱼的身子扳过去，这时她忽然脑子里咔嗒了一下，明白自己担心的是啥了：要是老鱼醒过来，不满意她的照料，两人又回到过去那种争吵怎么办？"甚至"，她盯住我的神气莫名地让我想到大象发到群里的狡黠表情包，尽管张阿姨脸上只有因为忧虑一丝丝浮现的皱纹，"他又从床上爬起来，离家出走怎么办？"

我的脑子里也硌了一下，完全没想到打干细胞针这事会成为张阿姨的心结，泛泛说了两句打了针也很可能没用，所以没必要有这个心理压力之类的话。但心里又明白，这并不是张阿姨问题的解答。

往后的两天，张阿姨显得特别沉闷，不再听到她经常跟床上的老鱼说话，早晨的病房里只剩下了收音机播放评书的声音，老鱼依旧毫无反应地"听"着。第三天在给老鱼喂流食的时候出了问题，差点造成不可挽回的后果。

那天给老鱼喂流食，张阿姨掺了半杯自己打的流食，开始抽取积食观察的结果也正常，胃里头天的食物都消化了。不料注射到中间，老鱼的喉管忽然卡住了，剧烈呛咳，喉部插的辅助呼吸管也脱落下来，一时间老鱼面临窒息，我赶紧一头让护士小舟辅助插上喉部呼吸管，一头停止注射改为往外抽流食，好容易把卡住老鱼喉管的东西抽出来了，原来是一坨没有打成流质的牛肉，有指甲盖大小。因为病人长年注射流食，食管都发生了收缩，这样大小的固体物就会造成梗塞，连带引起窒息。托养中心每天的流食材料是鸡胸肉加上其他几类谷物蔬菜，这坨牛肉只能来自张阿姨自行加工的流食。我为自己的疏于检查惊出了一身冷汗，张阿姨看着那坨牛肉面色煞白。整个下午，她没有再说一句话。

晚上张阿姨有一段时间离开了病房，我中途回宿舍去找个东西，进门听到她在卫生间洗澡，水流放得很大，不像她和李阿姨平时洗开得很小。水流声听上去有点异样，当中夹杂着别的声音，后来我听出来，是哭声，呜咽压抑，像是喷头大股水流中细小的一股，想要止住却又无从忍耐，这大约也是她把水流开得不寻常地大的原因。这是我第一次听见张阿姨哭泣，只好放弃拿东西，轻手轻脚离开了房间。

是小舟向我借卫生巾，她说自己这次来得不规律，村子里根本买不到苏菲。"这个鸟不拉屎的地方，快赶上戈壁滩了。"平时喜欢看点抗日剧的她说。她也吃不惯这里的伙食，"我们和植物人吃得差不多"。这话没错，通常我们的食谱是和病人一起采购的，无非是土豆胡萝卜大白菜之类，了不起加上一点五花肉。物价涨得太快，纯瘦肉已经买不起了，更别说小里脊和排骨。免费的伙食，不可能指望太好，让大家交伙食费改善生活，又没几个人真的愿意，毕竟是密云小地方的人。一来二去，留不下人就是必然的了。小舟说她也快要走了。"姐，你为什么一直留在这里？"

这天晚上我值夜班。值夜班的感觉和白班很不一样。白天病房里人多，活气足，我们忙东忙西不会有太多感觉。晚上两个病房只有一个护士，陪床的张阿姨李阿姨也睡觉去了，三四号病区里除了我，只有黑压压一片仰躺着的植物人，面容在节能灯下显得惨白，瞪大眼睛望着天空，除了仪器电流的细微嗡嗡声，什么动静也没有。这时候我就真的会有一种身在停尸房的感觉，既为屋顶

179

下一片的死寂难受，又暗地担心他们哪个会忽然醒过来，嘣地一下从床上坐起来，甚至下床开始走动，躯体的动作却仍保留着僵硬，让人想到恐怖电影里的僵尸，明知道这不可能，却不由自主地这样想，想得眼前人影直晃动，脑子里嗡嗡作响。

这天晚上我正在值班，忽然有个人走进病区来找我。是那个相亲对象。他不知怎么进了植物人托养中心，又来到这里。他看到我站在病区当心，就朝我走过来，脸上挂着笑容，手里拿着一束玫瑰，像是计划好了给我一个惊喜。但是当他看到那些病人仰起的脸，他的笑容凝固了，面色变得惨白。当我转向他的时候，他的笑容并没有舒展开来，倒是变得更扭曲。我在想此刻在他眼里，穿着白色护士服的我是否也是一个鬼呢？总算他回过神来，跟我打了个招呼，脸色却始终是惨白的，讪讪说："原来……这里是这样的。"过一会儿就走掉了，也没有要我送，好像急于逃掉，那束玫瑰花随便地搁在护士台上。

我在想，那一次吃饭得知我在植物人托养中心工作的信息，只是让他对我的护士身份产生了不同一般的疑惑，还没有真正把他吓住，甚至唤起了他的某种好奇心和男人的好胜，大半夜的自己跑来探险。那这一次的惊吓是真的够了，他回去之后就再没跟我联络过，我想他的微信已经将我拉黑了吧，只是也不好发信息去证实。

下班回去，张阿姨仍旧坐在院子里，这天的月亮没有完全落下去，穿过影子斑驳的树丛落在她脸上，增添了一种迷离的表情。她招呼我坐到她身边，为白天的事向我道了歉，因为我在群里受到了大象批评，扣发半个月奖金。她还说，小时候我去她家找小鱼，她因为担心玩过头影响学习，态度不大好，"你不要记恨阿姨"。我连忙说您一直对我挺好的，一去就拿水果给我吃。你把家里收拾得也特别干净，不像个乡下的房子，人一去感觉很舒服。这句话似乎是勾起了张阿姨的某些记忆，她沉默了一会儿，接着讲起老鱼在山西的往事。

那时候张阿姨在家里带小鱼上学，老鱼在金矿上一待五六年，只有过年的时候会回来。暑假时她会带上孩子过去探亲，在矿上住上个把月。那是个特别荒凉的地方，风沙遍地，放眼望过去都是荒山秃岭，没有家乡的植被，山上不敢随便上去逛，因为到处是废弃的竖井口和因为挖矿裂开的地缝，黑洞洞地张着口，稍不留心掉下去，尸体都找不到。矿上的伙食难吃又单调，老鱼看上去黑瘦黑瘦的，跟那些下井工人差别不大。她心疼老鱼，那个把月总是自己开伙，给老鱼加强营养，矿上的住宿条件也很差，她都忍了，暑假快过了才带着小鱼回家，等候老鱼过年回来，过年那几天更不用说是变着花样侍候，心疼他的苦寒。

后来有一年过去，老鱼却有些别别扭扭的，看起来有什么心事，跟她亲近起来也勉强。夫妻中间这些感觉骗不了人，果然她听到老乡风言风语，说老鱼在那边有人了，不是本地人，是附近镇子上一个开K厅的老板娘，老板娘离异了，没有儿女。老鱼喜欢唱歌，也不时陪矿老板去镇子上唱K，这几乎是当地唯一的娱乐。张阿姨知道以后，特意跟着老鱼和矿老板去唱了一次K，老板娘亲自出来招待，年纪也不小了，脸上免不了矿区风沙的痕迹，只是会打扮，看起来略有姿色，果然她有点刻意回避着老鱼和张阿姨，那天的气氛也很沉闷，"好像有我在场把什么都破坏了"。

"回去之后我想了很久，还想到过要不要带上女儿，上山找个地缝一块跳下去，叫他找尸体都找不到。后来想想还是算了，估计他就是在矿上太孤单，犯了男人常见的错。这件事情含糊过去不行，我就跟他摊了牌。

"我对他讲明白了利害，这边是我和女儿，十几年的夫妻、父女，加上前半生的积累。那边是那个女人。假如他选那个女人，可以离婚，净身出户，看人家是否还要他，他是不是喜欢在那边一直生活。假如选我和小鱼，那就断绝来往，一旦被我知道再有瓜葛，只有离婚一条路。我跟他讲时没有哭，也没有闹，特别冷静。老鱼以后都说，他从来没有看到我那样冷静不动气的样子，觉得很意外，好像看到了我的另外一面。"

后来老鱼做出了选择，不再和K厅老板娘来往，甚至放弃了唱K的爱好。"我还是不放心，就把小鱼留给他父母照看，自己到山西矿上去待了几年，也给他做饭，照顾他的身体，直到金矿倒闭一起回来。回来以后磕磕绊绊，我提起这件事，他总是不耐烦。他出走最久的那次，我还以为他去找那女的了，托人打听，那女的早就成了家，老鱼也没去那个地方。

"这几天我又老想起这件事，气不打一处来。想到那些磕磕绊绊，还有他动不动出走，我就不想给他买针打。可是转头一看躺在床上的老鱼，瞪着眼睛一动不动的，我的心又软了。还应该给他打啊，他醒过来总是一件好事儿。不能昧良心。可是当我下决心要去拨老李给我的业务员电话的时候，就又害怕起来，害怕回到从前，害怕要面对从前的老鱼。我心里就来来回回掰扯着，不得安生。"

我无法回答她，只好劝她不要着急，等老刘打完了一个疗程第四针再看一看，如果有效，再考虑打不打的事。张阿姨似乎也听进去了。

老刘的第四针打下去了。除了皮肤似乎是变得松弛了一些，没有明显的变化。至于李阿姨说的眨眼睛动嘴角，也没有超出肌体反应的范围，到不了微意识的层面。病房里并不是没有微意识的病人，一病区三床的病人是跑步时突发脑梗昏迷四个月转进来的，他的眼睛时常是闭着的，只有女儿来看望时才睁开一条缝，手指能微微动作，女儿会给他出一些算术题，譬如三加二等于几，他会用手指比出"五"。假如干细胞针真的对促进细胞活跃有用，我和同事们都觉得这个病人，是最应该打的，但他的女儿并没有购买干细胞针，而他的反应近来也越来越微弱了，毕竟已经在这里躺了一年多。老刘打了四针以后，我按照大象的吩咐，特意对他进行了测试，譬如问他听不听得到我在说话，如果听到就眨眨眼，但老刘并没有像李阿姨说的那样眨眼。至于数字测试，因为他的手指根本不会动，更是无从谈起。其实我暗自觉得，干细胞针没有对老刘起作用反倒是好事，比起只余一副皮囊的植物人来说，微意识的病人更受罪，因为心里明白却动弹不得，我简直难以想象一病房三床的病人在这一年多中忍受了多大的痛苦！

回到三病区，我把干细胞针没有作用的测试结果告诉了张阿姨，心里暗自庆幸，李阿姨买的针没有用，张阿姨也不用受纠结是否买针的折磨了。那天张阿姨又给老鱼抠了一次大便，和以往一样认真细致，擦好屁股之后，把落在尿不湿上的坚硬粪球裹起来，慢慢走出病房去扔掉，对于我告诉她的测试结果，只是轻轻点了点头。

干细胞针事件的风波总算过去了，张阿姨仍旧悉心照料老鱼，我们时常会像以往一样配合，只是她对老鱼说话的时候少了很多。尤其是在给老鱼翻身的时候，不再会说那句口头禅"不听话！"了。天气入冬，来探视的人少了，托养中心变得更加安静。燕山上变得光秃秃的，我盼望着下一场雪，给一成不变的日子带来一点变化，但也知道对于屋顶下的病人来说，其实一成不变就是最好的。我们已经有半年没有送走去世的病人了，等待进来的病人越来越多，大象把从前基地空着的几间库房找人腾了出来，通了暖气，摆上了病床，准备迎接新病人。

年前半个月的时候，果真下了一场雪，雪还挺大。先是看着山上都白了，像是蒸馒头的笼屉蒙上了一层白布，后来院子里也慢慢积起来。大象吩咐锅炉师傅把暖气烧足点。待在病房里看外面雪花无声却轻快地飘落，有一种奇怪的感觉，里面什么都是静止的，外面却在飘移变化，我们这里被时间摆下了。

下雪之后是化雪，化雪的天气最冷，早晨我上班的时候，听到有两个病人在咳嗽，其中包括五床的老鱼。张阿姨已经在给他拍背了，神情有些慌。

我忙在群里请示了大象，给他的流食里掺上了打成粉的感冒药。第二天，其他几个病人好转了，老鱼的病情却在加重，输上了抗生素。输液时找血管特别费事，植物人的静脉和肌肉一样萎缩了，这也是我们一般选喂药的原因。张阿姨帮我按着老鱼的手腕，努力让血管鼓出来，我觉得她的手有些发抖。到了第四天，老鱼的病情依然没有好转，肺部也有了杂音。虽然事先签署了协议，大象还是询问了张阿姨，是把老鱼转去医院，还是仍旧在这里治

185

疗。张阿姨说还是在这里治疗。这也是送到这里来的植物人家属通常的选择，因为医院不愿意接收这类发病者。又过了两天，老鱼肺部的杂音加重了，添上了呼呼喘气的声音，必须隔一段时间就揭开喉头的纱布，用真空针管吸痰。张阿姨晚上也不肯去宿舍睡觉，晚上铺个垫子，一直要陪在老鱼床边，跟她说有护士值夜班也不听，我知道她是怕老鱼一口痰上不来就过去了。几天下来，她的人整个瘦了一圈，面色发黑，颧骨都露出来，都有些像床上躺着的病人了。我担心她，却又劝阻不了她。

中心的原则是不过度抢救，有点像临终关怀病房的姑息治疗，尽量让病人没有痛苦。老鱼的肺炎一直没好，痰越来越多，有天中午他一口痰没抽出来，人就去世了。去世的时候躯体没有明显的挣扎，只是手指稍微动了动。这算是进入中心以来，他沉睡的躯壳做出的最明显反应了，只是来得太迟。这副皮囊已经很衰弱，即使它是在张阿姨的特殊照顾之下。

老鱼瞪着的眼睛还是没有动，我为他合上了眼皮。这不是我第一次为去世的病人合上眼皮，但每一次手指掠过枯萎的眼皮和滑溜的眼球，都有种发瘆的感觉，像是合上一扇永远不会再打开的窗户，又像是在抚摸某种软体动物，它仅余的生命还在我掌心里，正在变得诡谲陌生。

先前张阿姨木然地看着这一切，连续的熬夜使她失去了平素的形状，凌乱的头发像山上的枯草，没有经过一场雪的润泽，看上去脱水了，我想到了古人的一个词"哀毁尽礼"，尽管在老鱼断气的时候，她并没有哀哭起来。在我合上逝者的眼皮之时，听到她轻轻的唠叨：

"老鱼，我害死了你。"

我吃惊地问："你怎么会害死老鱼叔呢？他是感冒引起的。"

"我要是给他买了干细胞针，他的身体就会更好，不会感冒。你看老刘打了针，人就好好的。"

"可是那么多病人没打，他们也好好的啊。"

"老鱼不一样。我没给他打，是昧着良心。我怕把他给打醒了。我昧了良心，他就死了。"

张阿姨的眼睛让我担心，眼神定定的，因为眼眶外边的肉消瘦了，有些鼓出来，像是老鱼的眼睛。

周围站了好几个同事，大家都静静的，听着张阿姨的话，找不出话来回答，尽管道理是明摆在那里的。连一向最善于安抚家属的大象也没了词儿，只是让护士赶紧通知小鱼到场。

整个善后的流程中，张阿姨一直神情恍惚，反复念叨那几句话。小鱼到来之后，张阿姨也不理她。给老鱼整理遗容和换衣服的时候，她不要小鱼和我们插手，自己却总是摸摸索索整理不完，在那间专门用于告别的小房间里待了太久，殡仪馆的人员不耐烦了，最后只好半强行地把她拉开，我和小鱼一起给老鱼换好了衣服，装

187

进黑袋子里上了车。老鱼的身上其实比其他几个逝去的植物人要有肉一些，触碰起来没有那种硌手的感觉，这到底还是张阿姨照料的结果。装袋之前我最后看了一眼，不由想起多年前他脸上幽默的神情，本来我有时特意想要回想却在脑子里想不出来，现在忽然就浮出来了，却又马上消失在黑暗的袋子里。

张阿姨和小鱼上了车，以后再也没回过托养中心，她留在这里的一点东西，是身形大腹便便的小鱼前来收拾的，包括衣物和打流食的机器。小鱼说张阿姨的状态很不好，在殡仪馆告别遗体时走了神，跟着老鱼被抬走的尸体往火化厅走，几个人才把她拉起来。回到家里后，她仍旧是怔怔忡忡的样子，小鱼不放心她，想让她搬过去住，但张阿姨不肯。"我自己的孩子也要出生了，真的不知道该怎么办。"

老鱼的床位住上了别人，床单被罩一换，一切都是新的，再也没有老鱼的任何痕迹。小鱼退出了家属群，也没再联络我。夏天老刘也过世了，李阿姨离开了这里。离开的还有小舟，她终究受不了这里的伙食和病房的寂静了，另外在一家肛肠专科医院找了一份工作。当然，又来了新的人，中心总的态势还是不错的。冬天再次来临，我又盼来了一场久违的雪，似乎雪真的能覆盖什么，改变什么。这天下午，就在我看着燕山的上半部分慢慢变白，一边走向新开辟的五病区的时候，我接到了小鱼的电话，她说，想把母亲送到托养中心来。

我差点在结冰的地面摔了一跤。

"张阿姨她怎么……"

小鱼声音平静地说，母亲回家后的一年时间，几乎足不出户，神情木木讷讷的，跟从前简直换了一个人。小鱼自己生孩子坐月子，只能尽量腾出手去照看。入冬之后还没来暖气那段时间，张阿姨嫌冷，让小鱼买了几十斤木炭生火。往年也是这样做的，小鱼就给她买了，让工人送到家。只是一再叮嘱她睡觉要开窗。过几天小鱼早上过去看她，却发现门窗紧闭，开门进去屋里一股煤烟味，张阿姨在床上已经不省人事了。

赶忙送到医院抢救，人一直在深度昏迷中，后来总算是救活了，在 ICU 病房住了半个月，又在普通病房住了一个月，却再也没醒过来。"感觉妈冥冥中跟着走了爸的路"。医院的收费高，小鱼又添了小孩，实在没有能力照看，只好照样送到我们这里来。

雪后初晴的那天，到处在往下滴水，平房屋檐水滴到石板地面上有一种悦耳的脆响，就像大象叮咚的吉他声，在楼房里面是听不到的。一辆救护车把张阿姨送了过来，担架上她的容颜和一年之前改变很大，完全没有了任何血色，像是山上经冬枯槁的树枝，看不出残存的水分。眼睛半闭着，这一点和多数的病人不同。身体缩

189

小了很多，担架显得很空。安置她的时候，新的病区床位已经满了，正好以前的三病区五号床病人头天去世走了，我就让张阿姨补了缺。我和小鱼默默地把张阿姨安置在了床上，她半闭着眼睛，不知道是否看见了这就是老鱼叔叔先前住过的病床，也就是她曾经常年陪侍的那张。"今后就拜托你了。"小鱼走的时候说。

这样的安排，不知道张阿姨有知觉的话是否满意。以后照料张阿姨的日子，我常常会有一种恍然的心情，比老鱼叔来到那次更浓重，情不自禁地会想到她是否会忽然眨眼，微笑，对正在给她擦脸的我开口说话，甚至从病床上坐起来，拉住我的手讲述和老鱼叔曾经的故事。如今那些恩怨已经消退，成了他们生命中共同的隐秘。另外一个埋藏在我心中的隐秘是，张阿姨在关上门窗烧炭的时候，是否意料到了自己会来到这里，躺到老鱼曾经睡过的床上呢？

每当我在喂食流食完毕，为她擦拭嘴角的时候，心头浮上这个疑问，总觉得张阿姨枯槁的嘴角似乎添了一丝生气，浮现出一个转瞬即逝的微笑。

鸟神

一

"是你害死了他！"

离开殡仪馆的路上，景伟妈妈忽然冲他的姑姑叫喊起来，神情歇斯底里，我们都吃了一惊。

姑姑委屈地一言不发。景伟浑身包得严严实实，插着管子在 ICU 病房里躺到第二十天，已经没有自主呼吸和心跳，脑电波成了一条直线之后，景伟妈妈仍旧不想拔掉管子。是姑姑做主听从了医生的建议。

也难怪，景伟是独生子女，家里一直领取让人羡慕的每月 20 块补助费。对于他妈妈来说，接受起这个事实来是很难的。

我从小就认识景伟和他的妈妈，一直喊她阿姨。至于景伟爸爸，我从来没有见过，甚至没有听见他们提起过一次，以至于我下意识地觉得景伟是没有爸爸的，直到报考初中时填表格，景伟在父亲那一栏填了"离婚"，被我从他遮住的袖子缝里看见了。我的爸爸妈妈应该是知道景伟爸爸的，他们和邻居们也从来不提起，我想是由于阿姨。

阿姨给我印象最深的地方是，她在市动物园当饲养员，在猛兽区，我们都知道景伟有个喂老虎的妈。虽然她骑车下班回到柏树林以后，只不过是个挎菜篮子匆匆赶去菜市场的妇女，和我妈妈没有什么两样，我见到她还是有一丝敬畏，似乎闻到一股依稀的凛冽。毕竟喂老虎这么一份职业，就和腰里别着手枪的警察类似，对于小孩子来说并不寻常。

有两个周末，我曾经约上个把同学，拉着景伟一起到动物园里去看老虎，暗中也是看看喂老虎的阿姨。有这么一个阿姨，显得我们和其他来动物园游玩的小孩们身份不一样。景伟却没精打采，一点也没有分享我们的兴奋。一路上他都在打退堂鼓，好容易进了动物园大门，又在猴山和百鸟林磨磨蹭蹭，就是不肯挪脚去猛兽区。他说自己喜欢看猴王和孔雀，不喜欢看老虎。似乎并不是他的妈妈在这里喂老虎，倒是我们拉着他去看自己的妈妈似的。到后来我们只好把景伟扔在百鸟林，自己去看老虎和景伟的妈妈，也说不清我们到底想看的是哪个。

我们去的早，赶上饲养员提着桶给老虎喂食。隔着铁栅栏我们只能依稀看到影子，不知道是不是轮到景伟的妈妈喂食，我也不敢喊"阿姨"，怕打扰了这个肃穆严重的时刻，闹出乱子，只是把心提到嗓子眼，大气不出听着内室的动静，老虎低沉的嗷呜，有些像猫，或许还有饲养员的轻叱，像喂猪那样轻拍不听话的老虎的脑袋。

说白了我们什么也没看到，甚至都没有看到阿姨提着空桶从虎山后门出来。去了两次都没瞧见。但离开那里的时候，我们心里仍旧感到极大的满足，似乎参与了一次秘密历险，已经和同班别的小朋友很不一样了。只是景伟不在让我们有些丧气。

我们回到百鸟林，景伟仍旧待在那里。他仰着头，嘴里发出轻轻的口哨声，有一片鸟儿落到了他这方的网罩上来。一看到我们，他立刻住了口，现出有点惶恐的样子来，似乎是被人发现了秘密。

我忽然想到，景伟不肯去猛兽区，到底是怕老虎，还是怕他妈呢？

在家里，景伟确实很怕阿姨，比我听话得多。虽然他比我大一岁，个子比我高出半个头，胆子却很小。我们常常去碑林一带玩耍，从柏树林的老街走几步就到了城墙根。那时候西安的城墙还没有重修，砖都被扒光了，只剩下光溜溜的夯土垛子，带着大大小小的洞，像蜂窝。大洞大都是收破烂的人掏出来的，他们在城墙根搭窝棚，城墙洞就成了储藏废品最好的地方。城墙半腰上的洞则可能是筑城时自带的，好多鸟儿在洞里筑巢，成了孩子们觊觎的目标。城墙有点斜坡，手脚利索的男娃可以爬上去，在干着急的大鸟眼皮底下掏出小鸟，捧下来毛茸茸的小鸟骨肉没有长全，在手心里软弱无力地叫着。女娃大多只能望着。

有些男孩子们会玩弹弓，在碑林附近高高的槐树下仰着头闲转，"嘣"的一声石子发射出去，偶尔打下一只鸟来。他们也对着城墙上的鸟洞瞄准，趁着母鸟回巢哺食，无暇分心的时候，一弹子把母鸟打下来。这样一窝小鸟也就慢慢饿死了。

景伟从来没有玩过弹弓，远远躲开那些男孩。他都没有爬到过城墙顶，这连我都做到过，顺着城门旁边的登城斜坡上去，虽然城墙顶上也只是黄土，远近一望都是灰蒙蒙的，并没有什么好玩。他也不敢去那些洞口探险，顺手偷个瓶子盒子之类。他说是阿姨不让他这样。在外面玩的时候，他总是在担心着妈妈什么时候到家，每一串经过城门洞的自行车铃声，都会让他的眉毛有些跳起来，担心是阿姨骑到了。有时候我觉得景伟很不好玩，不想跟他一起玩；但因为两家住得太近，在学校课桌又挨着，到后来我们还是在一起玩。

我乐意跟景伟一起玩的原因还有，他会吹口哨，学各种鸟儿的鸣叫，惟妙惟肖，让我想起课本里学到的"公冶长"，鸟儿似乎把他当成了同类，忽略了他的外表，被声音逗弄着落到地上，吃我们搁的东西，甚至飞到他的手上来吃食。而我一旦伸手，鸟儿就受惊飞走了，景伟也从来不让我手拿鸟儿。有时候景伟会站在城墙根下边，吹口哨逗墙洞里的小鸟，逗得它们圆圆的小脑袋在洞口挤成一团，嘴里急切地鸣叫，以为老鸟衔食归来了。

有一天我们在东方朔墓对面的城墙根下玩，景伟这样做的时候，有只小鸟过于急切，头往洞外伸得太长，加上小鸟头重脚轻，一头从城墙上栽了下来。好在它的翅膀已经长出来一半，一路扑腾着抵消了重力，顺城墙斜坡滑下来，没有受伤。小鸟毛茸茸的正是我想象中的样子，两条微红的细腿支撑不起身体，在地上扑棱。

我走过去拿起了小雀，小雀在我的手掌下瑟缩，能感觉到它火柴一样细小的骨头在发抖。景伟伸手过来接过小雀，小雀在他的手掌里平静下来，他摩挲着小雀，仰头看着城墙的斜坡，上面有一些小洞和别的男孩攀爬蹬出的依稀脚窝。忽然景伟说，他要把这只小鸟送回去，就开始往城墙上爬。

我呆呆地看着他往上爬去，这是他从来没有过的行为，简直超出胆大的层次，到了老师在课堂上说的"勇敢"，没想到这两个字会落在眼前的景伟身上。他把雀儿揣进衣兜里，两手两脚贴着城墙往上爬，干土簌簌滑落下来，冒起尘烟。我能看到他绷直了踩紧墙窝的脚弓，和露出青筋的手背。他就这样爬到了离地面两个大人高的鸟窝附近，小心翼翼地缩回一只手，从衣兜里掏出小鸟，送到头顶的鸟洞里去。

景伟准备原路退下来的时候，忽然响起一阵呵斥："干啥哩！"伴随着一阵自行车铃铛。

这是阿姨的声音。她通常是从和平门进城的，今天她不知为何，绕道城墙根骑车过来，正好赶上这一幕。

我有点吓傻了，随着阿姨的呵斥，景伟扑刺刺从城墙上滑落下来，也近于跌落，刮擦出一股浓烈的尘灰，人到了城墙根就摔倒了，蜷缩在地上。

阿姨的自行车哐啷一声摔在地上，赶过去抱住了景伟。景伟的身体弓缩着，抱住自己的一只腿。脸上和身上都是城墙土，黏合着血迹，但看起来小腿更严重。阿姨唤着景伟的小名，景伟没有哭，也没有出声，身上像刚才那只在我掌心里的小鸟一样，微微发抖。

送到医院检查，景伟脸上和身上擦破的伤不要紧，小腿骨折了。在床上躺了三个月，落下了不少课程。本来景伟的学习还可以，以后就落到后边去了，一直没赶上来。三个月后来上课的时候，他的腿还上着夹板，有点一扭一扭的。去掉夹板之后，腿看起来完全复原了，但我总觉得他走路的时候有点和过去不一样。看不出是哪里，后来有天一起玩时，我在身后看他走路，忽然明白，受伤之后，他的右腿稍微缩了一点点——就那么一点点，除非在身后用心观察，根本看不出来。也许他自己都不知道。

他再也没有开口召唤过鸟雀，甚至不再到城墙根去玩儿。我上五年级那年，西安城墙重修，包上了青砖，那些鸟窝和人踩出的脚窝儿全都消失了。城墙变得让人有点儿不认识，但不能不说比起先前要洋气一些了。

二

　　景伟上了一所普通高中，我们在一起的时间少了。高三毕业之后，景伟没有考上大学。阿姨办理了病退，让景伟进动物园顶了她的班。

　　景伟并没有接手她的工作去喂老虎，猛兽区的饲养活计，阿姨交给了一个她手把手教出来的姑娘。景伟分在了百鸟林。动物园从东郊搬到了秦岭脚下，变成了野生动物园，景伟平时住在单位宿舍，回柏树林的日子就更少了。

　　我只去野生动物园玩过一次，特意去百鸟林看了一下。这里和在东郊时一样，仍然有一张很大的蒙住鸟笼的网，鸟儿们在大网底下时飞时落。在一排隔成单间的小平房里，两个饲养员正端着脸盆进出，给这些比较珍贵的热带鹦鹉或者红尾雉鸡分发午餐，盆里是切成片的水果和散装的杂粮。其中一个人是景伟，他分发食物的动作不紧不慢，那些鸟儿不远不近地跟他保持着距离，似乎彼此全不相干，只是被动地完成各自的角色。

　　我敲着玻璃跟景伟打了个招呼，他抬起头来，认出我之后微微笑了一下，似乎有点尴尬。我摆摆手走开了，让他安心干活，心想这应该算一份适合他的工作，阿姨的这次安排还是不错的。只是他身上那种说鸟语的天赋，似乎完全消失了，或许是从城墙跌下来那一次吓忘了。

阿姨的下一次安排是景伟的婚事。她介绍给景伟的对象是当年自己的徒弟——那个猛兽区的女饲养员。

在景伟的婚礼上，我第一次见到了她。那时刚刚时兴长裙曳地式的婚纱，在头纱和首饰包裹中，她的脸搽得微红，看起来和别的新娘子没有什么不一样。景伟穿着西装革履也还像模像样的，我有些下意识地去看他的右脚，经过这么多年终于完全恢复了，没有任何让人担心的地方。倒是阿姨显得有点拘谨，作为家长她只是一个人，而新娘子那边有两个，在家长发言的时候她啰啰嗦嗦地说了几句，听不出什么条理，一点没有童年在我心目中那种风采。似乎她身上那股凛凛的气息大半减退了。

听说景伟是在长安区买的婚房，这样两口子上班都能近一些，价钱也便宜。几年之后，景伟难得地回了一趟柏树林，和母亲大吵了一架，从屋里一直吵到街道上，整个街坊都听见了。原来景伟那个当猛兽区饲养员的老婆出了轨，景伟想要离婚，阿姨不让他离，因此吵翻了。

老婆出轨的对象是野生动物园的一个保安。饲养员需要轮流在园区值班，保安也要值班巡逻，百鸟林的轮换值班时间和猛兽区不一样，慢慢地就有风声传出来。有一天景伟特意晚上回到了野生动物园，在老虎笼子后面的值班室里捉到了叠在一起的老婆和保安。景伟正要扯那个保安，谁知道老婆把被子一掀，光着身子在单人床上站起来说，"吴景伟，你就配养个鸟，有啥资格来捉奸，自己的鸟不行，还不让别人来了"。

景伟只是浑身抖动说不出话来，这一幕正好被巡查的其他保安看见了，事情弄到不可收场，保安被园区开除，景伟也提出离婚。阿姨不同意的理由是，保安已经被开除，跟媳妇不可能有啥来往了，自己好容易给景伟相中这么个媳妇，不能落得人财两空。母子俩吵得很凶，阿姨又恢复了当年凛然的气概，声音完全盖过了儿子。但是向来顺从母亲的景伟这一次铁了心，非要离婚，最后愤然离去。

这件事情和古城内迟迟未来的拆迁一样，一段时间内成了街坊们的谈资，很多在偏远的野生动物园里发生的细节，被人们一点点地还原出来，似乎大家都曾亲眼看见。景伟的鸟到底行不行，成了最让人感兴趣的话头，除了女饲养员的那句话，他结婚几年没有孩子，似乎也成了一种佐证。这些闲话又随时光一点点地消逝，因为景伟离开了野生动物园，再没在柏树林出现过，长安的房子也卖掉了，连阿姨都搞不清他去了什么地方。他不跟母亲、同学和任何人联系，完全从世上消失了。

好几年以后，我在西咸新区坐一趟很偏远的无人售票公交车，上车后发现司机很像景伟。他体型瘦了不少，从后面看去，鬓角脸颊的线条也有一些变化，但我仍旧确认是他。和那次在百鸟林参观一样，我没有跟他打招呼，他忙着开车，也许刚才上车时他也没有瞧见我。他不知什么时候学会这一行的，公交车开得匀速平稳。到站的时候前车停得有些急，他也跟着踩了一脚刹车。这时我忽然感觉，他腿部的毛病并没有完全好，这一脚刹车的力道开始有些轻，后来又稍重了一点，我在车门边稍稍晃了一下，他从监控里可能也看到了。一个人照顾一辆车，不是个轻省活。

三

再一次听到景伟的消息，是他最近发生的车祸。

同车有四个人，景伟坐在驾驶后面的座位上，按说最安全，但他没有系安全带。全车其他三个人都受了伤，但活了下来，只有景伟是致命伤，他被甩出车外，倒栽葱跌下去，脖子扭断了。

不知怎么回事，同学圈里很快传开了这个消息，似乎景伟从来没离开过似的。住院抢救需要很大一笔钱，大家在网上发起了募捐，我成了联络人，和阿姨见面，建立微信群。有一个人主动加我，说他们有一个群，也在为景伟募捐，把我拉进去。这是一个很大的弓友群，成员都是拿弹弓打鸟的爱好者，来自全国各地。进去发现景伟是这个群资格最老的成员，而且是"大神"，成员们称呼起他来，都是一副崇拜的口吻。

我这才知道，景伟在做公交车司机之外，还有这么一个身份。我想起小时候在碑林附近揣着弹弓打鸟的男孩们，景伟是那样躲着他们。后来他在百鸟林当饲养员，也和拿弹弓打鸟不搭界。他是什么时候学会了打弹弓的呢？

景伟进医院之后就没出过 ICU 病房，只能通过玻璃看到他在里面的样子，包裹得严严实实，完全像一具埃及的木乃伊，只是插上了现代的管子，看不出和我认识的那个景伟有什么关联。

两个受伤的弓友躺在医院病房里，他们一个来自韩城，一个来自河北，专门开车到西安来跟景伟学习打弹弓技术的，为这还交了五百块学费。他们伏在草丛里拉开弹弓的时候，景伟从旁指点手法，有时也自己示范。"师傅一出手，总是百发百中"。

更让弓友们膜拜的是景伟的独门神技。他又开始说鸟语了，弓友们埋伏的时候，他能用口哨让鸟儿完全放弃警惕，连那些生性最易受惊的杜鹃和水雀也会受到麻痹，呆呆地望着景伟，甚至飞到更近的地方，和景伟应答起来，弓友们就乘机一弹子打下来。

打中之后，鸟儿来不及发出惊叫，"嗖"的一声跌落到地上，弓友就去捡回来。鸟儿中弹落地之后一般并没有断气，鼓着滚圆的受惊的眼睛，凄惨地哀叫着，弓友需要扭断它们的脖子。这样的活，景伟一般已无须自己出手。死鸟儿有的就地做烧烤，有的太小了就丢弃，主要是图个打中那一下的感觉。

那天他们一共打下了十来只鸟，有画眉、鹆鸟和一种娃娃鸡，美美地烧烤了一顿。驾车的河北弓友喝了点啤酒。回来的路上出了事。

河北弓友特别惭愧地说，自己不该贪那点酒，连累了师傅。他说到师傅的口气很郑重，脸上带着在挡风玻璃上撞出的瘀伤，一只胳膊吊在胸前。

景伟在 ICU 病房里躺着。弓友除了在网上捐款，也到医院来探望。弓友们一共捐助了八万多块钱，群里每天都是祈福的蜡烛和鲜花。似乎景伟一旦离去，这个弓友群就失去了大部分存在的理由，再也没有一个人可以把各地的人联系在一起。我初次感到，那个从熟人世界里消失的景伟，在这个世界里如此重要。

同学和亲友们也捐助了将近十万块钱，供给了使用外国药物抢救的费用。但随着景伟在 ICU 里昏迷的时间延长，在熟人圈里也有一种说法悄悄地流传，说是景伟打了太多的小鸟，都是半死不活的，造了孽，所以要受半死不活的报应，并且他的脖子也扭断了。

景伟终究还是没有醒过来。虽然他年纪不算很大，仍旧在殡仪馆举行了一个遗体告别仪式，现场有一花圈写着"大神归位，再无江湖""全国弓友敬挽"。来了不少陌生人，都是西安和附近地方的弓友，我想阿姨看到会不会感觉一丝安慰，纵然这并不是她想要的儿子的风光，她也没跟这些人说上一句话，只是不停地在哭泣。白布一直盖到景伟下颌，头部经过化妆，伤痕已不怎么看得出来，但我仍然不太敢瞧这张脸，它太冷漠，似乎是一张面具，我们已经没有人可以看到真正的景伟。

阿姨冲景伟的姑姑喊出那一句的时候，我搀扶着她的胳膊，感到她瑟瑟发抖，不知为何让我想到那些被关在过于狭小的笼子里的野兽。从这一刻开始，她身上完全失去了那种我畏惧的凛然气息，变得老态龙钟。那种气息也曾是景伟畏惧的，他在母亲面前把自己藏了起来，从来就没有让她看到过真面目，除了那一次猝不及防地从城墙上跌落。

有段时间，我想请几个和尚做场法事，超度景伟和他弓下那些鸟儿的亡魂。但我想景伟也许不想要这样一场法事。不如趁他下葬的时候，在骨灰盒旁放上他心爱的弹弓吧。

此人纯属虚构

多年以后，我又见到大贝的时候，他坐在床上，个子显得有点不合适地高了，不得不佝下来，虽说生病之后人体难免会收缩一点。他的脸相有一种奇怪的混合，是健康人和病人之间来回拉锯的状态，似乎身体和表情还没有想好主意，是全盘接受还是索性抗拒。这让来探望的死亡读书会会友们有些不适应，以后有两个人告诉了我，说他们不知道怎么安慰大贝，是与病魔抗争还是调整心态。

大贝把两把圈椅让给了来探访的女会友坐，他住的是一个单间，带卫生间和不隔断的厨吧，他自己的房子因为在四楼没有电梯，生病之后不适合住了，一直空着不回去。这个单间公寓靠近唐都医院，大贝需要定期排队等医院的床位，在这边比较方便。这个公寓进口处很曲折，穿过走廊到一个有很多部电梯的穿堂，形形色色的人来去匆匆，似乎没有人是长久的住客，估计很多人都和医院有关。

探望大贝是读书会组织活动的一期，有几个会员第一次后就不想再去了，第二次只剩下两三个人，第三次就是我自己去了。

在前去探望的会友中，大贝最感兴趣的并不是我，虽然因为前夫是他同事，我们认识很多年了，也在一块喝过几次酒。面对我的时候，他脸上像戴有一层老练的壳子，像面对男会友一样。而对于会友中的两个年轻姑娘，他脸上的壳子就消失了，告别时对她们说："大贝天天见！"他加了她们的微信，经常发语音信息，一次发很多条过来，大都是说他自己的病情如何沉重，肝硬得像一块冷锅盔，已经没有希望，发信息时身体正在如何疼痛。中间时而又混合着一些人生感悟，古人的格言之类，大体是快意生死，潇洒走一回的口气，和前面谈论病情的话很不搭。如果收到一两句回复，他会发过来更多。这大约就是她们不想再来探视的原因。

大贝查出肝硬化是近两个月来的事。听偶尔还有联系的前夫说，查出病情之后，大贝身上有一部分像换了一个人。大贝从前是很哥们的一个人，喜欢聚会喝酒，他的肝硬化就是喝出来的。发病之后，大贝只喜欢发微信朋友圈要大家点赞，见了面一句话没有，他只好发动会友们去探望。对于探望，大贝倒是接受了。

对于去探望的人逐次减少，大贝当然是失望的，尤其到了第三次，只剩下我一个人，连第二次大贝要求加了微信的两个女会员也不去了。和大贝联系的时候，我以为他会拒绝，生起气来。但他并没有表现出什么情绪，只是说你来吧。

大贝拄着拐来为我开门。这让我有些意外，大贝解释说，他以前就有静脉曲张，肝硬化导致病情加重了，现在他出门已经离不开拐杖。下一步他已经托亲戚在北京买一台进口电动轮椅，"那边的质量好"。

他脸上的肉也显得又减少了一圈。但他精神还不错，支撑着为我烧水沏茶，说茶是福建哪位朋友送的武夷山云雾，又讲解了一套品茶之道。我感觉大贝知道得很多，虽然我的心思在他病情的变化上，关于茶味并没品出他说的什么层次来。

更引起我注意的，其实是进门就闻到的一股浓烈的酒味。肝硬化的病情是严格禁酒的，酒味从哪里来呢？

其实前两次探访中，我已经闻到一丝气味。当时大贝解释说是医用药棉。这次肯定不是药棉的问题了，我问了大贝，他遮遮掩掩的，后来我在沙发旁边的地上发现了两个喝空了的啤酒瓶子，我到达前看来他正在喝酒，脸上残存的红晕也可验证，这种红晕本来不会出现在肝病患者发黄凹陷的脸上。

我见过大贝从前喝酒的样子。在我们喝掉一瓶啤酒的工夫，他面前能摆上八九个空瓶子。看世界杯喝啤酒能连续喝上一夜，白酒的酒量据说有两斤多。他曾经说过，这是在新疆练出来的，新疆是他生涯中一段特别的岁月，虽然除了增长五六年的年纪，什么也没有带给他。

"你不能戒掉吗？"

如果是在以前对大贝这样说，会引出本来已经喝醉的他一番长篇大论来。譬如说中国的酒有几千年历史，什么朝代的墓葬里就发现了原封的酒，无酒不成礼，古人把清酒叫圣人，浊酒叫贤人，他现在的状态在古代不叫喝醉，叫中圣人。陶渊明李白不喝酒当不了大诗人，孙武不喝酒写不出孙子兵法，赵匡胤不靠杯酒解不了大臣的兵权，安不了宋代的天下之类。说得似乎你自己没跟他一起喝得颠三倒四，倒是道义上有些过不去的感觉。即使你没问他，他也会把某个话头翻来覆去地絮叨上很多遍，不管旁人是否听得入耳，譬如他在新疆有个地方待了半年，买一袋盐需要跑三百公里。这段开车三百公里买盐的经历，他几乎每隔一段喝醉酒了就会从头讲述一次，至于别的情形，他避而不谈，就像不怎么提起脸上那道很明显的刀疤的来历。到了最后往往是谁也没听他说，也不敢劝他酒，任他自斟自饮，自说自话，到最后成为喃喃自语。当年我和大贝的渐渐疏远，也是由于这个原因。

这一次我鼓起勇气提出这个问题，大贝也没有重复他的长篇大论，凹陷的脸颊上露出一丝苦笑。这张脸本来要饱满一些，即使有了那条刀疤，也不算是狰狞，不然会显得不适于在房地产公司跑项目的工作。我之所以在很久之后主动联系大贝，就是由于在朋友圈里看到了他发病后的脸，跟以前的全然不同，现在这张脸又向内收缩了一些，似乎在长年累月中绷得太累了，正在逃避。

似乎为了弥补私自喝酒的短处，大贝那天没有再翻出开车三百公里买回那包盐的典故，或者他这幢公寓楼的房东谈房租时的不地道，而是主动聊起了身世，我知道了不少他早年的状况。他尽管出生在西安，父母却都是从外地来陕西支援三线的干部，妈妈是北京人。父母工作属于农口，因为不想让孩子长年在杨凌乡下，先后把大贝和小他两岁的弟弟送到了两户人家寄养，大贝寄养的那家是父亲的一个战友，但战友妻子的脾气很乖僻，大贝在她手下吃了不少苦头。

妻子脾气乖戾的起源是她女儿，两岁时感染肺炎注射了大量青霉素导致耳聋，已经学会的一些词语渐次丢失，成了哑巴。大贝到来之后成了她就便撒气的对象，饿饭和揪耳朵掐手腕都是常见动作，她同时饿自家女儿和大贝的饭。

"你有没有注意到，我现在的听力比正常人稍微弱一点，有时候我要侧过来听你讲话。"大贝说。因为有一次大贝偷拿了打蛔虫的宝塔糖和聋哑女孩分食，两人来不及去厕所拉到了筒子楼道里，阿姨觉得丢人现眼，使劲扇了大贝几个耳光，当时耳朵里面出血，她才慌了，带大贝去医院，检查说是鼓膜穿孔。以后母亲来探望的时候，大贝没敢告诉她这件事情。

这样的日子持续到上小学的年纪，父母回城仍旧照顾不过来，留下了弟弟，把大贝送去了北京大姨家，在那边上小学一直到初中，才回到西安来。因此大贝不知道自己算北京人还是西安人。看第一印象，大贝有点北京爷们儿的感觉，他的口音总是带着儿化尾子，喝酒看球遇到臭球开骂的时候，从来不是西安式的"毬式子"，而是标准的国骂"××妈"，还有他的话匣子一旦打开，总是像话痨的老北京一样关不上。我问大贝更喜欢北京还是西安，他没有回答，过了一会儿提起在北京上的学校，"就在天安门和西单民族文化宫之间"，周末和放暑假的时候，到紧邻的北海公园去划船，柔长柳条拂过船舷，水底映着白塔的倒影，远处望见景山和故宫的红墙，"那首歌《让我们荡起双桨》，说的就是我们啊。我的童年就是那样的"。

大贝对抚养他的大姨很有感情，还有其他两位姨娘和几个表姐。她们的年纪都比他大一轮，小时候常常带大贝玩。每年大贝都会回北京玩两次，今年如果不发病，他这时候应该会在北京。但是大贝从没有在北京找过工作。

大贝的母亲几年前去世了。前一段父亲生病去医院，开始听起来很严重，做了全身检查。大贝觉得自己的腰围有些增大，就便做了 CT，查出来有肝腹水。父亲的病现在已经治好了，对于大贝，医院只是抽干了腹水，对他的肝本身却束手无策。医生说，"你也就是迟早的事了"。

听到这个消息，大贝感觉自己是一台嗡嗡转动播放的收录机，强制被按下了停止键，"不是暂停，是停止，并且正在拔掉电池"。而对于八十多岁的父亲，命运却只是轻轻触了一下暂停键而已，有点像开玩笑。

我感觉这次面对我，大贝脸上的面具取下来了。虽然我不是他主动发信息的那两个女孩，也不够年轻，好歹比他年纪小一些。也可能正因为我不是，大贝的情绪起伏没有那么大，我们可以像两个朋友，或者家里人一样，安安静静聊上半天。我感觉大贝跟他家人很疏远，几乎从来不提起兄弟姐妹，我只隐约知道他有个弟弟。

下次我见到大贝是在医院里。医院床位紧张，要求住满半月后出院，等待十天再住进去。因此大贝就在医院和公寓之间折返。

因为不适合动手术，大贝住在中医科病房楼。楼房的门厅修得堂皇宽大，附有需要向上攀登的高高阶梯，玻璃大门却长年关闭着，只能从两边的台阶下到地底，穿过光线暗淡的前厅去坐电梯。只有那个逝去的沉闷年代才会产生这样的建筑。空气憋闷，一股似乎是大便失禁的臭味隐约袭来，后来明白来自人们手中提着熬制的中药包。

大贝住在十楼，在一侧走廊的尽头。这间病房比别的房间小，只够一外一里放两张病床。外间病床上没人，但床头有东西，看样子出去了。大贝在里面床上输液，床边放着他说过的电动轮椅，一个小姑娘坐在轮椅上，大贝介绍说这是他小妹妹。

我在记忆中搜寻，并没想起这个小妹妹，她和大贝的年纪相差有些过大了。小姑娘显得局促，过了一会儿起身给大贝调整靠枕的高度，从两人姿势的默契中我看出来，他们并不止是兄妹关系。

过了一会儿也就清楚了，小姑娘是大贝的女朋友，叫童青，在东北一所大学念书，请了两天假来西安看望大贝。但是看得出来，两人的默契中又有一种生硬，似乎是在哪里拉锯着，僵持着。我不好待得过久，走的时候童青从轮椅上站起来送我，手机里正在给大贝订医院的外卖。大贝让我们互加了微信，对童青介绍我说是他最好的妹妹。

傍晚我联系了童青，知道病房太窄不能陪床，她在大贝的公寓住。我怕她一个人心里不安，晚上过去看她。

两个人在公寓楼附近吃了个饭，在附近转了一会儿。童青显得心事重重。她说下午大贝不肯听从护士输液的指示，说输液太多对肝不好，但是按规定不输液就没有住院的理由。大贝和护士争了起来。说到自己的病，大贝总是很悲观，没有好好治疗的想法，童青觉得他和过去似乎很不一样了。

"你们怎么会认识呢？"等待红绿灯的时候我问。过了马路往回走的路上，童青慢慢告诉了我。

两人是在城南的青年旅社认识的。那是童青第一次来西安玩，住在青旅，吃饭时遇到大贝在旅社开的餐吧给几个人讲西安的掌故，又和北京对比。童青边吃饭边听，大贝讲得很有味道。吃完了饭童青没有走，转到那桌去听。大贝的手边有一罐啤酒，但那天他没怎么喝酒，几乎都在讲话。童青问了他两个问题，大贝回答得也很到位，两人就认识了。后来她知道，大贝经常到这里来玩，和年龄小他一茬的驴友们聊天，大多是关于西安的历史掌故，附带天南地北，消磨掉周末的下午时光，"尤其爱讲给年轻女孩子听"。

第二天大贝带她逛了西安城墙和书院门，在城墙顶上骑双人自行车。在斑驳的古城墙下和碑林洒满秋阳的院子里，她不仅了解了这座古老城市的过去，也沉浸在大贝早年在新疆、西藏那些沧桑又令人神往的经历中，感叹自己怎么会亲身遇到这样的人。连大贝脸上的刀疤，也像是那些掠过戈壁的风刀雕刻而出，加上他线条分明的五官，看去正像他讲到的隐藏于沙漠深处的雅丹地貌。两天的相处，她觉得大贝健谈，热情又幽默，很会关怀人，几乎没有任何不好的地方，完全就是她心目中隐约期待的形象。回东北之后，两人开始经常在微信上聊天，发展到视频，寒假中童青第二次来西安，两人就在一起了。至于年龄差距，童青根本没考虑。自然这段恋情她家里人根本不知道，家中父母早年离婚了，母亲只是个做小生意的居民，根本不了解她的事。

大贝生病之初，童青很吃惊，自己压住难过，一再安慰他好好治病。她相信以大贝坚强开朗的性格，加上走南闯北的阅历和渊博知识，和疾病抗争以至痊愈不是难事，即使是肝硬化这种被医生判了死刑的疾病，在大贝身上也是另一回事。实际的情形出乎她意料。

大贝经常半夜三更给童青打电话，和发很长的语音信息。他的病情越来越重，经常周身疼痛，难以入睡，吃了止痛药也不完全管事。通话中他的情绪变化很大，一会儿乐观，近于亢奋，一会儿又悲观。乐观的时候他像是喝多了酒，滔滔不绝，说自己早已把生死置之度外，似乎忘记了等待他好起来的童青；悲观的时候很消沉，像是沉醉后匍匐在一条沟里，怎么也拉不出来。在吉林的寒冬天气，童青经常在社会新闻和身边人的传闻中得知这样一夜沉醉后冻死在道路边沟里的男人。看到这样的新闻或消息，她唤不起心中的同情，只是觉得厌烦。她隐约觉得自己下落不明的生父就是这样的人。没想到自己心目中的阳光大叔，也会和这类男人的形象关联起来。

这些夜半的通话和从前的甜蜜心跳完全不同，毁坏了童青的睡眠，以及白天的功课。她不得不从暖和的被窝里爬起来，到走廊去接听，走廊上暖气不足，有时候她还不得不待在更冷的水房里，躲避监控镜头的长久捕捉。到后来她听头昏昏沉沉，完全听不清大贝在说什么，而大贝也只是机械地重复。到了白天，那些一遍遍重复的词语和句子还会从她眼前浮现出来，一行行在教室的黑板上跳动，使她完全听不懂也看不见老师讲授的内容。有时候那些言语里的疼痛忽然又跳出来，尖锐地扎了童青一下，让她自己的身体也疼痛起来。

"我最难受的还不是猝然的疼痛，和夜里的疲倦失眠，而是他完全听不到我在说什么，似乎只是需要一个人在网络这边待着，我有什么反应完全无所谓，甚至我是谁也不重要。"童青慢慢感到，大贝或许只是需要像她这么一个人，一个年轻女孩子，听他说就够了，像第一次在青年旅舍相遇的场景。"我不知道，在遇见我之前，他究竟是有多寂寞。遇见我之后，他仍旧是寂寞的。"

这次童青专门坐长途火车到西安来，为了省钱坐的是绿皮火车的硬座，腰腿都麻了。当她坐到大贝病床旁边那台电动轮椅上时，却感觉大贝离自己仍旧很遥远，生病前的一切离自己也很遥远。一瞬间她有一种从轮椅上再也走不下来的感觉，似乎在绿皮火车硬座上积累的疲惫，到了病房里才忽然爆发，一点力气也没有了。

我陪童青乘上那部沉重的电梯，在大贝的屋子里坐了一会儿。大贝不在的感觉有些奇怪，我没有闻到明显的酒味，也许大贝特意收拾了一下。但屋子里仍然有一种特殊的味道，是生活停滞下来没有打理过的感觉，不知童青有无觉察。烧水喝的时候我注意了一下厨具，灰

216

尘完完整整的，看起来除了烧水没有派过其他用场，并非像大贝说的，他有时会为自己弄两个小菜。比起我第一次买，那些零星的小物件似乎也显得陈旧了，一个桃木烟斗，不倒翁，白瓷阿弥陀佛像，连同大贝留在画架上未完的一幅铅笔画。走的时候我有点不忍，不知道童青一个人住在这里，包围在大贝的气息里，裹在那些看起来不甚干净的床被中，会觉得安心，还是相反。夜深时大贝会不会仍旧在医院的病床和走廊上发语音和信息给她，即使这会引来邻床和护士的不满。

童青第二天就回东北了，上车之前她给我发了个微信，说她昨夜在大贝的房子里过得还好，让我不用担心，以后请我方便时多探望大贝。

春夏换季，我自己开的一个小服装公司的业务开始忙碌起来，一段时间没有去探望大贝，只是从朋友圈动态上看到他的病情，偶尔聊上两句。有天一个新朋友加我，来源是童青介绍。我通过之后，他告诉我自己是大贝的羔弟小贝。原来是童青从大贝那里要到了他的微信，又把我的微信推给了他。

小贝约我见个面。见面后我发现，他和大贝长得完全不像，没有一点亲兄弟的感觉。小贝身材不高，看上去文质彬彬，头发已经灰白，他是一家房地产公司的合伙人，在这个行当里待了几十年。

217

小贝说，大贝在房地产公司的工作，是他给找的。当初大贝从新疆回来，两手空空，更谈不上成家立业。父母希望他有个稳定的事情做，小贝就托人给他安排了这个职位，为公司拿地和售房办手续。当时房地产很红火，生意做起来很容易，大贝也用不着出去拉业务，待遇也不错。虽然公司老板后来换了人，新老板不满他中午喝酒耽误下午上班，但好在没出大的岔子，就让大贝一直干下来了。进房产公司的时候大贝已经三十八岁，那是他第一份稳定的工作。

大贝早年职业不稳定的原因，是没有考上大学。这和父亲当年对两兄弟的期待是相反的，父亲把大贝送去北京上学，是觉得大贝聪明，在学习上可能会更有前途。没想到反而是弟弟考上了本省的大学，大贝高考落榜，去上了一个医疗职业技术班，却又和他的师傅闹翻了。

闹翻的原因是由于大贝的初恋。初恋的对象是班上一个女同学，比大贝大六岁，但她的另一个追求者正是大贝的师傅，师傅离异后带着一个小孩，眼看快要有再度成家的希望，却被大贝夺走了。事发之后，大贝只好和女同学一起离开了医技班，后来找到一家饭店，帮老板打理店面。大贝和女同学结了婚，婚姻维持了六年，但最终破裂了，女同学不知通过什么方法去了日本。

大贝离婚的原因，和他脸上那道刀疤有关。按大贝自己的说法，是他管理后厨时发现厨师偷菜，制止时和厨师打了起来，被厨师顺手抄起菜刀削了一下。妻子说他看上了店里一个女服务员，和厨师争风吃醋，脸上挨了一刀。两人闹离婚期间，大贝又在饭店干了一段，饭店也倒闭了，离了婚的大贝一穷二白，东飘西荡了两年。这时一个亲戚说要去新疆做外贸，大贝就跟着他去了那边。亲戚在新疆局面一直没打开，包吃包住之外，只给大贝一月三百决钱，等于白干，也不知大贝图个什么。只有回到西安进房地产公司以后这几年，因为工资不低又稳定，大贝实际存了一点钱，又谈了一个女朋友。和初恋的对象不同，这个女朋友是大学里的新生，比大贝小二十多岁。

"是童青？"

小贝摇了摇头，说那个女孩是四川人，在西安上学。大贝带她去过家里，小姑娘嘴甜，讨人喜欢，父母觉得年龄差距大，但也认可了，希望他们早点结婚，大贝看起来也动了心思，开始准备买房。当时西安的房价还不算高，买一套百十平方米的房子，大约要六十多万，小贝问了哥哥，知道他有十五六万块钱，小贝愿意资助十万块，先缴清首付。

谁也没有料到，女孩春节回家期间去给父亲上坟，路上出了车祸，女孩当场身亡。

"这件事对他打击应该特别大。"小贝说。买房的计划作了罢，大贝最终没有缴纳首付，当初的三万多块定金也赔了进去。

以后父母还给大贝介绍过对象，无一成功。其中有个女教师，年龄比大贝小十来岁，条件不错，大贝却一口回绝了，说"我找女朋友必须是90后"。旁人感到不可理解，小贝觉得，他是把那个去世的女孩当作以后的标准了。眼下找的童青，仍然是去世女孩的类型。

我奇怪大贝拿什么来吸引年轻女孩，是不是靠着外形和听上去传奇的经历。小贝沉吟了一下，说他也擅长谈吐，"没有正经工作，有时间多看些书"。

小贝来找我的原因，是希望我能帮着劝说大贝转院。大贝的肝硬化要想治好，只有做肝移植，他现在住的医院没有手术条件，必须转移到另一家医院去。花费虽然高，医保能报一半，小贝会替他垫上另一半缺口。大贝却怎么也不肯转院。他说自己有一项指标不够，做不了肝移植，又说不喜欢那家医院。小贝觉得他是害怕。

"其实肝移植的成功率很高，匹配到肝源比换肾容易得多，排异反应也小得多。"问题是大贝不愿意见小贝的面，还把小贝的微信拉黑了，小贝没法说服哥哥。实际上两兄弟从小就不亲，从新疆回来这些年，大贝每年只回家一两次，此外兄弟俩几乎见不上面。

我犹豫了一会儿，建议小贝找童青去说服更有效果。小贝说童青让他来找我的原因，就是因为她跟大贝分手了。

我吃了一惊，又似乎并不意外。

晚上我在微信上问童青这件事。她说，自己实在是受不了了。自从得病之后，大贝似乎完全失去了自理能力，她除了半夜陪他聊天，听他一遍遍讲很多话，还要给他订外卖，网购日用品。这些都还不要紧，最主要的是他的态度，完全听天由命，不想做手术，也不打算好好治病，和从前认识的大贝相比，他完全变了个人。

童青最受打击的一件事是，离开西安的那天中午，她陪大贝去医院病人餐厅吃饭。大贝习惯坐靠有窗户的那桌，他们刚在桌边坐下，服务员拿菜单过来的时候，顺手提着两瓶啤酒放在大贝面前。大贝连忙对服务员说，我不能喝酒，不拿酒来干什么。服务员脸上显出奇怪的表情，看了看童青才把啤酒和杯子拿走了。大贝忙着跟童青解释，但显然他是每顿必喝，服务员才会习惯地拿两瓶酒过来。大贝的脸颊为何凹陷得那么快，病情为何不见起色，原因也就一目了然了。童青觉得自己已经无话可说。她认识的那个大贝和眼前这个人，似乎并不是同一个。

回去的火车硬座上，半夜睡着的时候，童青觉得自己并不是乘坐一辆列车在向前行驶，倒是在一口看不见底的深坑里，和大贝一起往下坠落，他不肯松手抓住什么，她毫无挽救的办法。醒来列车正经过隧道，周围的人都睡着了，童青有一刻恍惚以为自己还在井中下坠。她感到了绝望。不如自己松开手，或许还能激发他。

大贝发病之前，本来她对未来有着长远的打算，本科毕业之后，会来西安这边上研究生，毕业后留在西安工作。这样她也就远远地离开了东北，从此和大贝在一起。大贝的病让这一切都消失了。

那两天我正在琢磨怎么跟大贝开口，由我来讲会不会有什么效果，他从微信上给我发来语音，问我看过前两年冯小刚的一部片子《非诚勿扰2》没有，里面有个人脚背上长了黑痣。我说我不大记得了。

大贝说，那个痣突然变成了黑色素瘤，恶性最高的癌，那个人知道自己只剩三个月时间了。他不想只是变成遗体冷冰冰地躺在殡仪馆供人们告别，因此趁自己还能自理，在生前订制了一个告别仪式。

大贝也想搞这么一个生前告别仪式。后来他觉得自己毕竟不是冯小刚电影里的富商，朋友和亲戚、同学又分散在各处，订制这么一个仪式不大现实。因此他想在线上搞，建了一个大贝告别人世仪式群，请亲友们各自给他赠送一段生前悼词，作为纪念。

大贝给我发过来几个人的赠言，语气各式各样，譬如"潇洒走一回，人生无悔""爱过恨过，快意恩仇""对酒当歌，人生几何"，也有"一路走好，黄泉珍重"这样比较直率的，有的是写了不短的一段，回顾大贝的生平义气，祝他在另一世界依旧是好汉一条的。其中也有一条来自我前夫的。语气都很洒脱，但并没有人说让大贝先走一步，在另一世界等自己喝酒聚餐的。我不知道这些临别赠言对于大贝意味着什么，是否含有某种安慰，又或者全无意义。大贝问我要不要也赠给他一条生前悼词。我不知道赠给他什么。

那两天我确实在脑子里琢磨，给大贝写一句什么话好。但是在几天后的深夜，大贝忽然从家中打电话给我，说他遭遇了梦魇，鬼压得他全身都疼，每个关节都要散掉了，醒来身上的疼痛还在，鬼似乎退到了屋子的角落，藏在每件大小物什之间，他害怕得不行，感觉在屋子里完全待不下去。在大贝的描述中，我渐渐感到自己住的屋子也有些瘆人起来。自从儿子考上了大学，隔壁房间里没有了他的呼吸，我的睡眠就没有以前那样安稳。第二天早上我也有公司的事要处理，一个招来了半年的小姑娘得了抑郁症，请了一周病假，手头撂下的活没人干。我感到自己在大贝的事中越陷越深，有些体会到童青的感觉。我在昏昏沉沉中睡去了，手机滑落到床上，不知道大贝后来还说了些什么。

我有好久没联系大贝。有天他忽然发给我一张照片，

223

是他在家里拍的，身上脸上有很多血。床上也有血。

我吓了一跳，问他说是昨晚摔伤了，血止不住。这时曾经前去探访的两个女会友也把照片转给我，说是大贝发给她们的，她们都吓着了。我翻了翻大贝的朋友圈，看到他发了一组，都是身上、床上、地上溅血的。

我问他后来血止住了吗？他说吃了药止住了，我松了一口气，责备他不该发这种吓人的照片。大贝沉默不答。他请我在网上帮他约一个钟点工，把房子收拾一下。事后我担心他在家的情形，答应过去看看他。

屋子比上一次童青来时更无生气。虽然钟点工打扫过了，但似乎总有一种看不见的尘土，蒙在屋子各处，比寻常的房子更快恢复旧观。床单洗过了，仍旧有淡淡的褐色斑点，我疑惑大贝是不是只有这条床单。大贝的额头上有瘀伤，他说膝盖上也有，就是那次摔伤落下的，由于血小板低，瘀伤很难消除。他看起来状态没有想象中那么糟糕，仍旧张罗为我沏茶，说是一个朋友最近专门从湖南雪峰山寄来的，随后靠在躺椅上和我聊天，照旧显得健谈。我有一个感觉，在医院的大贝和在家中的大贝，微信上电话中的大贝和眼前的大贝，总是有些地方很不一样，说不清哪个更真实一些。

我提起了小贝说过的事情，希望他转院治疗，准备做肝移植，"医院那边你弟弟已经联系好了"。我注意到提起小贝的时候，大贝在靠椅里动了动身子，回答的语气变得有些急促。

"我做不了肝移植，也不想转院。"他说，以前自己去那家医院看过病，医生的态度很差，水平不高，他再也不想去了。肝移植成功率不高，他的胸腔和腹腔之间的膈膜又比常人薄，腹压又始终没下来，不适合做手术。"再说，我也掏不起那么多钱。"

我想告诉他小贝答应筹措垫付一部分费用，也想问大贝自己究竟还有多少积蓄，又没有问出口。大贝倒是主动跟我提起了童青，问她最近和我有联系没有。我说也没有什么联系。大贝叹了口气说，这样也好，我不想拖累她。她还年轻。

叹气时的大贝样子看上去又老了一截，整个面颊的皮肉已经完全陷下去，像是刻意用刀子刮除过，只剩下那个粗大的骨架轮廓。我觉得他像是童青的爷爷，比一个爷爷更老。说完那句话，大贝沉默了一会儿，转身从床脚摸出了一罐啤酒，当着我的面开始喝起来。

我还没有来得及表示吃惊，大贝微微笑了笑，说医生已经不再阻止他了，因为他喝了酒虽然伤肝，可是不喝酒周身疼痛，竟一刻也无法入眠，两相权衡之下，"你还是喝吧"，医生最后说。说起达成这个妥协的过程，大贝似乎还微微有点得意。几口酒下去以后，他先前面具似的脸上泛起了一丝血气，好似酒对于他真的和别人不一样，是一种伤害他又供养着他的东西，抽掉了这根

225

最后的支柱，也就没有了大贝。我在心里叹了一口气。

喝掉一罐酒以后，我担心他会再拿出一罐，还好他安静下来了，目光越过我望了望窗外，说他想要回一趟北京，北京现在没有西安热，秋天也要到来了，是最美的季节，郁达夫就在文章里写到过北京的秋。本来春天他就想回去，给大姨上坟，往年他都会回去。大姨的坟在北京昌平的某处郊外，要爬一面小山，走到了大姨的坟上，烧了纸插了香，就坐在那里，抽一支烟，远眺依稀的北京城。大贝的烟已经戒了几年，但他说，在大姨的坟上，他想抽一支。

他一遍一遍地说着上坟的经过，似乎忘记了身处这间屋子，面对着眼前的我。听久了之后，我的耳朵里嗡嗡作响，有点恍惚自己置身何处，似乎眼前的一切都是不真实的，大贝，他的过往，病情，还有我自己，我最初来这里探望的动机，现在坐在这里的原因。只有立刻离开这里，告别大贝的讲述和屋子里的寂静，投入外面的暑热和忙碌，才能找回活在世上的感觉。

我起身离开了，让大贝在恍惚中自个儿讲下去。

我没有再见过大贝，偶尔还是会看一下他的朋友圈。他又住了两次院，出了两次院，有一次发的状态是"朋友们别担心，我还坚强地活着！"另外一条是他在病房输着液和护士的合影，护士是个年轻可爱的小姑娘，手拿袋装的输液包站在病床边，和大贝一起微笑着，看来病区的护士换人了，大贝和她相处得不错。

照片上大贝看上去开朗很多，只是残存的头发都变为灰白了，比他弟弟更厉害，索性理了光头，刚长起来一点。或许是因为和小姑娘在一起，在大贝那张已经完全衰退为老人的脸上，依稀透出了一点孩子的神气，姿势有点倚靠着小护士。我想大贝如果不用间歇回家，一直住在病房里，状态可能会好很多。在那个小公寓房间里，除了偶尔去探访的个把朋友，他没有人说话。

小贝也没有再跟我联系，直到有天他忽然发给我一条消息：大贝去世了。

虽然只是微信信息，我却忍不住啊了一声，完全没有料到。虽然以前大贝总是说他没有多长时间了，我却总觉得没有那么快，他还能拖上一两年，甚至是三年五载。他发那些出血和因为肝腹水腹部隆起照片的时候，我也没觉得有多严重。眼前却实实在在地面对这条信息，这个人已经不在了。

小贝说，大贝是在 ICU 去世的，那家他始终不愿意去的医院。大贝发病是在夜里，送到医院急诊科无法诊疗，在观察室待了半晚上，人处于半昏迷之中。这家医院当初买一块城中村地皮，由小贝的公司经手过，小贝通过这层私人关系，请医院的住院部第二天一早接收了大贝，立即转入了 ICU 病房。小贝当时已经定好去日本冲绳的机票，起因是儿子考上大学，带儿子出去乘邮轮旅行一趟。大贝进了 ICU 之后，小贝觉得自己也做不了什么，就按原计划去旅行了。在邮轮上的第二天，小贝接到了大贝去世的消息，但没法下船赶回来。眼下只能让大贝在医院太平间里待上个把周，等小贝回来再张罗丧事。

我去翻看大贝的朋友圈。他的朋友圈并非每天发，最近一条是十多天以前的，照片上是他坐着电动轮椅，在南门青年旅社门外的留影。我没想到他还能坐电动轮椅出门，去这么远的地方。照片的说明只有七个字"老地方，回来看看"。坐在轮椅上的大贝看上去神色平静。这或许是他生命中最后一次出行了。

我犹豫要不要把这个消息告诉童青。想了一想还是给她发了微信，因为怕文字显得冷冰冰的，我发了语音，但我的声音吞吞吐吐，还带着一点抖索，不知道会给童青怎样的感觉。

童青很久没有回我，或许她在上课，或者泡在图书馆。到晚上她打了一个语音电话给我，带着哭腔，嗓音哽咽，看来她下午哭过了好一场。

她说，她后悔提出跟大贝分手，不然他可能不会这么快走。她内心里始终不相信，大贝的病真的有这么严重，他在电话里微信上那些诉苦和恳求，她下意识里一直感觉是有些夸大的，是大贝对于好好治病努力求生的一种逃避。她没有这么说过，但内心里就是这么感觉的。她删了他的微信，不理会他再次加为好友的请求，屏蔽了他的电话，狠着心做这些事，只是因为感觉大贝还有力气，他还有很长的时光，几个月，甚至几年，是她消耗不起的。没想到大贝真的这么快地走了，走得毫无征兆，没有刻意去打扰任何人。

童青要我把大贝最后一段的朋友圈发给她。看过之后，她再次打过电话来，哽咽得更厉害了。大贝走的时候，他面对的是一个冰冷的世界，没有人真的关心他，即使是我。她停了一下才继续说，他病得那么重了，还到我们初次相遇的地方去看。而我留给他的只是分手，一个冰冷的背影，像我家乡的冬天。我现在知道了，我并不爱他，只是爱我自己。我是个自私的人。

我让童青不要这样想，说你能够陪伴大贝这一段，已经是他生命中最珍贵的回忆，否则他不会在最后几天还要回青年旅社去看看。我把最后一次去公寓房间探望，大贝提起她的话告诉了她，说你好好活下去就是对大贝最好的纪念。童青的情绪慢慢平静下来了。说她只是想到大贝躺在太平间的冰柜里，不由自主地感到难过。

我也难以想象大贝在冰柜里的样子。一个上次见面好端端的人，坐在我对面，有他的呼吸和活气，虽说已经衰弱了，仍然感觉离死亡还很远，现在一下子推到遥远的障壁之后，躺在黑暗密封的冰柜里。以前我也经历过亲人和朋友的死亡，即使是车祸，都没有感觉这么突然。也许是因为我接受了他们或缓慢或突然的死亡，不用再说服自己什么。

接下来的几天中，我和童青断断续续聊过几次天。我看到她发了一条朋友圈，图片是一只大熊的身影下待着一只小熊，说明是"你来了，你走了，都在我生命中合适的时间。来了，保护我成长。走了，打开我的翅膀"。我感到一些安心，经过这件事情，童青可能会成长起来了。

大贝火化的日期，小贝一直没告诉我。等到他再次联系我，已经是十几天之后了。他去整理大贝的房间，准备退租，我们在房子里相约见了最后一面。小贝坐在大贝的那把靠椅上，有一刻我有时光重叠的感觉，虽然兄弟俩的体型完全不搭。屋子里的陈设没有变动，床单还透着淡淡的斑点。

小贝告诉了我大贝去世前的一些事情。大贝直到最后也没有接受转院和移植手术，虽然小贝动用关系替他安排好了一切。大贝给出的理由是，最近他们高中同学有一个毕业三十周年聚会，不少人会从外地赶回来，很多人多年没见了，他想等到这次聚会后再做移植手术。没想到在聚会日前一天，他在屋子里突然发病了。有两个同学联系大贝，总是打不通他的电话，就到这间屋子来看，敲门没有应答，最后请开锁匠撬门而入，看到大贝躺在地上，人已经陷入昏迷，手边还有他喝掉的最后半罐啤酒。在打 120 送医院和进 ICU 的过程中，大贝一直没有醒来，只说过一些没有人能听懂的谵语。

我想到大贝想要举办的那场生前离世告别仪式，是不是他把这次同学聚会当作了一个机会。

小贝对我的这个想法不置可否，他说大贝被送进 ICU 病房的时候，他觉得短时期不会有什么事，医院的人他也都打好了招呼，订好的机票船票不好退，就按原定行程陪儿子出国了。没想到大贝再也没有醒来。

小贝还透露，大贝搬到这间公寓房子来之前，一直住在他早年买下的一套空置房间里。离开那套房子之时，大贝没有给小贝打招呼，直到物业通知他续费，回去看了才知道，人已经搬走大半年了。这间房子的地址小贝不知道，后来是通过童青才知道，自己找到了这里来。当时大贝把靠椅让给了小贝，自己坐在床上，兄弟俩除了病情，没有说什么话。后来两人再没有见过面。

大贝的遗体告别仪式很简单，主要是他一些在西安的同学和过去的同事朋友去，北京的亲戚们路远折腾，小贝没有通知他们过来。小贝也没有告诉父亲大贝去世的消息，怕他受不了，只说大贝去了外地。过后觉得一直瞒着也不是办法，前两天父亲又问起大贝，小贝正想说实话，"他又自己圆过来说，大贝大约是怕被他催着结婚成家，就干脆不回家了"。父亲这么一说，小贝又把实话咽回去了。

小贝在东郊的一处山上给大贝看好了墓地，就在母亲三年前下葬的墓园，母亲是一期，地势高敞一些，大贝的到了三期，在山脚下的水面不远，母子俩离着百十步距离。大贝生前，只有中学几年和妈妈在一起的时间多，现在也算是母子团聚了。小贝在联系人打墓碑，按照本地的风俗，准备七七之后下葬。

我把大贝将要落葬的消息告诉了童青。童青说，大贝生前也想她提前致一段悼词，她当时没有答应，现在想要撰写一段墓志铭，镌刻在墓碑上纪念他。我把这件事告诉了小贝，他同意了。后来童青把她撰写的墓志铭发了过来：

我一生无题

多情亦多别离

行路多歧何需啼

不屑虚名俗计

五十春秋孤身走

朝读书而暮饮酒

爱佳人爱风物爱自由

江湖回望何处不曾游

历尽千帆方归去

愿把长安作故里

亖眠于此傍家慈而息

我把墓志铭发给小贝。七七之后，有天小贝发了照片给我，只有一张，是大贝墓碑的背面，上面镌刻着童青的题词，却删去了最后一句，改为"我心终归梦里"。

我想把照片发给童青，一时间却有些恍惚，自己究竟是否认识过大贝，和他当面交谈过，了解过他的过去，触到他干枯的手臂和内心的褶皱。试着打开大贝的微信，意外发现朋友圈仍旧保留着，封面停留在去世前不久更换的样式，题图是一行繁体字：

本人純屬虚構　如遇在線　純屬見鬼

山

走出院子，刚才的一线太阳阴了，天气冷下来，像人忽然翻了的脸。

东霞有点赶不上赵应生。她想拉着山灵，可是山灵使力挣掉，炮子一样冲得没影了。

地的颜色深了，留着一些褐色的萝卜叶子。要飘雪米子。脸已经感到硬了。溪流近似听不到声音。

院子里两条狗和勇儿弟弟一起目送着两个人，弟弟敞披着一件原来是深红现在染成了煤黑色的夹克，两手似乎无措地垂在身边，左手的指尖夹着烟蒂。勇儿的妈出来望了一下，神情木然地依旧进门了。两条狗前天为两个人的到来曾经激动了一阵，今天看着两人不是往外是往山里走，神情和主人一样有点无措。

先前勇儿弟弟说是要一起去，给媳妇挡住了，叫他去买灯泡。昨天晚上突然停电又来电，电灯就闪了。因为钱的事情没商量好，把厨房的灯摘过来，厨房的灯油腻厚了，人恍恍的看不清，话说得一句比一句难，好像这么坐上一年，也不会有啥结果。赵应生后悔这趟回来。东霞总归是当初自己不要山灵的，就叫她自己跟勇儿弟弟媳商量，自己只是个本家叔叔，不好多说。东霞偏生又一句话说不转，只晓得"娃子我要了，钱要给我退一部分"，勇儿弟媳咬定退六万，东霞又说不出具体的数。勇儿的妈来坐了一会儿，就离开去睡了，脸上没有表情。

鸡叫头遍的时候，可能是人都困了，勇儿弟弟加了一万决钱，东霞就点头了，赵应生也只好同意。就这样谈完了，赵应生和东霞提着香纸，一起去给勇儿上坟。

香纸是昨天在赵应生大嫂的店里买的。大哥过世了两年，大嫂仍日撑持着店面，没有再找人。

昨天在大哥坟前，赵应生双膝跪了下去，这样膝盖的痕迹就一直留在这里。

大哥的坟还是新的，顶上没有盖严实。就像他当时盖的铺盖。那时店里人多，给大哥一个人在隔壁开了个铺，生了一盆炭火。大哥喜欢热闹，可是日子久了，亲戚来看过了又走了。头几天大哥还坐在藤椅上跟大家待一会儿，但一两回就坐不起来了。大哥退休当年盖这个院子买了这把藤椅，他一直想着能够在自家的院子里坐着藤椅。在市医院检查出来肝癌之后，他就不肯住院，非要回这个院子。

大哥的病究竟不知道能拖多久，赵应生媳妇又在催，回去做乙肝定期检查。只好先回去了，给嫂子说好大哥病危了再回来。

走之前辞别大哥，隔壁房间里只有大哥一个人，闭着眼睛。木炭火剩了一点红影影，蒙在白灰里一飘一灭的。赵应生赞了攒火，大哥的眼睛睁开了，赵应生说我要回北京了。大哥没有说话，赵应生说我过两天再来。赵应生握着大哥的手。这双手感觉不到肉。大哥的手骨节是大的，小时候总是把赵应生的手握在手里，有时候感觉不像是哥哥的，是父亲才有这么大的手，父亲过世得早。现在却似乎小了，总是平伸在铺边，任由别人去握。赵应生越来越感到自己不应该走，嘴里却在搜罗着回北京的理由。大哥一直没有说话，赵应生就自己停住不说了。偏西的阳光照在叠着的手上，大哥的手是透明的，里面的青筋针线一样细。大哥轻声说路程远，你身体也差，莫急着又回来。大哥不是要轻声说这句话，他只能说这么轻。

大哥说的话准。刚刚回到良乡，进家门知道陕西老家打来了电话，大哥头天晚上去世。赵应生催妻子赶紧弄口饭吃往回赶，妻子没有动，过一下问他："你的肝疼不疼？你的命是不是命？"

赵应生的肝确实疼了，去北京城里检查了一次，说是疲劳导致转氨酶升高。打了电话给嫂子，说了病的情况，嫂子说你哥走得不凑巧，你身体有病奔波不得，回来也赶不上落土，就不消回来了。

直到前不久东霞来找，说是想回勇儿老家把娃儿要回来，一定要赵应生主持。当初勇儿的骨灰归乡安葬后，东霞把山灵送给勇儿弟弟弟媳抚养，勇儿赔的十三万块钱给了弟弟十万块做抚养费，一个人从老家八仙回的良乡。赵应生知道这是东霞爹娘的意思，要再招门婿，怕带着娃儿麻烦，就不好说什么。过后可能是招不到门婿，做母亲的东霞到底还是想娃子了，来找了几回赵应生，哭哭啼啼的。妻子同意了，说这次回去看了，以后人情也少了，就少回去了。赵应生带着东霞一路回八仙来，算起来离辞别大哥有一年零四个月，中间还隔着勇儿出事。

店里收钱的柜子玻璃下压着一张照片，是勇儿结婚那次回来照的。照片上是勇儿、勇儿媳妇、赵应生的大哥和大嫂。大哥坐在圈椅上，大嫂坐在她平时坐着算账的凳子上。勇儿和东霞站在后头，勇儿手搭在东霞肩上，像是邀伙计。照片背景是河和对岸的山，河从远处来，拐个弯，沉到人的背里了。

玻璃上有一条裂缝，把两边的人分开了，左边的大哥和他身后的勇儿都不在了。

大嫂说，那次拍照片是勇儿的意思，大河当背景也是勇儿的想法，说是有意思些。

勇儿喜欢在河坝里待。那次回来，父母有些淡然，东霞开叫的时候也没有封红包，答应得不经心。勇儿就一个人跑到河边哭了，有人看见他在大河拐弯的地方待了一个下午，开始呆坐着，后来低头捡啥子东西。等他回来，手里又什么东西也没有。大嫂说，上一次也是，回来大约钱带少了，母亲和继父不怎么高兴，勇儿就坐到店门前，望着大河。后来他在河边大石头上坐了一个晌午，饭也没吃，回来脸上就看不出啥子了。他自小这样。

"勇儿是个好娃子，命不好。"大嫂说。

早年大嫂一个人在这里开店，晚上害怕，长年叫本家侄子勇儿来搭伴。勇儿在店里，从来不乱动东西。勇儿的妈有一段时间蒸馍馍拿到马路边上来卖，勇儿悄悄拿一个馍馍过来给赵应生的大嫂吃。那时候大哥在县药材公司工作，长年不得落屋。

"也是不想一下噢，个人的娃子，敢说不要就不要了。"过了一会儿大嫂又说。来了一个买货的，柜台上没有，大嫂去货屋里拿了。

东霞坐在店门口。从院子出前面商店有一道门，光线一长条地照进来，阳光把她的头发染着了，颈脖有些显瘦。她人冲着前面，两只手搁在怀里。

"你咋不进去烤火？外面冷！"

东霞还望着大河。河往下流了一截，被新起的水坝截住，进了引水洞，下游河就干了。过了一会儿东霞说："水进山了。"

赵应生一下子没听明白。东霞回头看着赵应生说："勇儿以前就说了的，水不是往外流，是进山了。"

大嫂刚卖完了货，说："上回勇儿跟东霞来，这么坐

240

了蛮久，一直望着大河。当时天气热，我喊他们进来，也不进来。河坝里当时是金光闪闪的。"

便道拐弯处的人户关着门，落到后面就像匍下去了。前面的院子坎子很高，路贴在坎子下。刚走到竹林，两只狗在坎子上凶猛地叫起来，要径直扑下来的意思，像是有一肚子气。

赵应生手里拿着一根树条子走上院子，那两只狗吼叫着与他对峙。是个四合院，墙都黑了，两旁的房子门上挂着锁，似乎已无人住，一些长长短短的木头从墙洞里戳出来，令人奇怪这两面墙怎么用了这么多木头。中间屋檐下挂着一束束玉米坨子，阶沿下停着一辆面包车。面包车落了一层灰，像是有一段时间不出车了。

赵应生一边提防着狗，一边打量这个院子，觉得熟悉又一时想不起来。这时正屋里出来一个小伙子，脑袋特别大特别圆，两个人立刻就认出来了。

"二叔！""赵男啊。"

东霞在后边喊："大脑！"

在北京的时候，东霞跟着勇儿都是这么喊。

大脑喊进屋坐。他像是表示高兴，却显出忧愁。他的大脑勺周围似乎起了皱。一个小男孩出来，拉住了他的手。马上又出来另一个，两边拉住了他。大脑有点无措地站着。跟着出来一个中年女人，是大脑的母亲，把

241

两个孩子拉进去。一个小孩却哭腔喊着妈。

陡然想起来，昨天听弟媳说的，大脑的媳妇跑了。

据说大脑的媳妇嫌双胞胎难得抚养，大脑在北京犯了事跑回来，本事又不行，开个面包车整天不落屋。有几个女娃子出去打工，媳妇就跟着走了，也没给家里说一声。当时东霞一心不要娃儿，也为的是娃儿难带，太淘了。

"孩子妈走了以后，车都出不成了。一天心焦马乱的。"

"你从北京走，也没告诉我。"

"那时候走得急，勇儿又进去了。想到回来给您打电话的，屋里又出这些事情。"

那次勇儿刚进良乡派出所，大脑就走了。派出所说大脑有牵涉，以前在加油站还有案底。

警察走了，赵应生妻子埋怨，看你引来的是些啥人。我就说他们手脚不干净，说不定警察怀疑我们包庇他们。妻子的京郊口音落字咬得特别清楚，"干净""包庇"这两个词声声刺耳。

"至少他们没在我屋里偷。"说出这句来就觉得道理不足，话把落到妻子嘴里。

"没在你屋里偷，偷社会就可以？""可以"这个词又咬得特别清楚，拐着弯带出一股劲儿，"那次勇儿骑自行车来，还说是他自个儿买的，我一看就是偷的，给你说你还不信，怎么着？"

"着"字尾句上扬，不容置疑。二十年了，赵应生一直不习惯这味儿，自己也说不来。可是不由自主慢慢地，他自己的口音变成普通话和八仙腔混在一起的一种说不清楚的东西。在良乡，一开口人家知道他是外地人。这次回来，一出口人家就问他是长期在外头的啵。想说八仙话又不像，几乎结舌，这两天强一些了。等到回北京，又要不习惯。

大脑和勇儿到家里来的时候，一嘴的家乡话。赵应生大哥打了电话，说他们都是初次到北京，请赵应生照看。赵应生介绍他们都到皮鞋厂里去。

勇儿厂旦放假了就到赵应生家来。有时候和大脑一起来，勇儿单独来的时候多。他勤快，喜欢做饭，有时让赵应生妻子歇着他来做。嘴也甜，跟到喊的幺叔幺婶。来多了情况就知道清楚了，勇儿的妈头一门是在乌金，又在河南待了几年，带着勇儿上的赵家院子，在赵家又生了一个弟弟，勇儿的地位就其次了。知道这个情况以后，赵应生就在良乡给勇儿物色找个家庭上门。

正好妻子那头有一户亲戚，是独养的女儿，智力有些迟钝，一直没有招到上门女婿。家庭条件是良乡近郊农村，不算坏。赵应生就介绍勇儿见了面，两边感觉都还不错，就定了婚事。勇儿要带着东霞回八仙见一趟妈和继父，叫东霞改口，然后回良乡结了婚，在一家四川

243

餐馆包了两桌酒席，赵应生担任证婚人。

结婚以后勇儿继续在皮鞋厂里做。过了一段时间，勇儿说厂里接的廉价皮鞋多了，戴着防毒面具做鞋子。脖子和手露在外头就起皮了。东霞可能要怀孕，他就不敢在那里再做了。看勇儿的脖子上，确实红红的起皮了。

勇儿和大脑离开了良乡。勇儿看广告，在北京市里找了一家餐馆当小工，他说自己喜欢做饭，将来想当厨师。大脑当过兵，到房山一家加油站当保安。

大脑说，勇儿上坡的时候，他抬了一截，棺材陡然变重了，感觉里面抬的不是骨灰。棺材变重了，说明亡人想就地入土。可是沟外头没有合适的地，只能一直埋到沟里去。

因为屋里两个娃子，大脑不能一路去。两个人再往里走，赵应生问东霞，安埋时勇儿的妈有没有来。

东霞说没来，继父也没出面，都是勇儿弟弟弟媳操办的，东霞在赔偿款里支了他们一万块丧葬费。

东霞说，这回来，叫妈，勇儿的妈没回答，可能不认识自个儿了。

大嫂对赵应生说过，勇儿的妈到了赵家，主要照顾赵家人。受的波折大，精神也有些恍惚了。"当年可还是能干人。"

当时勇儿妈是大队妇联主任，有个外地人卖盆盆的哄她，说你这样的人才在这里可惜了，到我们那里去可以当教师，地方也好，一马平川。勇儿妈心活了，跟那人跑到了河南去，跑的时候带上了勇儿。到了河南之后，被卖到一家三兄弟屋里，一个人给三兄弟做老婆。过了五年，勇儿妈才找机会跑了出来，带上了勇儿。回来走到岚皋花里就走不动了，没有吃的，让勇儿的亲爹带馍馍从乌金下去接。

接回来之后，勇儿的亲爹已经另找了一门，只好搭了个偏厦，母子住在一边。终究维持不下去，有人介绍赵应生的堂弟死了屋里人，勇儿妈带着勇儿上来。

上了赵家以后，勇儿的妈就变得很冷淡，跟以往不像是一个人了。后来在赵家给勇儿生了一个弟弟，感觉和勇儿也不亲。

拖拉机路到过溪就止了。一架慢上坡，坡地的土巴薄，有一截露出硌脚的碎火石。白火石岩一丛丛凸出，底下能掘到石英。

一些大石头上标着暗红的油漆数字，是赵应生小时候那些人到这里标上的。

那些人穿着白衬衫，戴着新草帽，带着两种镜子，钻山镜和缩山镜。架起来一望，能看到山的里面有没有宝。看见了就架钻子钻，把宝起走。八仙有的宝都被他们起走了。巨生桥是一个犀牛望月的地形，水从犀牛鼻子里出来，自生桥是鼻子眼。金犀牛被他们起走了，水失了管束，就把自生桥冲毁了，以后搭的木桥。一时钻山镜看不清楚的时候，他们就拿小锤子到处敲，标下一些记号。你按照这些记号去找，又啥也没有，只有他们明白。他们还把石头和石英装到挎包里，研究里面有没有含宝，乡下人就是敲碎了石头也不明白。

小孩子们都跟着他们，大人却不许接近。赵应生想跟他们一直走，他们却说这回不带一个人走，要等到这层娃娃长成人的时候来招人。

等到赵应生当兵回来上工农兵大学，他们真的到学校要人了，赵应生没有犹豫地填了志愿，被分配到地质部矿产勘探研究所，却是在实验室工作。

开始到了南方，后来又到北方，在周口店附近安顿下来。进不了北京城，良乡也没有别的大单位。只好在良乡一个鞋厂里找了媳妇。

找良乡媳妇的一个原因，是因为肝病现形了。

娶赵伟妈的时候，是把肝病说明了的，她也能接受，说只要不遗传子女。结婚以来，自己一直添一双筷子夹菜。赵伟出生以后，一直担心他有遗传，从小加强赵伟的营养，注意饮食，直到赵伟上大学体检，肝上没有任何毛病，这才松了一口气。

长年累月的吃药保养，赵伟的妈大体上还有耐心，就是不喜欢家乡的人情。父亲过世的时候，赵应生赶回来，小妹妹刚刚下县，妹夫工作的县电机厂就倒闭了。家里生活困难，天天一早推个架子车上街卖袜子，赵应生给了妹妹一千块钱。后来不久，大哥写信来，说孩子考上大学自费，经济困难，要支援些钱。赵应生又给大哥寄了一千块钱。赵伟的妈就不乐意了，两人吵了一架。

"你自己的病，这么多年，他们谁给你贡献过一块钱没有？每天的药，赵伟又在上学，他们谁给你支援过没有。都以为我们是财神。"妻子的泪水出来了。赵应生说，大哥他们送的腊肉，怎么不是钱？妻子说你们那里的肉黑魆魆的，不卫生，怎么能吃，你还费力气带回来。妻子不会做八仙的腊肉，不喜欢那边的口味，大哥大嫂送的腊肉带回来搁着长霉了，只好给了勇儿他们。妻子尤其不满他事先寄了钱不告诉她。我跟赵伟和你是一家的，还是你的大哥小妹妹和你是一家。你的家是在八仙还是良乡？

赵应生无言，下楼在小区走走，小区地方有些偏僻，风吹过来没有遮挡。附近有一个皇上的行宫，小区也叫行宫园小区。小区里面没什么人，天冷了，平时一两处下象棋的摊子也没了。病退之后，赵应生平时吃了饭，就是到摊子旁看看别人下棋，轻易不开言，口音不一样。他感到自己始终是一个人，尽管在这里待了十几年，娶了妻子，生了孩子。回家妻子知道话说过了，倒了开水让吃药，又把水吹凉些。刚才在小区里风吹得脸上干，这会儿流下泪来，赶忙擦了不叫妻子误会。

溪流折到小路的里头去，靠着一方长岩，脚下踏着洗出来的山根底子，走了很长的一截。这方岩的底子和顶子是青石岩，夹心却是大理石的，看得出来分层。东霞走在前面，伸手去摸中间的石层。

那次来八仙的车上，公路陡得很，是在山崖里面打出来的。勇儿指着窗子里边掠过去的山岩对东霞说，多好看啊。他的头伸出窗户，被司机责备了。

在北京的时候，他老是喜欢写信，给家里和伯娘、伯伯。伯伯给他回过两封，他珍惜得不得了。他给家里写了好多信，数不清封数了，却没有一封回信。他想让母亲和弟弟拍几张照片，他们也没有寄给他。他想攒钱买个照相机，回来自己拍。

有次勇儿来赵应生家里，说起要存钱买相机。赵应生说生活困难，还买啥子相机，勇儿没有作声。

起先勇儿在饭店里干，过了一段被人辞退了。勇儿到家里来，赵应生问他，勇儿遮掩了半天说，东霞想吃点心，店里坐席的人没吃完，剩下的他拿些给东霞，叫老板发现了。

赵应生想到勇儿平时带来的凉菜，说了勇儿一顿。勇儿说那些东西好多时候都扔了，还是没动过筷子的，他觉得可惜。赵应生问勇儿下一步做啥子，勇儿说卖凉皮。夏天要来了，他发现北京卖凉皮的少，质量也不行。他在西安的时候跟人学了做凉皮，现在想在大超市里租摊位卖。北京的超市大，逛了一圈出毛毛汗，正好吃碗凉皮压一压。

　　过了一段时间，勇儿再来家里的时候用一个大保温盒装着凉皮，说这是他自己做的。勇儿的凉皮做得不错，又滑又有韧劲。赵应生时隔好多年又尝到了陕西的口味。妻子尝过以后也喜欢上了，她特别喜欢里面调的黄瓜丝，勇儿切得很细，黄瓜丝特别新鲜。那个夏天到秋天，勇儿每次来都要带上用保温盒装着的凉皮。他说，凉皮生意越做越好了，吃的人坐不下，还有好多外卖，人手不够。他叫弟弟弟媳也来北京卖凉皮，把店面做大，他们学会了将来也能自己做。

　　入秋以后，勇儿有好长一段时间没到家里来，也没打电话。妻子有次提起来说，你看，弟弟弟媳来了，就把你这个叔叔忘了。到了冬天，有天勇儿和大脑一起来了。勇儿穿得有些薄，看上去像老了一些，一直没说话。大脑说他没有在加油站做了，眼下在石景山一家清真寺里做保安，兼当电工。那个清真寺大得很，一天好几轮礼拜，一次好几百人，殿外边密麻麻脱的都是鞋子。保安人数有一个班，班长是他原来的战友，他就过去了。他想叫勇儿也过去，人家嫌勇儿没有经验。

　　你不卖凉皮了？

勇儿才开言，冬天来了，吃凉皮的人少，就把店面退了。

你弟弟弟媳呢？

他们秋天里回去了。

像是有话没说，也不好问了。

大脑说，勇儿得娃儿了。

得娃儿的消息，赵应生听妻子隐约说过一句，说是勇儿生了孩子也不告诉一声。当时赵应生说，人家总是怕麻烦我们。原来孩子已经满月了。勇儿说，没有请满月酒，所以也没有告诉叔叔婶娘。

走的时候，大脑已经下楼，勇儿落在后头，临出门对赵应生说，他想借两百块钱，给娃儿买些奶粉，也给东霞买点麦乳精。

妻子回来以后，赵应生把勇儿借钱的事说了。妻子说她早知道会这样。但她并没有生气，说起从亲戚那里听到的情形。勇儿的弟弟弟媳来北京以后，和勇儿搭伙做凉皮，原料现金都在勇儿这儿拿着用，技术又不过关，亏损大，连带把勇儿也亏进去了。后来开不下去，欠了房租和小工工资，他们就回了八仙，留下勇儿收拾残局。勇儿结清了欠账，本钱就折了，又赶上东霞怀孕生产，就困难了。

我就跟你说，老家的亲戚不敢惹。

整个冬天，勇儿没有消息。过年的时候，赵应生和大嫂侄儿通了电话。勇儿没有来电话。妻子说，他因为借了钱，电话都没有一个了。春天的时候勇儿来了，人却活跃了些。说东霞和娃儿都好，娃儿长得挺壮实的，营养都不缺。把钱还了，现在和大脑在一起上班。来的时候有点晚，走的时候赵应生担心赶不上车，勇儿说不要紧，骑自行车来的，顺着快速路，只用了四十分钟。自行车是买的朋友的二手车，八成新。

不料过了三个月，警察到家里来调查，说勇儿和大脑参与了一个专门盗窃自行车倒卖的团伙，一共偷窃了二百多辆自行车，最近被警方统一行动打掉了。大脑加入团伙的时间比勇儿长，以前在加油站就有案底，被拘过。警察询问勇儿以前的情况。

赵应生给警察介绍了勇儿的情形，以及东霞家里的状况。警察有些吃惊，原来勇儿没有告诉他们，只说有这么个叔叔。他们请赵应生带他们去东霞家调查。妻子跟到小区外面，看着赵应生坐上警车，说，晚饭我们等你。正是周天，赵伟也在家里，望着警车不说话。警察说，"我们只是请老赵做个向导，还会用车把他送回来。请你们放心"。

"那一段时间，他往家里拿钱忽然多起来了，还带好多的东西，给娃儿买外国奶粉。问他哪儿来的钱，他说到新单位上班了，当保安，福利很好，晚上加班奖金多。

我叫他别太累了，他说不要紧，主要是夜间巡逻，白天能歇晌。他还给我讲清真寺里面的景致，说娃儿再大点带我去玩。"东霞一边走一边说。

"娃儿还没生，他就起了名字叫山灵，我嫌名字土，他非说这名字好，男孩女孩都适合，是男娃就是山的坚强，女娃就是水的灵气。

"他有时候骑自行车回家，不同样的自行车，他说都是其他同事的，他们都很好，借给他骑。他说等山灵两岁了，要骑自行车带我玩，要在自行车杠上装一个小藤椅，把山灵带在前面，把我带在后面。他存够了钱要买一个数码相机，我们回八仙来好好拍一组照片，到黄白马去拍，到渡船口去拍。"

"他每天晚上睡觉前要给我发短信，他经常睡得很晚，有时候要天亮了。他让我手机调成静音，这样我睡醒的时候能看到他的短信，也不用回。他说他总是在晚上加班，加班的时候就特别想我。他用的是动感地带套餐，一个月能发两千条短信。那几天他却没有给我发短信，我以为是那几天他晚上没有加班。没想到警察和你一起到我家来了。

"他关在里面的一年多，我去看过他两回。探视的时候他说，等他出来好好打工挣钱养活我们，给山灵买奶粉，还要买照相机。他说，他没想到那种事情性质那么坏。以后他不能回家乡了。说到这里他显得特别难过的样子。"

勇儿坐牢中间，山灵满了一岁，交给爷爷奶奶带，东霞找了个袜子厂上班。勇儿出来之后，没有到赵应生家里来。

"他说，不好意思见你。有人叫他去唐山下矿。他从来没下过矿，还想在北京开饭店，有些犹豫。但后来他还是去了。"

东霞的脚步有些踉跄，因为说话分心，也走不惯这山路。

路旁一架坡的土是黑色的，一个地方稍微塌下去，填着土石和一些树枝，一块大些的石头上写着"封"字。赵应生想这是否是封山育林的意思，却依稀记起来，这里是个炭洞。小时候一条沟的人户在这里挖煤，往下修过一条大车路的，是被水毁了。以后下半截也现了炭，这股炭就只归陈家院子用了。

陈家院子有一道很高的石坎子，石阶上爬了野地莓，剩下依稀的人走的路。石磨搁在院坝里，磨眼间刚好长了一丛草，还是青幽幽的。正房只剩了一堵墙，莫名地熏黑了。西偏房门上挂着锁，石板屋顶却垮下去一个大洞。有个地方冒出青烟，像是屋后有一堆闷烧了很久的锯末。

赵应生想到一件事情，又一时想不起来细节。他正

253

在想的时候，一个中年人从东屋里出来。这人的脸型像在哪里见过，只见过一次，又被人换掉了，加上一些毛发，就像长年没有种的地荒了。但大体的地界还在，仅有的一次照面，其实深深地保留在心里面，没有人能从那里起走。中年人也在看他，两个人忽然之间相互认出来，不知道说什么话，其实是一大团东西堵住了喉咙，终究陈忠海说："噢——进屋坐！"

赵应生说不了。他仍旧在想事，陈忠海的现面像是让这件事更疑难了。他想赶紧从这里离开，甚至后悔到沟里来，但却走不开。陈忠海说，"进屋坐会嘛，只有我一个人在这儿，这么多年没见了"。

只有偏屋是完好的，因为年代长，阳尘堵住了窗户，光线不好了。地炉子上烧的是柴火。赵应生和东霞坐在长板凳上，陈忠海攒了下火，火光把他的脸照亮了一小半。陈忠海说，原来烧的是煤，因为去年虼蚤河的村长开黑口子塌方死了两个人，上面来了人，派出所把私人自己烧的煤窑都封了。

别家都下河了，现在院子里只剩了我一个人。儿子在平利中学上学，一年放假回来两趟。儿子叫我下平利去看看，因为有猪，总是走不开，想过年以后送他上学一路去一趟。

应作香呢？赵应生问。一问出来他想到，这个扰乱他的疑问，其实是有解答的。前年回来守大哥病的时候听人说到了，存在心里的。存得太深一下拿不出来。

她过世三年了。陈忠海说。埋在这个屋场里的。

陈忠海比赵应生小一岁，加上应作香，当时是每天一路搭伴上学的。赵应生当兵的那年，陈忠海也报了名，可是他裤腰带底下长有疥疮没选上。陈忠海湿着眼睛回去，抱怨他姆叫他和弟弟哥哥睡一张通铺，过给了他。赵应生走的那天，陈忠海在人群里送。应作香没来，赵应生请大哥找应家提亲了。当兵第二年，赵应生回来和应作香结亲。陈忠海在场帮忙。赵应生退伍回来，事情却变了。

应作香待在娘屋不肯到赵家来，说是忙着养蚕子。嫂子说，事情是从养蚕子上起的，村里在渡船口搞了一个养蚕场，应作香和陈忠海都在那里养蚕，三下五下好上了，失悔了。

赵应生还是把应作香接了下来。可是她晚上下来，一早又上去，让人以为她没回来，仍旧在蚕场住的。有一天，赵应生去蚕场，推开蚕室，撞见应作香和陈忠海在铺二。陈忠海是技术员，在蚕室里有一个铺。

赵应生转身回来了。应作香又下来，做了一顿饭，意思似乎是还要在一起。赵应生问你到底怎么想的？她又不说。

正好公社推荐人去上大学，赵应生二叔在公社当革委会副主任，大哥又在大队任会计，他本人当过兵符合条件。赵应生还在犹豫，大哥说你离了婚走。赵应生还是犹豫。大哥让赵应生先走了，拿着户口本到公社给弟弟强行办了离婚。

往后应作香跟了陈忠海，到了陈家院子。赵应生再也没有见过他们两个人。

她是得的肾炎死的，医生说尿里含有毒，毒死了，走的时候啊，人瘦成一把刺了。

她的坟就埋在这屋场里的，屋场人都搬走了，房子推了，把她埋到原来的堂屋地基上。是她自己吩咐的。

三个人走到拆了一半的正屋。堂屋顶拆了，比起熏黑的外墙，里面倒算干净。靠近墙根开了一个烟洞，陈忠海说地上打过炉子的。当时房子窄，他和应作香只分到堂屋，隔成里外两间，里间睡人，外间生炉子养蚕，烟道留出去，把外墙熏黑了。剩的檩条上还挂着两垛扎的麦捆子，赵应生想起来这是叫蚕子结茧的蚕山。

应作香的坟就在原来里间放床的地方。坟土干燥，还没有长多少草。墓门过年上亮点的蜡烛燃了大半截，烛泪层层滴下来，把烛蒂加粗了。蜡烛是红的。少有人上坟点红蜡烛。赵应生忽然想到了和应作香结婚那天晚上，这一带还没通电，点的也是这样的红蜡烛。应作香喜欢鲜红颜色，红领巾、红袜子、红绸衣服。

后山上的草木，渐渐地拢来了。陈忠海说，这个院子多的时候有四家二十几口人，周家走了，陈家绝后了，剩了他和兄弟两家，兄弟只有一个女儿，全家在福建打工，前年把老的接过去了。

那天送勇儿上山，我在水井提水，看到了的。娃儿逗人喜欢，对人亲热。这个女娃我也看到了的，说话是外地口音。

院子里装有水龙头，却不出水。陈忠海说，水管子冬天冻破了，也不想换了，一个人用水，到水井提就行了。我跟你们走两步，带一桶水回来。

水井清亮亮的。用的人少了，长青苔了，我上年淘了一回。你们看过了坟，回来再坐。这儿还望不到。地方还好，就是太深了些。路难得走。

溪流到了两山分岔。一边的山陡，是密麻的竹林，脚下存着雪透出暗青。一边的山深，山势几层起伏地前来。山口最后一块熟地，一些没有收的萝卜秧子剩在雪里。雪存久了，硬了。

看得出去年撒的纸钱，圆圆地落着，白色还没有褪尽。东霞说，这些是勇儿的钱。

各样微小的脚印多了起来，星星点点，在某处经过。赵应生和东霞的每一步，在雪路上留下了大得多的脚印，看上去有些夸张。过了一次溪，走一段慢上坡，灌木枝子合拢了来路。往年生产队种药材的地长满了蒿子，中间一座坟，还露着土，像是剃了平头的小伙子，在成人的行列里还不习惯。地下还有一些烧灼过的痕迹，放空了的礼花盒子。没有新一层的纸灰痕迹，下葬时剪的新式的金箔纸钱，还在草丛里闪着光泽。

东霞蹲下去解开了袋子。

"他们炸火炮的时候，那些礼花在半空落下来，在草丛里冒烟。他们却没有一个人担心。我就想，在这个场合草一定是燃不起来的。

"我想，勇儿也不担心。盘山公路上那么险，勇儿却说他一点也不担心，就像在家里地上走一样。他说一进了八仙的山，他就安心了。就像当初从河南回来，母亲领着他从三兄弟家跑掉了，母亲给他蒙上一个头巾，带着他飞跑，不敢坐三轮车，怕被人截住。到了县城上火车，上了火车安心些，又怕人在车上截。坐到安康，急急忙忙搭汽车往山里走，到了岚皋县界，还怕人追上来。直到望到了八仙的迎客松，过了金猫关，心才完全落下来，再也不会落到平原上了。"

大嫂跟赵应生讲，勇儿娘儿俩上来之后，河南那边还过来两兄弟要人，大哥出面，要把他们扭送到派出所，把河南人吓回去了。

"我们结婚以后，勇儿有时候还做梦，梦里忽然惨叫，醒了使劲地抓住我的胳膊，身上还在发抖。在唐山出事之前一个月，勇儿给我写信，说他又做噩梦了，梦见自己掉在一口井里，怎么也爬不上来，上面有人不停

258

地往下扔东西，就像在封井口，他喊叫井上又听不见。以前在北京，还没坐牢的时候，他也经常做梦，梦见自己被关在笼子里，浑身拴了铁链子。他当时说这是因为在河南的记忆。勇儿的妈刚到河南的时候，总是要跑，晚上三兄弟就给她拴的铁链子。

"勇儿说，只有在八仙，他从来不做噩梦。我跟他回八仙的时候，他确实从来没有那样的表现，睡觉安安稳稳的。他信里说，虽然矿上的生活很苦，他却有些高兴，总觉得自己快能回八仙了，而且是一回来再也不走的感觉。他说，要是你愿意，将来老了，我们回老家买房子，就在八仙养老。"

"那天埋葬的时候，我想这样也好，他真的回到这里，到山的最里面，永远留下来了。"

东霞这几段话说得很流利，像是到了勇儿的坟前，自然地心智明了起来了，和她平时是两个人。

赵应生让东霞把火纸取出来，给勇儿烧了。东霞不会把火纸搭成屋脊型来烧，火灭了一次，赵应生蹲下去教东霞。他发现自己也不怎么会这样搭着火纸来烧了，总是压得火苗旺不起来。在良乡的时候，是买的大面额的冥币来烧的，面值动不动上亿，不需要这么一个一个铜钱打出来。这样打出来的理由是，铜钱不会贬值。

里面坡靠得近，密密地生着蕨叶。火纸的烟起去，褐色的面上细致划过一道。烟那样青幽，就像不是火纸

259

烧出的。

赵应生有点疑心，勇儿的魂是否回到了这儿。勇儿是在唐山火化了，骨灰带回来落葬的，矿工在外面出事都这样。

在良乡烧冥币，给父亲、母亲和大哥各画一个圈，喊他们来捡。一阵风刮过，身上感到微微的寒噤。赵伟在一边问，真的有灵魂吗？离得这么远，能赶得来捡吗？赵应生没有回答。

勇儿离开北京半年，一天晚上赵应生梦见勇儿来家里，说以往的事他做得不对，离京前没有脸面来见叔叔，请他原谅。他在矿上还好，活路重，他身体吃亏了些，但他打算干上一整年再说，东霞那边，希望叔叔阿姨有空能够关心一下。梦的结尾勇儿转身离去，背影又有些阴惨惨的，不知走到哪儿去了。赵应生醒来心头有些发瘆，没想到下午东霞抱着孩子来，说接到电话，勇儿在矿上出事了。

东霞哭哭啼啼的，没有个主心骨，父母都是农民没见识，妻子那次倒显得大度，叫赵应生带足了药，和东霞一起坐火车到了唐山。

到了矿上，老板不让见勇儿的遗体，要先谈好价钱。勇儿的弟弟在谈判中没有发言。这是一次绞车事故，就死了勇儿一个人，他是用蛇皮袋套在腰上坐钩的时候，开绞车的人困了没有按停止键，勇儿的头冲到了天顶，又坠下井底。勇儿的遗体躺在那里，头部包了纱布，听说是整个头盖骨锉平了。眼眉倒还是好好地闭着的，神气上看不出受惊。

协议讲好了，人悄悄拉到私人场子火化。烧的是柴油，烟子大，赵应生远远地站着，看得到架在火上，烧不化的人拿钩子戳，像是小时候烧灶膛攒火。捡了一包渣渣出来，还是热的。捡出来的基本是腿骨和臂骨，有两节看得出来是手指。没有买骨灰盒，用衣服包了一包，装在旅行袋里，勇儿弟弟和东霞一起提回去了。

当时赵应生试了一下骨灰包的重量，沉得很，好像比生时要重。

大脑也说到抬棺材的时候，分量很重。按理说灵魂散了的话，骨灰是轻的。勇儿离世得突然，难免有心结。

旁边还有一座祖坟，年代久长，塌进地里了，又像是小孩垒的石堆。赵应生小时候跟着大人来挖药材的时候，它已经被蒿子埋住了。

再往里走，一直到崖脚下，有一道瀑布，从几层山冈来的。很细，像会忽然消散。小时候赵应生扯药草，在瀑布下面仰起脸受凉气，看见高处崖台上有一只獐子，没见过的，不知怎样晓得是獐子，眼睛睁得大大地望他。大人说，獐子喜欢站这样的地方。拿枪打，一枪会栽下来。

眼下没有猎人，獐子会一直在那里。赵应生呆呆地望着，忘了脸上全湿了。

261

聊天

一

进门，看到笼子翻了。心跳了一下。

杂粮撒在地上，盒子里的水也倒了。小东西却不见了，客厅地上到处都没有，咪咪也不见了。眼睛里有点硌了，忍着喊了两声咪咪，没有回音。上次在果园也是这样，平时一唤就答应，这时候却不吱声。我推开了虚掩的卧房的门，本来上班要把卧室关起来，可是头两回关起来咪咪叫得很惨，就算了。咪咪在床上，端端正正地卧着，瞪着她那两只奸臣一样滴溜溜的眼睛回头望我。

猫的心机总不过如此，咪咪的肚子前面是小东西白色的身体，有一半掩在它的肚子毛里。这就是它不出声的原因。当我去拿小东西的时候，它车了车腰身，扭头看着好像不知所措的样子。我拿起来小东西的尸体，还是软软的，我眼里硌着的水就下来了。小东西身上好好的，我翻了半天也没看见伤口，这是因为咪咪的爪子被我剪掉。最后我找到小东西的肚子上有一个红眼。就那么小的一个红眼，下口很轻，连血都没有，可就是这个红眼要了小东西的命。简直是谋杀。

我只是捧着小东西站着掉眼泪，我的鼻息变粗了，把小东西的茸毛吹动了。咪咪不出声地看着我。

我感到自己也像小东西，别人不用怎么整你，只要在你肚子上咬一个小眼，你就死了。连血都不见。

今天中午，严钊在QQ上对我说，他决定和女朋友好好过。就这么平平常常的一句话，我立刻回过去说好啊，你总算想通了。想添两声冷笑，却一时找不到表情，QQ的图像表情里面就是没有冷笑，好像人受了伤害只有滂沱大哭，就不能冷笑两下似的。昨天见面时闷声不语，装可怜相，现在却在QQ上来这么一句。

到底是不是他伤害了我呢？想起来也难说，毕竟是我自己找他的。错在不该听姐妹们掺和，说他会负责任。男人都一个样。

床上又添了一层猫毛，这是今天咪咪杀害小东西的成果。我没打算去拍它一巴掌，只是坐着垂泪。我知道咪咪在打量我。我一直不理它，它会伸出爪子探探我。我还是不理它，不理它就是我对它的惩罚。白天，小东西本来是陪它的伴，它却杀了它。我只能去把小东西埋了，跟上次在果园一样。

我出门的时候娜娜进来了，她看见我手里的小东西，"咦"了一声。

我说我等下回来收拾地上的，就出去了。

天气热，我的眼泪在院子里热干了，换成了汗。我回来的时候地上已经收拾好了，只是还遗下几颗米，娜娜的手脚粗。听到我回来，她从自己屋里出来了，她的房间里有空调，我能听到空调转动的声音，她的头发也好像还被空调风吹着在飘。客厅里也有空调，可是不制冷了。房东还没来修。娜娜问了小东西的事，说她就是觉得猫和老鼠不能一块养。

娜娜这一问，我的眼睛里又起泪了，她却接着说她把中午剩的汤热在灶上了，还能吃吧？

这汤是昨天下午我煲的，今天中午热着吃了一顿，没有放回冰箱里面。本来今儿下午我是准备煲汤的，可是严钊的那句话还有小东西的死，让我把做饭的事都忘记了。我说能吃吧，你吃饭了吗？我来做菜吃。

娜娜和可心都不会做饭菜，更别说煲汤了。平时都是我做了一起吃。

娜娜说她在外面吃了，就是想起我煲的玉米汤觉得味道好。

娜娜的话让我有些高兴，玉米煲汤的诀窍还是我在菜谱上看的。前一阵，我决定练一练厨艺。先是严钊请我在外面吃，吃了两次我觉得不划算，就到家里来做。那时候我还不知道玉米煲浓汤。等到会做玉米煲浓汤了，已经和他快分手了，怪他没口福。

我也想自己舀一口来喝。

"可心呢？"

"她和我换了，今晚她聊下半场。她好像有一个啥子考试，要十点钟才完。"娜娜喝着汤说。

娜娜的神气有点特别，看着我，要说什么又止住了。

终于她还是止不住地说："我今天去见他了。"

他是娜娜最忠实的听众，第一个订包月业务的。

"那你这么早回来。"

"他长得实在太丑了。"娜娜等了一下才说。

满脸疙疙瘩瘩的。见了他就想走，但是冲着在太熟悉家常菜里请的饭，还是跟他一起吃完了。我问娜娜点了啥子菜，娜娜说她没敢多点，要了一个干锅茶树菇，味道还不错。就是闷着头吃，不敢看他脸上的疙瘩，他说了啥子也没听清。

娜娜是鼓起了勇气才去见的，我都鼓动了她两次。我想起了在重庆牛角沱第一次见到覃鹤的情形，也是一见面就想走。没想到覃鹤叫了辆出租车，我还没有坐过出租车，就坐进去了。当时我刚开始用 QQ，在网上跟他认识了，知道他在一家报纸周末版做编辑，我去找他是受宿舍的人委任，给大家找个发表文章的地方。

要是当时没有上出租车，以后到今天的事都不会有了。

可是，没有覃鹤，仍然会有别的事，毕竟总是要有

267

事情发生的。谁又说得清会是怎样呢。

就跟可心一样，她不到北京来，在贵阳也会遇到别的事。

我的肚子还没有打发。汤让娜娜喝了，我得给自己煮袋粉丝馆吃。里面加点调料和方便面自带的脱水蔬菜包，还是挺好的。比起方便面，我更爱吃粉丝馆。

娜娜在屋里开始聊天了。

有时候，我应该在我的屋子里，拿起电话拨进去听，监督娜娜或者可心的工作。但是今天我没有心情。客厅地上的鼠笼变得空空的，转筒呼噜呼噜转动的声音也从此消失了，那是给小东西锻炼身体用的，小东西也真会凑趣，人给它弄了这么个转筒，它吃完了米就果真爬进转筒里跑上一阵，跟人在跑步机上迈步一模一样。小东西跑步的声音总是惊动咪咪，它头部贴着笼子的边缘看着，胡子都伸进笼子里头了。小东西玩它自己的，它生下来就不认识猫，它不是老鼠窝里生出来的，是在烤箱里热孵出来的。也许是它若无其事的态度撩拨着咪咪，惹动了它要试试自己的爪子，虽说它的利爪被我剪秃了。

现在我想，小东西也许不是不认识猫，它只是接受了这个不能改变的情况。从它来到这里的第一天起，就接受了今天的结果。

买小东西的时候，隐约感到会有这一天，可还是忍不住买了。当年在重庆买阿杜的时候，正是非典时期，覃鹤劝我不要买，说你负担不了一只小狗的幸福，就不要去宠它。他说得看似很有道理，可是我觉得既然我和覃鹤相爱了，应该在那时买一只小狗。

阿杜买来之后，开始想给它起我们政治老师的名字。因为我们宿舍请他吃饭没有邻舍请的馆子好，我们全宿舍就统统补考了一次。可是我嫌他名字实在难听，就起了阿杜的名字。我和覃鹤第一次出去唱K，我唱的是阿杜的《撕夜》，那以前我从来没有拿着话筒唱过歌。跟覃鹤在一起，有很多个第一次，这些第一次后来就变得平常了。阿杜买来之后因为学校不能养，只能放在覃鹤那里，他说狗窝晚上一定要提到他床头不远的地方，阿杜才肯睡觉。可是，阿杜怎么也学不会上厕所，满地尿液，覃鹤上班的时候将它关在厕所里，后来只能送人。

跟覃鹤住在洋桥那阵，我第一次养了猫，猫不用教上厕所。可是那只咪咪太强太强，能够像壁虎一样贴着壁纸爬到天花板拐角，虎视眈眈的样子。不久和覃鹤分手，我搬到了魏公村，和房东老两口合住，那个老奶奶头一个条件就是不让养猫，咪咪只能又放到覃鹤那里。咪咪在覃鹤的迷你衣柜上先是撕出了一个洞，当作马戏团悬起来的圈子跳进跃出，玩腻了又四向一片片撕下来。因为咪咪太强，得罪了和覃鹤合租的宋江，覃鹤为宋江欺负咪咪和他吵了一架，说你再欺负猫我就捶你。后来只能想法把咪咪带回家乡去。

咪咪不能上火车。我有一个远房表哥是跑运输的，每月两次开大货车到天津火车站进货。联系好了，我在一个周末晚上坐汽车到天津，把咪咪交给他们带回去。咪咪和半袋猫粮装在一个剪了小洞的纸箱子里，我嘱咐表哥喂猫粮时不能放出来。咪咪装在纸箱子里直叫，我忍下心走了，心里想着明天下午它就能到家了，那里不需要猫砂，还有一只公猫等着它。

第二天晚上打电话给家里，却得知咪咪丢了。车过芜湖，表哥他们给猫喂食，打开纸箱咪咪一蹿就不见了，他们就近找了一圈也没有。

我完全没有想到过这种事情，一时间蒙了，墨西哥人在一边安慰我。

那时我刚和墨西哥人在一起。对于丢猫这件事，我脑子有点晕乎乎的，几天一直没反应过来。我对妈妈说他们为什么不好好找，咪咪不会走远，一定就在车站附近流浪。我也流了泪，就像水龙头没拧紧水自然会出来。可是我并没有很想清楚这件事，因为跟墨西哥人在一起我脑子也有些晕乎乎的，直到几天后墨西哥人去上海签单，我空了下来，忽然想到咪咪可能在芜湖已经死了，难过裹着前几天不上心的愧疚一下子涌上心头，合成浓浓的一股，堵不住地冲了下来，下巴都全打湿了。痴了半天，我想到要为咪咪写一篇忏悔，贴到论坛上。这个

270

彩铃论坛是在梦天游的时候申请的域名，叫"59150"，是"我就要我铃"的意思，还加了个后缀叫"中国第一彩铃用户论坛"。梦天游在业内比较牛，所以能申请这样的域名。和覃鹤分手之后，有一段时间我每天挂在这个论坛上，粘贴各处的彩铃，自己还学写彩铃，想当传说中的专业写手。我在QQ上认识了一个"猫扑网"的编辑，他一见我的头像就大呼美女吧！总是这样，别人没看见我身高的时候总说我是美女，见了身高就撇撇嘴，不情不愿加上一个"小"字。我把写的一条现代孙悟空的彩铃传过去，他夸我有才气，替我置顶一天，晚上他下班了才替下去。他约我见面，我们见了一面，他请我吃饭，饭后却不再那么热心了。幸好那时我和墨西哥人开始聊天了。

墨西哥人是主动加我的。他长得就跟我想象中的墨西哥人一样，黑不溜秋的，普通话却说得很溜，带北京尾音。他做的生意也鬼鬼祟祟的，像他老家的咖啡豆一样引不起我的兴趣，不过他的卷发倒是蛮可爱，冲着这头卷发我答应了见面。

文章贴上去之后，有几个人叫好，赞为"古今第一祭猫文"，要看猫照片，我却忘了贴，因为正在跟墨西哥人热乎着。一直到换工作住到通州，我没有养猫。这只咪咪是在果园买的，那时丢了天极网的工作，有三个月的时间除了面试就是窝在家里上网。华联家园菜市场附近有一个宠物市场，我看见了这只猫，又大又笨，在笼子里闷着没人理。我忽然就想要下这只猫，仍然叫它咪咪，虽然它跟丢掉的咪咪差别实在太大了。

它像是遭到了一件特别不公平的事，一肚子的郁闷。它待在屋里，似乎是待在比原来大了一些的笼子里，就算打开房门，它也只是在门口看看，从来不出去。那段时间我也有点怕出去了，几次面试都失败了。我开始疑心我再也找不到一份工作。这种疑心是新近才出现的，因为上一份工作时间也特别短，试用期没完人家就不要了。

到这家公司面试回去的路上，我买下了这个小东西。笼子一提回去咪咪的眼光就不怀好意。小东西顾自跑来跑去，咪咪一副毫无兴趣的样子。实际上它一直在暗地窥伺，终于在我第三天出门的时候下了毒爪。它的心地就是这样的阴暗，脑子里藏着的那件事，就像一个超级木马软件，谁也删除不了。

那一次我毒打了它一顿，几乎想把它打死，我戴上了手套打它，它抓不破我的手。可是在最后时分我还是想到了上一只咪咪走失的事，我写的那篇忏悔因为论坛关闭已经看不到了。论坛关闭的原因是我迷上了打天龙八部，无心维护，接手的人又生孩子了。我停了手，面对刚毒打过的咪咪不知道怎么办，我打开了房门，心想它愿意的话就可以出去。咪咪没有动静。

它像往常一样进了我的房间，卧在被面上，就像我根本没有碰过它。

客厅里真的很热。这几天一直都热，到菜市场买菜都要热昏了。一路走过去，只有几棵比我高一点的行道树，它们的叶子和枝都被修得剩下了顶上一小坨，连自己都遮不住，简直不好意思把它们叫作树。不知道是谁要这么干，真该把他自己修成这样试试。娜娜和可心的房间里都是有空调的，但是咪咪的活动空间需要大一些，我就要了现在这个房间，房间里只有一个电扇。电扇开着，也能比客厅里好一些，再说看着空笼子也难受。我进了自己的屋，咪咪果然在床上，我不看它，背对着它打开了电脑。

上 QQ 严钊的头像就在抖了，我等了一下才点开，是"美眉在呢？"

我没有理他。过了一会儿他又抖了，这回语气变正经了，"我真的挺内疚。我很多次考虑过一起走下去，可是最后总是感到沮丧。"

这话他不是头一回说了。他这么说的时候我总想问：是房子的原因呢，还是我魅力值太小？心里真的是有这个疑问。那套和女友一起按揭买的房子，也算是他到北京几年的唯一成果，自从和女友闹了矛盾，他就只好搬出来，住在单位。他的这个举动还是受到了好评，姐妹们就撺掇我去勾引他，说他会"负责任"。回家远，大家

273

好多时候住在办公室，被子白天放在柜子里，晚上抱出来就打地铺。和他睡一间的男生故意走了，我被别人开玩笑地推进了他睡的那间。那是老总的办公室，有一个沙发，拉开来是沙发床。自己像是也没有想好，事情就发生了，过后他很后悔的样子，可是我们还是在一起处了。大家都把我们往一起推。他请我吃了几次饭。

"明天我请你吃饭吧？"他又说。

我不知道该不该去。吃顿饭也没什么，可是心里总是有那个疑问，又说不出来。从和覃鹤分手开始，我就有了这个疑问，为什么男的跟我在一起，总是不能完全专情，新的一来就夺过去了。那个墨西哥人，交往了两三个月，有一回我提出来能不能跟我结婚，也是半开玩笑地提的，他就跑到上海去了。如果结果就这样了，至少叫我知道原因。

我想写一点东西，可是写不出来。

我拿起电话，拨进娜娜的聊天节目。按说我每天都应该不定时地打进去听一听，算是抽查，可是那些男人实在太猥琐了。

娜娜正在给一个男人解释，什么是自慰。那男的好像一无所知似的，一遍一遍地说没听懂，"姐姐，你教我啊"，娜娜一步一步地告诉他。这男的声音像是要死了只剩下一口气，我知道他在装蔫。娜娜再说下去，他就潜在水里再也不出声了，他又是存心这样的，娜娜问他

"你怎么样，听姐姐的话了吗"，他不理，节目就冷场了。我知道他在听，还有好几个男的在听，可是他们像鳖一样潜在水里不吱声。

娜娜和可心受聘当主持人后，都培训过怎么带领话题，留着打进电话的听众，可是要想一直不冷场还是挺难的。有些男的就是打进来听一听，一动不动地潜在那里。只有少数几个发言，可是他们问的话又会太下流，不能直接回答。听着她们聊天，有时候真替她们着急。现在是免费推广期，知道号码的人就可以打进来，等到开始收费了，听众会更刁钻。

其实推广了也一个多月了，可是怎么收费还没找到办法。网通那边的合作没谈成，客户量太小。现在只是公布一个网上账号，让包月的用户把钱打进去。这样太麻烦了，到现在只有两个包月的，就是娜娜和可心各自的粉丝。可心的那个提过两回问题，属于特别嚣张型，娜娜的就是潜水式的，似乎知道自己太难看，规规矩矩潜着不露头。

推广期娜娜和可心都只拿底薪加上下半场各50元计日工资，没有提成。幸亏单位给租了这间房子，要不她们那八百块钱哪里够吃饭。当时我不愿意来干这件事，听到老总说有房子住，才同意的。老总很急切的样子，催着我招了人就往出推，没想这也不是救命稻草。

老总的心是太急了，先前的游戏业务就是这样没做

275

好。叫我负责项目推广，程序还没开发好就上线了，结果几个网友同时一玩就死机，投诉电话都打爆了。服装和装备也土得要死，一共就没几套衣裳，网友说是乡下出来混的。推广一直半死不活，最高同时在线人数不到100人，不到20天只好撤下来，倒亏了一笔钱。游戏部门撤了，严钊也就是在那个时候离开了公司。他没有地方去，住回了女朋友那里。女朋友闹了一阵别扭，也想他回去了，表面的理由是她生病了，要人照顾。住回去自然要和好了。偏生我又健健康康的，没生病。

可心到我的房间来了，站在电扇旁边说："今天真热。"

我说你不赶紧去吹空调。

没事，可心说，课堂上热过了，你这里就算凉快了。

可心上夜校的教室没有吊扇，只有讲课的老师有一个台扇。地方小，人挤着人，可心每次上完课人都湿透了又干了一道。

可心上的自学考试专升本的课程，她半年前刚刚拿到了文秘大专文凭。除了上课，她还在蒜瓣网兼职，在论坛上当枪手回帖，每回一百条帖赚二十块钱。干了一阵实在太累才辞了。

可心上完课回来，总会跟我聊一会儿，还问我些问题，都是课本上老师讲的一些知识点，她当时没有完全理解的。我也愿意给她讲一点，当是温习了一遍当时没好好学的文学史。这会她说，今天我们老师讲了学衡派，有一个人叫吴宓。

吴宓，我们西南师大的啊。

老师说，吴宓1949年后一直在你们学校教书。我就记住了。他还被鲁迅骂过的。

鲁迅，哼，他骂过的人不少。

我想到了学校里那幢老楼，颜色是暗红的，住着单身老师，我从来没有上去过。据说这就是吴宓故居。因为被鲁迅骂过，学校也不好怎么提。只知道他一直没有结婚。

在西师的时候，觉得不能忍受，怎么调配到了这么个学校，笔记本封皮上一边写着"离人心上秋"，另一边就是"耻做西师人"。现在想来，那四年时光倒是亮点。毕业之后，前两年还坚持学日语考级。到了北京之后，两次在网上报考级没报上，慢慢地就淡了。有时候觉得自己不如可心。有时又觉得她这样上进也不会有结果。

可心出去了，一会儿问我笼子怎么没见了。她每天也要逗一下小东西的。我给她说了，她很可惜的样子，进厕所去洗澡了。冲完澡她要接着娜娜聊下半场。

我在淘宝网上看我的网店销售情况，我把自己进的几件衣服都拍了照挂上去，还有两本日语书。这两本日语书我从大学带到这里，现在下决心卖掉了。

本来我想把小东西住的笼子也挂上去，只要有咪咪在，我是养不成仓鼠了。可是小东西尸骨未寒，也许魂被猫吓散了，还留在这屋里出不去。还是先不要卖了。

今天没人来逛我的店。娜娜过来跟我说，刚才那个人也上线了，还问了她几个问题，挺捧她的场的。

"你让他再请你吃饭。"

"可是他长得实在太丑了，他请我，我都吃不出味道。"娜娜说，"也不知道他是干啥的。"

二

天气不错，我从包里一件一件抖出衣服，在天桥上铺开了自己的摊子。这是个学生式样的达芙妮包，衣服不拿出来的话，谁也不知道我是摆摊的。我的摊子挨着一个卖指甲刀的，他的报纸上摆着各式各样的指甲刀，在这里已经很久了。

这是我从西直门的服装批发市场买来的，我决心网上和现实中双管齐下。为这个我的 MSN 名字还挂了一段"妙龄女郎夏装，20 元一件"。我在网店里卖出的唯一一件是弟弟买的，我央求他替姐姐开张，他说我没有女朋友，买来干什么。我说留着等你将来有女朋友。他说好吧，可是他不耐烦给账号里打钱，说你来看我一手交钱一手交货。后来我带着衣服去看他，他拿着那件衣服看来看去，请我在十三食堂吃了一顿饭，算是抵了衣服款。

我这个位置以前有人卖衣服，是一个老太太，她卖的所有衣服都颜色陈旧，简直疑心是死人身上扒下来的，和她自己一样不带颜色。从来不见她卖出去一件，甚至就没有人停下来拈一拈摸一摸。可她还是在卖。我就是看到这老太太的摊子，心想我也可以卖。虽说第一次半蹲着铺开报纸，从书包里掏出衣服的时候还是忐忑。因为这个动作完成、衣服铺开在地面上之前，别人会疑心我在做什么，我并不像一个适合卖衣服的人，就像一些学生模样带着挎包的女孩在天桥上乞讨，地上写着几行粉笔字，你看了粉笔字才知道她的意思。不过当衣服铺开了也就无所谓了，虽然是小小的一个摊子。我只需要站着，不用说什么话。我这样站着也比过路人稍矮一点，这样他们有意的话只需俯视我就行。我的衣服的颜色无论如何比那老太婆鲜亮一些。不知为何她今天没有来，想问一下卖指甲刀的，又没有问出来。我有点佩服他报纸上有那么多样式的指甲刀，显得很丰富的样子，似乎每一种样式都是只有一把。

"几个上访的人，跟我一起住地下室的，昨晚上警察来弄走了。"卖指甲刀的忽然说。

他坐在报纸上，修自己的指甲，并没有朝着我，但附近又没别人。我没有搭言。他又说："都是安徽人。"

莫非他看出我是安徽人。但是我身上并没有什么地方显出是安徽人。也许他自己是安徽人，算是我的老乡。他身上是一件还算整齐的衬衫，原来说不定还打领带，这么看下去领口已经脏了；他的手比较大，当然我看别人的手都比较大，手背上有瘦长的筋，没有多长的手指甲。可以说一点多余的手指甲也没有，我想他一定是经常拿着指甲刀在修自己的指甲，其实已经没什么可修的，以后我果然看到他在等人卖货的时候修指甲，这也算是招徕生意吧。虽然他没有多余的手指甲，指甲背却是乌乌的，一点光泽也没有，这不知怎么使我信了他住在地下室。我没有住过地下室。可心刚到北京时住过。她说那里面路拐来拐去的，走不到头，不知道到了什么地方去，晚上起来上厕所会害怕。这会儿我站在这个住地下室的男人旁边，虽然我蹲在这里不久，他却对我很近乎的样子。我忽然想到，将来我也许会住地下室。这个想法让我身上一阵发冷。

早上我到单位，打卡迟到了半分钟，被记了一次。负责考勤的秘书刘莹对我扬了扬眉毛，似乎这件事让她爽心。

刚开始到公司的时候，游戏业务正在拓展市场，我印了一盒经理的名片，跟着吴总在外头谈业务。吴总的办公室空着，刘莹只能整理整理文件。后来游戏业务失败了，我变成了这个聊天项目的经理，一星期只到办公室三次。

自从游戏业务部取消，跟我玩得好的几个同事一同走了，剩下的搞软件开发的人我都不熟，感觉自己不太像是这单位的人了。

吴总把我叫去，问听众有没有增加，包月的用户有几个了。他现在坐在办公室高背皮椅上的时间多了，不过见到他的时候他总是沉着脸，不是我刚来时的样子。据说现在IT业的高潮已经过去，传说中的彩铃写手都失业了，软件工程师睡在中关村大街上。上次撤销游戏业务部的时候，和严钊一起的另一个工程师说，他到一个同学家去住，先打两个月魔兽，把剑神练到80级，再找下一份工作。为了开发程序，他的剑神升级耽误了。

中午严钊请我吃饭，我觉得是最后的免费午餐。他说，他找到新工作了。我说恭喜，我感觉自己快下岗了。他沉默了一会儿，又解释了一番不能离开女朋友的原因，他女友的病是慢性的，很重。想起来以前她对他的好，他不能不管她。他回去照顾了她几天，难怪那几天他不到我那里住，打电话他支吾说在哥们处。他很痛苦，想了很多，还是觉得应该跟她在一起。

"你跟她睡在一张床上了吧？"

我这么问，是想起来他在我家睡的情形。女人都喜欢被人抱，何况是在生病。即使现在，我也不拒绝严钊来抱我，虽然在心里，我其实已经把这个男人推到很远的位置，比他把我推开得还要远。我被他抱着，就像因纽特人穿着棉衣待在冰块堆成的房子里面，我的心里也是冰。暖和的只是那一层棉衣罢了。我问他那句话，只是一种没有什么热度的好奇心。可是严钊却显出不安的样子。他忸怩了一下，脸色很难看地说，她晚上打摆子，希望他抱着她，他只好去抱着她了，不过直到现在，他们并没有做什么。

我不知道他说的是不是真的，不过我说，跟我没关系，你们是在你们的房子里。

这套合买的房子正是他摆脱不了女朋友的原因，虽然他不说。我的合租房子里的一张大床留不住他，也留不住我自己。

从离开西师那间宿舍开始，我曾经躺在多少张不属于自己的床上，想起来会让人猛吃一惊。小时候我择床，从母亲那头换到脚头就会哭。后来有了弟弟，我换到脚头的时候就不哭了。到县城上学的第一晚，架子硬板床硌得背痛，想念家里大床的草味儿。现在我的背已经失去了感觉，什么床在下面都是一样的，自己只是带着两条床单。有时候想到那个豌豆上的公主，想到她的背在别人家垫了十几层被子的床上被硌痛了，真是万分羡慕。只有回家能在大床的草味儿里求索一下以往的感觉了。我总是把口鼻隔着床单埋进草气里，就像一只养在家里

282

的猫。

　　当然有无数人这样说过了，不能在一个你已经放弃的人面前流眼泪。但是我还是哭了，因为想到了房子。

　　没想到严钊说，明天是情人节了。我吃了一惊，因为这件事被我全忘掉了。看来这两天我是晕的。

　　严钊说，送你一个礼物。

　　他拿出了一个包，都不知道他从哪里拿出来的。这是一个达芙妮的包，粉色的，看来他还是知道我的喜好。我不想收下他的什么东西，何况是情人节的名义。但是我喜欢这个包的粉色。我想把它斜挎着，这样像是小时候一早去上学，呼吸清新的气息。

　　我接下了这个包，手指是湿的，包带子被打湿的地方，颜色深了一点点。

　　上周末我卖掉了一件 T 恤。一个女人过桥，忽然蹲在我面前了，我心里挺激动的，简直想开口感谢她，可是她只是特别沉着地翻看衣服，一点也看不出这几件衣服让她有一点兴趣。我报价钱只敢留了 5 块钱的赚头，可是她肯给的就是我的成本价。她似乎看出我的衣服一直压在手里，一分也不肯添，却也不走，最后我只好卖给了她，我想起了林家铺子的老板卖一元货的情形。这次过衣服看来是太失败了，当时想的是卖不掉就留给自己穿，现在看来也穿不过来。我卖东西这是最赔的一次，简直可以说把以前赚的都赔进去了。

　　大学毕业时候卖过书，冬天我卖掉过一件羽绒服，是一个朋友买的，还卖掉几斤毛尖茶，就是爸爸妈妈在自家屋后的茶园里采的，又拿那口铁锅炒出来。这口饭锅还用来烧洗澡水。我在这边联系好了买家，爸妈那边就寄过来。从这件事我觉得自己还是能做生意的，只是做不了大生意，当不好经理。经理要能喝酒能聊，吴总希望我见了那些网通公司的人能这样，他叫作"场面"，可是我只能喝小半杯啤酒，又说不了台面上的话。吴总说，他感觉自己不是带经理去谈生意，是带着女儿去走人家了。

　　我这么有些出神的时候，身边卖指甲钳的男人喊了一声："城管！"

　　我睁眼见他正在收他的摊子，动作难以想象地快。我什么也不能想了，赶紧蹲下去收自己的摊子，往挎包里塞。他比我收得快，因为是把报纸卷起来，连指甲钳一同塞进皮包里了，这样他站起身跑的时候，我还有两件衣服没塞进去。我觉得他回头看了我一眼。我也塞好了衣服，立刻朝他跑的方向奔去，在依旧过桥的行人中显得很奇怪，就像有一种龙卷风，专门在人群中拣着刮过了我们。我以前目睹过这种情形，现在自己被风刮了。我根本没看见城管在哪里，如果城管从这边桥头上来的话，我都可能一头撞到他们怀里。幸亏我跑了一截没有撞上城管，正好到了公交车站，就直接搭车回家了。公交车开了，心里才觉得安全，虽然车上的人还是可能注意到我捂着的挎包。我向着车门站着，仍旧没有看见城管的车子，但那卖指甲钳的人显然不会骗我。因为那阵风刮过了天桥上下的很多人。也许我跑慢几步就被收缴了。

回到家里。吴总在娜娜房间里，看着她聊天。

他走出来看了我一眼，盯着我手里的鼓囊囊的挎包。其实我白天上过班了，晚上不过尽义务。

他看我的眼神里有种特别的东西，似乎是看着一桩让他为难的事情。自从我给娜娜和可心示范过一次，他一直希望我聊天。可是我的职务是经理。游戏业务部没裁撤的时候，我还有名片。当时他给我们三个人一起租房子的时候，我还觉得走运，现在却感到他别有用心。

我走进了自己的房间，咪咪在被子上，自从把小东西弄死，它在客厅里也就没什么乐趣了。它正在换毛，我往床上一坐就沾了几根猫毛，像是坐在一床往出钻毛的羽绒被上，有一种绵软的感觉。我的羽绒服就是这样的，牌子是波司登，价钱只要一百多，刚穿上就一层层地往出钻毛，衣服上像是有星星点点的小针眼。在办公室，我总疑心我走过的地面上掉了毛，尤其是到老总办公室里去说事情，刘莹老是在那里，我一进去她就盯着我站着的地下看，我转身出门还知道她盯着我身后的地面。我和刘莹就是羽绒服结的怨。我当时买了两件，转给她一件，加了十块钱，她发现掉毛之后告诉了我，我请她吃了一次涮涮锅。吃涮涮锅的时候，我们两个都穿着掉毛的羽绒服去的，吃着热出了大汗，她一边脱一边对我说这羽绒服有多么掉毛，"你看毛都飞到锅里去了。"我一直没脱羽绒服，担心真的有毛飞到锅里去。涮涮锅花了70块钱，是我赚她的钱的七倍。吃完这顿涮涮锅，她再也没穿过那件羽绒服，我们像谁也不认识谁，遇见了都不打招呼。

这件毛衣是覃鹤在重庆给我买的，有些长了，当时他说，等我长高点就能穿。可是我知道我早就不长了，虽然脸像是离长大还早的样子。这么几年过去，它没有怎么缩水，我穿着还是长。不仅如此，我还疑心自己的身高在缩短。回家的时候，我看着妈妈缩下去，越来越矮。爸爸也跟着她缩。除夕一家人围着桌子像小人国。只有弟弟倒真的长了一点，他像是留着一点身高不长，一直到了今天才拿出来，故意气人。

和严钊交往之前，我上了交友网站，参加相亲，那人约在肯德基里等我。我走到他面前了他似乎还没看见我。我坐到他对面的座位上，他第一眼看我眼里露出诧异的表情，就像这事情当中有什么错误，又错得出乎意料。我熟悉这种眼神。我讨厌这种眼神。

286

吴总敲了敲我的门，他在等我出去，并不进来。我出去了，他坐在沙发上，说他今天还在督促技术部的人，如何开发加密软件，让包月用户能够通过输入密码进入聊天室。网通那边，也还在争取，以后流量到了一定程度，就可以收费分成。所以这项业务并没有失败，你们一定要在试用期吸引尽可能多的用户。

　　我说现在的用户量还可以，已经有两个包月的了。

　　娜娜和可心她们不行，吴总说。今天我听了一下，还是不吸引人，没有趣味性，只是黄色。

　　这样下去，公安局就要来打击我们了。吴总说。你要多教教她们。

　　我一直在教她们，增加知识性。我说。其实她们聊得不错。

　　还是要你多聊，给她们示范。吴总说。他又把这个要求提出来了。好像我是他的救命稻草，公司和他的命运就委托在我的身上。这让我有些不舒服，可是也有一种知遇的感觉，我跟他走进了娜娜的房间。

　　娜娜在和人聊西门庆和潘金莲，那人说他看过房中术，问什么叫"九浅一深"，娜娜就答不上来，只能支吾。我戴上了耳机，接过电话说，这么儿科的问题，你不好意思在这提出来吧。在网上百度吧。他说听你的声音是小妹妹啊，这么强，大姐，你背房中术的招式给我听听吧。我就按照读书的记忆，一样一样地背，背了20

287

多样。我说够了，再背你们也记不住。一个听众说姐姐你真强。给我们讲讲燕尾式吧。

我说你们没见过燕子交尾吗？燕子交尾不是在窝里，是在空中，不需要床的。他们的姿势，就和蜻蜓一样，只是蜻蜓交尾很凶残，会受伤。燕子是轻描淡写式的，很恩爱，所以古代人把男女欢爱叫于飞之乐，这实际上是从燕燕于飞这句成语里来的，你们听过燕燕于飞吗？一个男人说服了，姐姐你真行，你怎么很少聊，应该是你经常聊啊。这个男人的声音很蔫，是京片子，我在想他是不是想请可心吃饭的那个人。我说要我常来聊，你听不起。

我这句话吴总有点不高兴，他看了我一眼，想说什么，可眼下他不能出声。我又聊了一段，娜娜在旁边用心听着，吴总则到可心的房间里去了，他是在拿那边的电话打进来，和用户一起听我聊天。我把话筒递给娜娜。她试着照我的方式聊，可是那几个用户老是在问，刚才的妹妹怎么不聊了，她就有点为难地望着我，我并没有再拿起听筒。吴总过来了，喊我到客厅里。

你看，听众确实喜欢你聊啊。眼下是推广时期——

可是推广期过了又怎么样，你还是招不到能力很强又愿意聊天的人。我到公司来不是来聊天的。

你放不下你的大学生身份。吴总说。都是公司的业务。

我冷笑了一声。我还有什么放不下的。我一个小本科生，楼上掉下个烟灰缸能砸死几个。

吴总不说话。

我就是不喜欢那些男人。臭男人。我说。一听到他们的声音我就起鸡皮疙瘩。

也许我是一个挑剔的人吧。我的星座是处女。刚搬到中关村那阵，我的论坛上来了一个小男生，喜欢上了我，他知道了我的住处，从此常一个人来站在院子里，就在那株桃树底下。我在房间里的时候把窗帘拉上，只有到厨房的时候他能看见我。他在那里会站上一个下午，落下的桃花堆在了他的肩上，可是一直到桃花落尽，我都没有拉开过窗帘。我觉得他的学校不好，是江苏北边一个什么煤炭院校，虽然他看上去并不像开煤炭的。我想哪怕他是纺织学院的也好。我们家乡没有煤矿，可是有缫丝厂，从小家里就养蚕。

大约越是挑剔，越是粘上讨厌的事。高中我闹了场早恋，我们总是在学校后的茶园里留下卫生纸。我觉得那些用过了的卫生纸黏在我脚下，一路踩进了教室和宿舍，一直也没甩脱。

三

上班的地铁里我看到有人手里拿着花。刘莹的桌子上已经收到了一大束玫瑰，香气充满了整个办公套房。别人也可能收到花。我们家里三个人一朵花都没有收到。

上 QQ 碰到了好久不联系的同学小莉，她问我收到花没有。

没有。你呢？

小莉说她收到了 27 朵玫瑰——跟她年龄一样多，不过不是她喜欢的那人送的。喜欢的人这两天去香港了。

你真走运，有喜欢自己的人，还有自己喜欢的人。

有什么好，这两个人又不是一个。

你们经常去香港啊？

是啊，深港两地的公安要合作。

上一次聊天，小莉告诉我她评了警衔，工资涨了，每月有 7000 多，不算年终的补助，她第一次有了种满足感。那以前有一次，我们在电话里声讨覃鹤，连带控诉了一番在西师的日子，可是我们无力控诉的声调变得软弱，甚至像是怀念。再以前的一次，她在电话里对我哭诉训练吃不消，整天穿着警服在操场上跑步和正步，从脖子到尾骨热起了痱子，"爸爸干吗把我送到这么个地方。"而她的工资比我要低一千块。小莉的工资第一次超过我是在一年半之前，那以后我的工资一直往下走，上一次听到她提薪消息的时候我已经没有了感觉。并且我对工资数目本身也似乎失去了感觉，想起一年前我是如此坚持，以至离开梦天游去天极网，又从天极网跳到一家小公司，就为了我给自己设定的目标是毕业第三年工资数目一定要达到4000。没想到我在那家小公司只拿了三个月工资。

以前，我还有其他一些坚持的目标，比如日语要考过几级，第一年应该存够1万块钱，第三年要存够4万，给家里支援一万还债，要办中国第一个彩铃网站，等等。毕业后的一年里，我的枕头边一直是一本日文书，一直到在果园的时候。后来这些目标无形中都消失了，甚至我发现家里并不真正需要我的钱还债，弟弟的学费自有人资助，因为他是清华的，和我这个被调配到西师的人不一样。

也许，在大学里我就该想到，这些坚持是没有意义的。虽然我用功看书，政治和教育学却因为一顿饭的差异和宿舍其他人一样没及格。每天早上我起床连带喊醒小莉，只要没有课她会在床上再赖半个钟头。我在第一学年拿了全额奖学金，日语过了三级，普通话测评中得了五颗星，小莉只有三颗，什么奖励也没得过。但是小莉毕业之前消失了一个周，后来说是跟父亲去了北京，分配的时候她就到了深圳公安局，而我只是进了覃鹤帮我联系的一家在重庆的广告公司。那时候我有点感到，小莉和我不一样，我们的距离将越来越远，果然我们联系的间隔也越来越久，以至于她现在究竟喜欢的人是谁我也想不起来了，也许是她们刑警队的那个副队长。我也不知道跟她说什么。说是一个有女朋友的男人离开了我吗？

人家没送你一盆墨西哥仙人掌啥的？

她以为我还在和墨西哥人好。我却有点想不起这个人了。要不是前一段他和我联系，我都把他忘光了。他从上海打电话给我，问我要不要挣外快。

当然要。我说，只要能挣高薪。

他的公司在参与举办一个大型商品交易会，会上要有两个卡通人，穿着充气衣服站在展台旁和观众互动。一天的报酬是 400 块，一共三天。

我很兴奋。一天 400，我从来没挣过这么高的日薪。我准备去了。

可是他接着说，车票和住宿费用要我自理。就算我来回都搭晚上的火车，车票和两天的住宿加在一起也落不了多少钱了。这样一算，自然泄气了。

如果你在上海就好了。他惋惜地说。

是啊。我说。

其实你挺好的。他忽然带着一丝歉疚的语气说，夹在他的墨西哥胡同口音里有些奇怪。可惜我还没玩够。

我无言。

毕竟是情人节，看来总是要和平时不一样。中午覃鹤在网上和我打招呼了。他竟然回北京大半年了。我们分手后他去了上海，从此行踪不定。

你情人节有没有人陪。

没有。

我来看你吧。

傍晚，我们在果园吃了饭，坐地铁到梨园站下，到我住的地方。

覃鹤的头发比以往更少了，前额只剩下一撮。我在小说里给他取的这个名字更适合他了。

我从来没有把这个故事写好过，也没有写完。写到覃鹤认识我之后就写不下去了，倒是覃鹤自己的那些事情更顺溜一些。

覃鹤告诉我，他离婚了，却又和女友分手了，到北京后一直一个人。

我们下了地铁，沿着竖着广告牌的路边走，广告牌下面有一溜花圃，落了厚厚的灰，稀稀开着的几朵刺花失去了颜色。

它们是有点刺，可是它们已经落了厚厚的灰了，一点不蜇人。人们不愿意伸手摸一下它们，它们的刺也就蒙在尘下，刺自己。

我们一直走了大半站到我住的小区。覃鹤说这算梨园吗？你还不如坐到临河里下。

我试过，从那边更远。

你们老板真能找地方，这样的地方也被他租到了。

要不他舍得租吗？

覃鹤请我吃了麻辣香锅，里面还有半只螃蟹。两年之前，他请我和来北京的妈妈一起吃过螃蟹。

螃蟹有几种，我们点的是九十九一锅的，就是螃蟹切开了连着腿的肉坨子，肉坨子感觉比我上次要的五十九的足些。妈妈吃得挺开心，过后说，要不你就嫁给覃鹤算了。此前她一直没松过这个口。我心里暗笑，她不知道我和覃鹤已经分了。

就像现在，要是弟弟知道我和覃鹤正一块到我的住处去，一定会号称他立刻就要疯了。得知覃鹤和我分手，他提到覃鹤只用两个字"畜生"，并且发誓再也不看覃鹤干过活的报纸了，以前这是他的最爱。其实那张报纸也跟原来完全不一样了。听覃鹤说，他们所有的骨干都离开了那家报社。他就是在那以后去了上海。

下午的阳光远远地射过来，照着我的窗户有些虚幻。我的房间处在这样的光线下，包括我和覃鹤。覃鹤一坐，一些猫毛就飞了起来。他拿起我枕头边的一本散文诗集，嘴角似乎是笑了一下。噢，日语换成鲁迅了。我不看日语了，就买了本鲁迅。你给我推荐本好书啊。覃鹤仰着头想了想，说看看萧红？他语气显得犹豫。

覃鹤坐到了我的电脑前面，拿起那一叠碟片翻看。

这一叠碟片是严钊留下的，主要是色情片和灾难片两类，还有两张贞子的恐怖片，是墨西哥人留下的。墨西哥人去上海以后，就没人陪我看了。覃鹤好像找到了要的东西，但是他看了一会儿就放下了，让我上网。

一开 QQ 就看见了阮芙蓉。莫非这个时候人们都凑到网上了。原来她这段时间又跑到了杭州打工，和男朋友约好今天上网聊。

有人陪你过吗？她问。

有。

谁？

覃鹤。

她啊了一下，我好像看见了她的表情。

你们好了？？？

没有好。

她打出一个长长的省略号。

阮芙蓉见过覃鹤一次，那次到北京来，和一个表弟一起。那时她刚从东莞回来，家里人想让她进缫丝厂，早点结婚，她不大情愿，说进厂之前要来北京玩一趟。那个表弟说是到北京找工作。我到火车站去接他们，覃鹤来送相机。

我们站在有很多大巴的车站，那地方不知道为什么有那么多的大巴，人在当中心里很慌。我想让那个表弟到覃鹤那里去住，我喊覃鹤来就是这个原因。可是覃鹤坚决不愿意。他说，表弟可以去住地下室。既然是来找工作，要做长久打算。

我恍然觉得覃鹤的坚持有点道理，可是当时我就是没有办法。最后我把阮芙蓉和表弟一起带到了我那里，那个弟弟最终还是没有住地下室，我们三个挤在我的房间里。进去的时候房东已经睡了，或许他们醒了，事情都知道，但是没有出声。我和阮芙蓉睡床上，那个表弟睡地下，我并不习惯，可是阮芙蓉他们就是要这样。第二天早上起来，房东看到了我们三个人，我生怕他们说什么，却又盼着他们说点什么，这样那表弟就得找地方，可是房东老两口并没说什么，阮芙蓉却和她表弟一样，高高兴兴地出门了。说是去找工作，就是我领着在海淀劳务市场转了一下，看了看就出来了，阮芙蓉又去逛商店。

当天就这么耗了一天，我走得累死了。第二天是周日，没有理由不陪，反正是一天要在外面，只能很晚回去直接睡觉。白天却没有找工作，先是去颐和园玩，门票贵了没进去，绕着围墙走了一通。傍晚我们跟表弟去海龙大厦西边那块，找他一个在理想大厦工地上干油漆匠的同乡。

那地方有好几个工地，都有围墙，我们一时没找到地方，后来走到一处围墙外面，里面流出一大股臭水，知道里面有人住，从旁边一个大豁口进去，一排两层的活动板房，住着建房子的人，都是一身汗味，坐在被褥衣物凌乱的床上，抽着很呛人的烟。一听安徽的口音，知道就是这里了，问了人说那同学出去了，没走远，在南边的夜市上理发，就在街边上。我们顺着指的走过去，过了两条街看到一个人挤人的地方，天已经黑了，几盏灯泡照得亮亮的，来往的人都是民工，有理发的、打公用电话的、卖小吃、卖军用品解放鞋和裤子的、放 VCD的，都在路边上，没有店铺，原来是附近几个工地发展出来的。表弟的同学坐在路边理发，一大团头发被人从头顶推下来，这大团头发落下来之后我们才认出了他。

　　理完了发我们一起回去，同学走在我前边，身上有一股油漆味儿，他的裤子辨不出颜色了。我们坐在二层的架子床上，我有点担心这几个人会叫板房垮下来。同学说他们每天旦上八点干，晚上六点半下班，因为晚上不让施工了。这样挣的钱就不多，只有一千来块。周末也不让施工，没挣到钱不能进城去，就待着看电视，或者打牌，打牌也不敢打大的，五毛钱底的诈金花。他到这里快一年，除了吃住，也没存下多少钱。表弟问油漆工好玩吧，同学说比其他活路好玩些，就是气味冲人，他的鼻子现在辨不出香臭，臭豆腐都闻不出来，吃哪里的菜感觉都差不多。他想回去，把鼻子养一养，他妈听他说鼻子闻不出臭了，说，这是大事。"不过北京要开奥运会了，我想等到奥运会之后，奥运会的时候到天安门广场去看看，听说那时候天安门要放焰火，跟卫星上天一样的。"

回来的路上，表弟就说他不想在北京找工作了，就是走之前想去天安门看看，照个相。

我带着他们去天安门。

到了广场上想到，自从上一次陪妈逛，自己再也没来过。这地方像是根本不存在，有时坐车路过，都不会注意到穿过车道两侧的人。以前和覃鹤在一起，还逛过北大清华，还有北边的几个园子。后来到了通州，每天花在车上的时间要三个小时，周末只想睡觉。再在北京待下去，我认识的地方不会增多，倒是会越来越少。

去天安门是下班了才去的，天要黑了，看着阮芙蓉他们在纪念碑底下拍照，自己就觉得奇怪，为什么到了这地方，跟这里有什么关系，也许所有的人都有关系，只是我没有。也许都和这里没有关系，还要到这里来，这更叫人心里说不出地发紧。

阮芙蓉抱怨说，她那个男朋友今天来看她，提出结婚的事，说他爹妈着急了，她一听就烦，把他骂走了。她总觉得不合适。

我说你千万莫折腾了，你就是运气太好了，不知足。

覃鹤坐在床上看书。他算是我今天的好运气吗？

今天我在地铁里给了卖唱的一块钱，因为我想起来今天是情人节，最好走运一点。

每次我都是要办什么事了，希望走点运气，就会想到应该施舍一下。覃鹤笑我说这是现货交易。

可谁来施舍我呢？

客厅里有响动，可心回来了。

她到我门口看了一眼，我跟她介绍了覃鹤。她笑了一下，大约有什么话想说又没说的样子，回了自己房间。过一会儿我例行公事地拿起电话拨进去，听听她聊的情况，覃鹤感兴趣地要听，我就给了他电话。他以前听我说过一点。

他听了一会儿，放下电话说，公安局不会封你们？

我说我们小，公安局封不到我们头上。这种很多的。

你们做大了就要来封了。不能老干这个。

覃鹤忽然变得正经起来，一副担心的样子。

你自己更不能聊。他又说。

老板就是想让我聊。

你一定不能聊。

过了一会儿他说，你要想想你是大学毕业生。

现在我似乎很少想到这个，以前瞧不起上的大学，这么一说我还是有这么一种身份的。有种奇怪的感觉。

覃鹤一只手撑到床上，拿起手上粘的猫毛。

我也坐到床上。咪咪看到新来了人，在被子上面蹓来蹓去，唯恐失去自己的地位，最后在两人之间被子的凹处安顿下来。

这情景和在重庆西师有点相似，当时阿杜在我们的床脚，总是跳不上来。在维护自己的地位上，咪咪比阿杜要强势得多。它从来不肯在另外的地方睡，这一段换掉的毛有一大半留在了床上。

床上好像多铺了两层，有一种软和的感觉。

我让覃鹤搂着我，他有点僵。这和他以前的为人不大一样。

覃鹤从背后搂着我，我感到他的身上有一些东西可能是老去了。但手还是很柔软，有一种温柔的感觉。有人搂着我，我就感觉睡意上来了。迷迷糊糊地覃鹤对我说，你应该回老家。

我疑问地嗯了一声。覃鹤说，这两年正在招考教师，你可以回去当个教师。

我真的还没想过这个。春节见到班主任，还真的提到，宣城在招考教师。我如果回去，至少能到重点中学，也算是个鸡首。

班主任说，她一直在班上讲我和弟弟的故事，说我们现在都走出了四合镇，在北京工作。教导学生们要努力，考上大学，改变命运。我一听就急了。

"再别讲我的什么故事了。一点儿都不是你想的样子。"

春节回去坐席，还见到了阮芙蓉缫丝厂的厂长。他是我们一个队上的，小时候他不肯上学，到处收茧壳，爸妈都说他是半吊子，教育我们就说看他的样子。可是他成了我们家乡的头号能人，妈妈喂的蚕子都是卖给他的厂。他半开玩笑半认真地说，你回来给我当文秘吧，算是我公司的第一个正规大学生。

你这么不是办法。再过两年，年纪大了。覃鹤说。

我迷迷糊糊的，一下想不清楚，为了不想这个问题，就问他现在的情况。覃鹤说他是一个人，住在宣武门地铁旁边。

你让我住到你那里嘛。我做你女朋友。

那是单位租的，过几天就有人来打扫卫生，不方便。

你包我嘛。

我忽然想到这个词，是因为阮芙蓉刚在网上跟我说，缫丝厂的厂长记挂我，还托她跟我打招呼。

其实阮芙蓉不知道，春节过后不久，厂长到北京来过一次，谈什么生意，他的生意做到北京来了。他请我吃了一顿饭，问我愿不愿意回去，他可以包养我，每个月给我两千块钱。他这样说的时候我并没有特别奇怪的感觉，就是觉得他太老了，比我大 15 岁。

包不起啊，覃鹤说。

又不贵，一个月两千块就行嘛。够我吃饭住房子的。

覃鹤想了一下说，他到这里工资不高，出不了这么多钱。新单位的钱比原来低得多。我说你干吗到这单位。覃鹤说是图时间轻省。

身后有个人很暖和，我要睡着了。覃鹤却离了床坐到电脑前。

我希望他还搂着我，但是他说一直睡得迟。这样也行，房间里总算有个人，像在家里一样，比没有人好。咪咪似乎也习惯了覃鹤，已经发出了呼噜。我很快就睡着了。

我没让覃鹤关灯。关了灯，就又像是我一个人在屋里了。我像是做了个梦，待在一个不是很深的草地里，就是县城中学后面的地，又像是在茶山上，晒太阳。我睡在草丛里，太阳慢慢地照进来把我弄醒了。我看到覃鹤在看一部三级片，是什么我也不清楚，我随便挑着看过两部，总觉得那些男的光身子很丑陋，特别是那个徐锦江，光着头一身的毛。没有一个帅哥，看来帅哥不会来演三级片。严钊也看三级片，我不明白他们对三级片的爱好，据说还有毛片。我喜欢看恐怖片，可是看恐怖片我实在太害怕了，一定要有人搂着，最好帮我遮着眼睛，让我从指缝里偷看，往往一部片子完了我其实什么也没看到。在大学里，每次我和晓莉一起看，她像个男人一样帮我遮眼睛。那时候看的就是贞子，跟和墨西哥人看的一样，可是到现在也没看完贞子的情节。

覃鹤端端正正地坐着，就像在看一部什么教材。他好象背上有眼睛，知道我醒了，回头望我。也许是因为他的背薄。我闭上了眼睛，也可以说就在这时候我又躺在睡意的草丛里了。覃鹤是一个相信自己感觉的人，他走到床边拉灭了灯。

不知多久，我又醒了一次，感觉是被人从白天的草地里移到了晚上的院子，院地上铺了一层稻草，有人在我身边轻轻动作。是覃鹤在我身边，他不知什么时候上床的。被子上的猫也轻轻地颠。我不知道他在干什么，但他忽然停了下来，安静地躺着，再也不出声。他的一直局促着的身体似乎打开了一点。

我忽然明白，他刚才在手淫。

心里有点软软的感觉，或许不该对他那么计较。可是覃鹤已经自慰过了，我的心从上次和他分手以来，又稍稍硬了一点。

四

早上我需要去公司开会。覃鹤本来可以继续睡一会儿，但他还是跟我一起起床，我们在地铁里分手了。

吴总在会上说，最近公司的效益不好，有些拓展业务一直做不起来。他说这些的时候望了我一下。散会后吴总把我叫到办公室，刘莹又得意扬扬地看着我，把吴总桌面上什么东西摆好了，才关上了门，关门的动作也像是得意的，像是她知道了吴总要对我说什么。吴总说，我们这个聊天业务准备撤销，娜娜和可心她们都要辞退。

他仍旧看着我，我觉得他有一句话没说，又在等我说一句话。我想到了覃鹤的话。心里忽然有一股反感，不可能靠我撑起这个业务，毕竟是和网通公司没谈好的原因。我觉得我已经站起身来走出去了，虽然我其实还坐着。吴总不再说话了，他让我先不要告诉娜娜和可心。

回到家里，有一股肉香，可心把排骨炖上了，她买了两个玉米回来，要我煲汤。切玉米的事她们也让我干，说我手小，切的坨子秀气。我的手小，切起来也费力，可心里还是舒服的。我切玉米的时候可心站在我身边，看来是昨天的话忍在心里，忍了一会儿还是说出来了，她昨天是去见了以前的男朋友，要求他给分手补偿费。

可心和他谈了四年朋友，他先到北京来了，说是找好了地方叫她，一来就没有下文。可心打听到他在北京做生意赚了钱，从贵州到北京来找他。可是他已经新谈了女朋友，这是第一次见到他。

"我要十万元，可是他只肯给一万。我坚持，他就降到五千，还说不要拉倒，一分没有。我很生气，就走了。"

可心说，她现在又有点后悔走掉，毕竟五千也是钱。

看他那样子，确实再也不会见她了。

我揭开钢筋锅盖子，沸腾的灰白的水翻腾着，觉得炖的排骨实在香。我把切开的玉米一坨坨丢进钢筋锅里。可心不说话了，我看看她，她的脸上有一种可惜又不像是可惜的神情，就像是遇到了一件很怪的自己也不相信的事情。

从十万到五千，确实有点怪，就像在天桥上卖一件T恤，我喊六十，人家还我五块钱。那件衣服是六块钱进来的，我想了想没有卖。后来我也有点后悔，因为那是唯一的一次我可能卖出的一件衣服，除了刘莹那件。不过运气还算好，前几天我以成本价卖出了这件衣服，算起来还赚了一块。

以前我听到可心的事情，为她难过，就像我到北京来，进了网游公司，表面上说是喜欢，其实是找覃鹤，他却另有新欢了。

我舀了玉米浓汤给可心，舀汤之前自己伸出舌头，在铝勺里舔了一嘴。实在太香了。我把早上的事都忘了。咪咪凑到了我脚下，伸出舌头喵喵地叫了起来，像仰望一座高楼大厦。我喜欢这种感觉，对于她来说我真的是太高了。

虽然她吃了小东西，过错也过去两天了。我挑了一块骨头给它，它一边吃着还一边发出喵呜声，这份幸福让它有些承受不住。

305

吃完饭忽然想到那个卖指甲钳的安徽人。我已经有一个多周不去卖衣服，再迟换季就过去了，这些衣服真的只有自己穿了。我用书包装了几件衣服，装得也不多，到天桥上看准了老地方还在，才毫无预兆地蹲下去，抖出五六件衣服来。

卖指甲钳的人还在。他还在修他的指甲，一看见我就抬头说，这几天我一直在想你怎么没来，担心你那天被他们抓住了。

他说，卖衣服的老太太被人看见死了，硬在家里了，上门查水表的人看见的。

这天天桥上的人不多，也许是因为附近施工，修奥运专线。嗡嗡传来的声音叫我心里有点躁，行人也不愿意停下来。摆了一会儿他就说，不摆了，看你也卖不出去啥子，我请你吃饭吧。

我就跟着他，到了一家重庆美食。他问我喜欢吃啥子盖饭，我说宫保鸡丁。他给自己也点了一个，又要了一瓶啤酒。他不问我喝不喝，给我倒了一点，他自己倒上了喝起来，讲他以往的事。

他是宣城人，原来是做水产生意的，因为卖河豚给餐馆，餐馆吃饭的几个人中毒了，连带要抓他，他就跑到广州去了。在广州进了一家公司，这个公司很奇怪，租的房子不住，要半夜拉出去睡在收过的稻田上，蜻蜓一层层来回地擦耳朵。白天也不做生意，光上课，后来晓得是搞传销。让他打电话问亲戚要钱，他说自己有案底，一打电话就引来公安，他们怕了才放了他。躺在火车站地面的报纸上他想起了一个同乡，听说是做劳务生意，就去找这个人。这个人手里过的原来都是女孩子，隔几天就从贵州那边来的人手里接一批女孩子过来，来了先集中在一套房子里，让人看着，有招工的老板来看，再把人领走，他就和其他两个人一起看管这些女孩子，管住，工资一月1500元。

这些女孩子都有些害怕，他觉得她们人生地不熟，比较可怜，就跟她们搭话，问她们家乡的情况，叫她们放心。可是有一条，女孩子的手机要没收，不准上街。

他看的这拨女孩子，时间比较久，头两拨老板来看过人之后，剩的女孩子变得慌张起来，不敢和他们搭话，恳求放她们走，有的是流着眼泪恳求。他跟她们开玩笑也没用，一同看管的人也阴着脸不说话，只是呵斥女孩子们，他觉得奇怪，使劲问看守的同伴，才知道前两天有个老板来挑人，因说漏嘴了，说是要她们去坐台的，她们就惊慌起来了。那个老板问哪个是处女，因为有客户要玩处女，他们现到这里找的。同伴说，老板领走的女孩，跟在这里一样是严格看管着的，都不准上街或者打电话，做熟了才让联系家里，有的还转到了马来西亚和东欧去。

他知道了这个，心里就慌了，觉得在害人。他年纪跟女孩子们的叔叔差不多大，有几个还真的喊他叔叔，他想到了甩在家里不敢联系的儿子，可能跟着他妈去了别人家。女孩子们改口叫他大哥，求着放了她们。可是来的时候老乡交代过，这工作轻省，也不费脑筋，可就是一条，不能把人丢了，丢一个人，就得拿自己来抵，女孩子不是我的，你丢了人的话，我也保不了你，只能把你补给人家。到人家那里就不好说话了。你不是女孩子，有青春美丽，人家要的可就是你别的东西了。老乡说到这里拍了拍他的腰，就在肾的那个部位，这是见面以后老乡第一次拍他，以往他们在一起这是个很平常的动作，那会他却不知为何腰眼像针扎了一下。老乡拍完又说，这是跟你开玩笑，没那么严重。

想到了这些他就不敢搭理女孩子们了，他还想，女孩子们虽然无辜，以为是招工进厂却到了这里，自己也是无辜落难，宣城卖水产的哪家不卖河豚，偏偏他的吃死了人，餐馆没把内脏剥干净，连累到他头上了。到广州又赶上传销。女孩子们遭罪，他在这里还不是遭罪，他也帮不了她们，只能怪命。这样一想，他也就心安了，还劝叫他叔叔的那个女孩子认命。

那天晚上该他轮班，他就在门口席子上睡了。睡到半夜，听见"嘭"的一声，声音特别重又特别闷，一下把他惊醒了，紧跟着是一声惨叫，女孩们一片惊叫，说

308

跳楼了跳楼了。房子在四楼，他赶快冲到一楼，看见一个人缩在水泥地上，头下面一摊血，他扶起她头的时候血糊在了手上，热乎乎黏稠稠的，她的头后脑勺凹进去了，血就是从那里不停地涌出来，脸庞还是好好的，一点血都没沾到，借着月亮他看到，这是叫他叔叔的那个小女孩。

"那个女孩的脸型特别像你。"他说，"你还没在天桥摆摊，就是从这路过的时候，我就注意到了。"

盖饭上来了。我不知道说什么好，低着头吃饭。我比较喜欢挑鸡丁里的花生米吃，是油炸过的，香。他要的是麻婆豆腐饭，也吃了几口，然后往下说。那个女孩子出事后，老板赶忙把尸体弄走，也不知怎么处理了。那天晚上动静闹大了，引起了注意，要转移到一个地方，就在转移的时候公安来了，他一看不对劲，朝着小巷子钻进去就跑了，大半个月的工资没拿到，逃票坐火车上了汉口，又来了北京。

北京有一个妻子那头的亲戚，给他借了点钱，他用这些钱批发打火机卖。后来说是奥运会要来了，不让一次带五个以上的打火机进地铁，他带了一包被安检出来，没收了。他只好改卖指甲钳。

"这一阵打击得更严了，前几天那几个安徽人，就是因为奥运会来了要弄他们回去。"

他说，那些人是一个叫"中国寻子父母联盟"的，他们的小孩子在大街上就叫人拐走了，不知道弄去干什么。他们找不到孩子，当地政府也不理，就到北京来上访，还成立了这么个联盟。他们原来都是有职业的人，有的还是干部、老板，现在却丢了职业专门做这个。他们预备在奥运会开幕式的时候到公园里去示威，说是专门要开几个这样的地方。可是离开幕还有一个月他们就被警察弄回去了。

"这一阵查暂住证，我被查了两次了，东西也不好卖，我想回安徽去看看，这几年案子应该消了。就是抓起来我也不怕，还有个吃饭的地方。我也想穿了，在外面漂这几年，受的不是罪，还不如人家劳改的。其实没啥了不起。"

他说，他本来已经走了，就是觉得我还会再来卖衣服，想见见我。他总是看见那个小姑娘的脸，听见她喊叔叔的声音。她死的时候，爸爸妈妈都不知情，这辈子可能都不知道她在哪里，是他最后送的她。他看着我不像个卖衣服的，抹不开面皮，还是好好找个地方打工，被城管抓住卖的几个钱就都亏了。

我想，他要是听说我是个大学生，会怎么说。接着想到查暂住证的事，我来北京这几年一直没办，只知道有这么个东西，这回是真要来了，查到我们的房子，会不会怀疑我们在做违法的事。这可真是个麻烦。

他喝着那瓶啤酒，我只喝了一点。他晒得黑红的脸上显出了一点光泽，我想到了爸爸每次过年从杭州回家，脸上也是黑红的，是烧锅炉烤的，在家里待上两天，脸上渐渐显出光泽，可是春节后没养好他又出去了。我又想到了那只在宣城走失的猫，我曾经想过到宣城去找它，终究没去。不知它现在活着没有，有没有人收养。忽然有一个奇怪的想法，让他到了宣城帮我找那只猫。难怪感觉要来见他的。可是想到他回去以后可能要投案，又不好说这件事了。

晚上打了一会儿天龙八部，最近一段打得少了，停在70级不动了。我约了几个人一起去打段正淳，谁知道有个人的机子死机，被段正淳打死了，我一看也扭头就跑。遇到危险，小时候是迎头就上，后来人长大了胆子却长小了，变成撒腿就跑，又没有别人跑得快。在网上有翅膀，我和别人飞得一样快，小老虎却死了。我可惜得很，不该带这只老虎出来，说是让他快点长级的。现在我只剩下一只熊了，熊的战斗力又不强。我比较郁闷，就退出游戏上了QQ。

严钊在网上给我留言，说他很难受，经常也很希望跟我在一起，可想到将来，又觉得实在鼓不起勇气。希望我过得幸福。

我看着这段话有些回不过神，娜娜进来了，说那个人又请她吃饭了，她有点想去又不想去，让我陪陪她。我不想去，她一直央求我，我说好，一块宰他一顿。虽然我有点担心那个人太猥琐，可是妈妈说过，吃饭不能讲究，就是在粪池子旁边也要能吃下去，粪是粪饭是饭，她们那时候就经常有意这样吃。娜娜问我吃什么，我说让他请吃螃蟹嘛。娜娜说她也想吃螃蟹，就是怕他请不起，要不吃重庆火锅吧。

我们在一家叫"通州第一家"的火锅店里吃，这家店的招牌很大，一直排过去，底下的店面却很小，因为它旁边的门面都没开张，它大概是跟房东商量，把招牌一直挂过去了。见到那男人的时候，虽然有心理准备，还是有些不舒服的感觉，他脸上的疙瘩实在太多了。我特意坐在他斜对面，让娜娜去对着他。谁知他把衣服放在那个位子上，正对着我坐了，菜单也是先递给我。我点了土豆片和蘑菇、豆皮，娜娜点了一盘肉和别的，又三个人要了一瓶酒，他就问起我们聊天的事情来。我一说话，他就说你聊天聊得真好。我只听过一次，没听过聊得这么好的。我担心总是对我说话，娜娜会不舒服，看她却若无其事。

他压低了声音说，你们这样聊天听的人太少了，挣不到钱。我认识做视频聊天的老乡，她们一个月赚七八千呢。

真的呀？我和娜娜都有些吃惊，问他怎么赚，他弯弯拐拐地我听不明白，忽然明白了。

我和娜娜都没说话。那个人说，那样的视频聊天也要讲素质的，不仅是外形，要有气质，你们两个气质都很好。他这样讲的时候盯着我，我知道他是对我说的。他又说他可以跟朋友介绍。看来他请娜娜吃饭是有目的的，不光是为了追她。他说有想法的话，他可以带我们去朋友那面试。回来的路上娜娜说从来没想到这个，还以为他就是想追她。她看来对这个并不生气。我想到刚才那个人说的话，他像是知道我那会儿在想自己的胸太小。他那张满是疙瘩的脸又在我眼前晃起来，倒不是特别猥琐了。

这天晚上吴总来了，通知娜娜和可心，聊天业务取消了，公司付给他们两个月的底薪，另外这房子她们还可以住一个周，叫她们赶紧找房子。娜娜好像知道会是这样，一点表示也没有，吴总当场把这个月的底薪给了她们，她和可心都出了一口气。

"总算是没有被人骗。"娜娜说，还有点占了便宜的意思，这个月她们还差十天才干满。

刚来北京那阵，娜娜遇到了一个什么总，是山西老乡，说是包养她，一月800块钱，还替她租房子。租房子的时候，本金又说叫她先垫着，他只出了一个月押金。过了半个月，他就再不来了，电话打过去说是已停机。算一算住那房子不划算，只好不要他给房东的押金了，另外找了地方，说起来他就是替她交了一个月房租。娜娜说吴总一看就是个知识分子，不会骗人，所以当初谈做业务员的时候，她虽然没做过，还是愿意到这里来。吴总还同意她们再住一个周，这也是白落得的。她拿了钱就出去逛街了。

娜娜出门以后，可心关在自己的屋里，没有聊天的时候，她总是在屋里看书。客厅里空落落的，我感到她们已经搬走了，只有我一个人在这里。她们一走我也就待不下去了。我逗了会儿咪咪，它的兴致倒还高，我却没心思陪它。吴总让我明天去公司，不知道是什么事。

一个人吃了饭，上了 MSN，覃鹤在。

他说，那天说的包养，他回去想了一下，他出不起那么多钱，只出得起八百块钱，包月行不行。

我说包月才 800 块啊。还不够我的房租。我马上就要失业了。

覃鹤说不是全部包，是每周一次就行了，每个月四次，其他时间不管。

我算了一下，一回两百块，似乎有点少，不过也不错，800 块钱差不多够我的房租了。

覃鹤说，他只出得起这个价，我们是老感情，比你找墨西哥人那些好。

我想答应了，却又忽然说，那你要给我买礼物。

覃鹤说好，我给你买礼物。

还要给我买衣服。

我给你买衣服。

我可以先付你三个月的钱。他又说。

我没想到他这样说，这条的吸引力很大。似乎没有什么可反对的理由了。不过我说还要想一想。覃鹤说好，他觉得这样对我们都不错。等我找到新的男人，想终止了就终止。

那你找到新的女人呢？

我感觉可能不会找到新的女人了。他说。经过了这么些事情。

他说。他跟她到上海以后，她也怀了孕，堕了胎。但他最终还是离开了她。她一直要他离婚，他下不了决心。他一点也没想到，跟她分手之后，他却离了婚。

跟覃鹤商量过，我又打了很久的游戏。我又抓到了一头小老虎，跟先前的老虎长得有点不一样，好像是华南虎，就是这一阵网上热炒的，覃鹤说就在他们家乡。晚上我梦见了这头小老虎，它跟小东西一样胆子小，老是伏在我的翅膀上面，躲在我的耳朵后头，我扇呀扇的飞不动，法力像是都消失了，感觉到它的哈气，跟小东西的差不多，它才被我收服，就放弃了老虎的责任，变成小东西了。我的小东西活过来了。我落到了地面上，醒了，原来不是小东西，是咪咪爬到了我的肩膀上面，贴着我的耳朵睡着了。

我想它是感觉屋子空下来了。

315

到了公司，吴总叫我去办公室说，拓展业务部门取消，我的薪水比较高，公司无力负担，只好解聘，这个月算干满了，拿整月的工资。

我还挎着达芙妮包，站在那里，呆呆的，一包眼泪却要出来了。大概早就料到了，并不是很难过，就是这种情况下总应该这样，不能无动于衷似的。吴总看着我叹了口气，说，希望我理解他，中午请我吃饭。

刘莹拿着一叠单子进来了，我转身往出走，她看着我说，"你的包破了，东西要掉出来了！"我一看果然包包线缝破了，一卷娇爽卫生巾露了出来。刘莹看着说："你这是达芙妮包吧？"就跟她当时问我："你这是波司登吧？"声音都放在"是"字上，就显出得意的口气。我把包包搂起来，转身就走。

中午吴总请我在一家茶餐厅吃饭。只有和覃鹤吃饭的时候，我来过这样又像是喝茶又像是吃饭的地方。吴总说，他不是有意要针对我，实在是公司的业务上不去，拓展业务都失败了，非核心部门只能裁员。他这个老总也不知干到何时，自中关村出来，心力交瘁，要不是还有几十号人靠公司吃饭，他不如关门了事，朋友的软件公司一直等他去干。"今天我解聘你，说不定哪一天你当了老板，我来应聘。"他笑着对我说，又嘱咐，这话一定不能对同事讲。

我又觉得眼窝潮潮的，真是奇怪。从来没把这工作当作能长远的，临到辞退还是受屈。吴总的声音很温和，有点像我的叔叔，他还把眼镜取下来擦眼镜片，就像他的眼睛也湿了似的。我又觉得他确实也不容易，也是个好人，虽说不太会用人。

我领了这个月的足月工资走出公司，也没有和同事们打招呼。他们像是在忙一些很远的事情。工资装在包包里，几千块钱，心里到底有了点底，在就近的银行里存了，又想到这可能是很长一段时间自己拿的最后这么大一笔，心里又虚了。我就在这有点失落又有点发虚的心境里坐地铁回去，到了地铁上，发虚的感觉占了上风，我缩在一个座位上，闭着眼睛，感觉在一个不知道的地方往下掉，不知道要掉多久。看见上来了两个老人，有人喊叫让座，我就假装睡着了，把眼睛闭得更紧。忽然觉得有人在瞪着我，我不敢睁开眼睛，心想一定是在怀疑我假睡不让座。过了好久我才睁开了一点眼睛，一个男生看着我，迟疑地问："你没坐过站吧？"

走过小区外面那一排桃子树，带着绒毛的桃子已经清楚现上来了。忽然想到了办公室里的情形，像是小时候贪嘴，吃了一个这样的桃子，心口一阵发苦。我把达芙妮包里的东西拿出来，装在一个塑料袋里，把这个冒牌的包包扔进了草丛里。本来想扔进垃圾箱，看了一个没忍心往进扔，又一直没看见第二个，还是扔到草丛里算了。

317

我打电话给覃鹤说了被辞退的事，覃鹤说被辞退要补偿的。

　　我问怎么补偿。本来我模模糊糊也想到了这一层，在办公室里就想说，吴总请我吃饭我又说不出来了。严钊他们游戏部的人走，吴总都没有请过吃饭。

　　覃鹤说请你吃个饭就行啊。按照劳动法要补三个月的。

　　三个月就是一万两千块钱啊。能补这么多吗？这么一问覃鹤也不确定了，他没有跑过劳动口，只是说要补的。

　　我打电话给严钊，以为他不敢接我电话，他还是接了。我问当时你们走的时候公司补偿了没有，严钊说多给了一个月的工资。我说我走吴总为什么不给，就是请我吃了顿饭。严钊过了一会儿才说，可能现在公司穷吧。当时他们也是几个人一起去闹了的。

　　我在想要不要给吴总打电话，我觉得自己没这个勇气，吴总刚请我吃了饭。可那是4000块钱啦。严钊对我说，不要多考虑老板，个人在单位面前很弱势，要求补偿是应该的。我说他不给又怎么办，严钊说他要不给你就去劳动局投诉，当时他们就是那样提出的。我们进来没有签合同，本来就是违法的，他不敢到劳动局。他说得一板一眼的，听上去少有的郑重，也许这能使他感到自己为我尽了责任。我没有告诉他送我的包已经破了，被我扔了。

这好像是我最难打的一个电话。忐忑到晚上，我终于拨了号。

我把我的要求一说，吴总的口气变得有些冷，说公司现在很窘迫，在职员工的薪水都欠了。我硬了硬心，按覃鹤给我说的，说要上劳动局投诉。吴总沉默了一会儿，说，你明天再来领一个月工资吧。不要再闹了。这一句话他口气很硬。

第二天我去公司，不能直接进门，刘莹引我进去的，领我去财务，拿了钱就走了。我觉得她对我还好，心里忽然没有疙瘩了。那件羽绒服的事，还真是对不住她，要不我和她也没有什么过不去的。谁知道谁能待长久呢。

4000块钱还是有厚厚的一叠，我又在楼下存上了。我注意地看着周围，没有人特别注意我。我把卡装在包里的小兜里，手按着包。我的命像是就在这里了。如果有人来抢，我也会跟他拼命的，就跟爸爸说的，兔子被追急了，会反身咬狗，狗还会不知所措。

娜娜回来搬东西。她说，那个脸上有痤疮的男的又跟她联系了，还问到我。

娜娜说心里怕，想约我一块去。她跟可心说了，可心不愿意陪她，还说这事不好。可心面试了一间保险公

319

司，要去做推销员。可娜娜觉得干保险太招人厌了，她还是喜欢聊天的，总有人听你讲话，不管聊的是什么，干保险的话，你还没张嘴人家就摆手叫你走。"不就是聊天，跟在这里也差不多。"

我有点想跟她去，看看到底是怎样，反正我也失业了。可是我想到那个男的脸上的痤疮，就拿不定主意。

娜娜只好走了。她说，她觉得那个人不坏，对她一直不错，她去看一下，要是好的话再给我打电话。我说好。

她一手拿了个大提包，在咪咪面前停下来，腾出一只手摸摸它，说再见了。咪咪看着她。她就出门了。

可心是早上走的，她打了个电话给我说，她发现了一个全新的行业，很值得去做，她后悔没有早些投入这个行业。她打算学好外语，以后还要多请教我，一定要保持联系。

我说好。

屋子里真的空下来了。我看着她们敞着的房门。里面什么也没有。她们的东西就这么容易地拿走了。

我还可以住到月底，到了月底也得另租房子。

平时想到工资的时候，我把包住处这个也算了进去。现在却一块儿没有了。

我不想再找房子，可是还不知道要再找多少钱的房子。我曾经冒出过一个念头，存上几年的钱，付个首付，

320

买一套小房子。替家里还钱的想法消失以后，这是第一个新出现的想法。以后跟严钊恋爱了，这个念头变成了跟严钊一起付那个房子的月供。可是我还是没有机会。

我和咪咪一起住在这间房子里。我一个人住着这么一大套房子，想怎么睡就怎么睡，这几间房子至少这会儿是属于我的。可是我一直没睡好，心思总在空了的那两间房子里，似乎那里有些什么事。小时候有一次，爸妈出门帮忙办席，弟弟撵路也跟着去，晚上我一个人在家里，睡在几大间房子里，房子还有阁楼。房子好像不是以往的房子了，藏了不知道什么东西。灶膛里都像是一定有什么东西，灶屋里本来就黑暗，灶膛里更黑暗，再说里面死过一只狗。那只狗吃了田里的老鼠药，呕血泡子，身体直抽，可能它觉得冷，就钻到灶膛里，卧在那里死了。那以后我都不敢蹲在灶门口烤火，这本来是我最喜欢的事情。黑暗就像一大块磁铁，一吸就把我完全从睡的屋子里吸过去了。

五

今天是六月一号，儿童节。覃鹤叫我今天去找他，从这个月开始。

我到覃鹤那里的时候，他还在上班，他领我吃了点东西，让我先到他住的房子里等他。

　　这是我第一次来覃鹤这里。这套单间真的不错，木地板，到处都干干净净的，我都从来没见过这样的房子。厨房里炊具都是全的，擦得锃亮，简直想不到厨房也能这么干净，有抽油烟机就是不一样，如果我在这里，一定要每天做饭炖汤，衣服上都不会沾油。但覃鹤说，他不知道能住到哪一天，这里放了很多那个副总的衣服，说不定哪天回来住，他的衣服只能放在一个小格里。

　　覃鹤还是有很多书。中间有一本《谢宣城集》，我意外地拿起来看，原来是谢朓的。书是竖行繁体的，看起来费力。

　　覃鹤拿了一本杂志给我看，上面有他前一段发表的一篇小说。他说他去年发了一篇，今年又发了这一篇。在上海他写不出来小说，到北京来感觉好些了，正打算再写一个。

　　覃鹤的电脑放在桌上，走之前他把网络拨好了，我下了一个天龙八部软件打游戏。

　　覃鹤老不回来，七点多他发短信回来说，今天加班，加班完了老总请客，他们正在吃火锅。

　　我打了两个怪物，完成了升级覃鹤还没回来，我有点困了，脖子也酸。我像是在洋桥的房子里等覃鹤回来。反正是在这过夜，心里并没有着急。我拿了靠垫在沙发

322

上躺着，看了一会儿电视，覃鹤才回来了。

覃鹤脸上有点红，他说喝了点啤酒。

他过来搂我，我觉得他嘴巴臭，他说他吃了火锅里的大蒜。

覃鹤去刷牙，刷了牙出来我们看了一会儿电视，覃鹤就叫我去洗澡。我洗完了他也去洗。

我躺在床上拿覃鹤的一本书看，书名叫《猫与鼠》，是德国一个最近获了诺贝尔文学奖的作家写的。只有覃鹤这里还有这类东西。忽然想到了咪咪，今晚它要一个人在大房子里过了。给它留的猫粮它不知会不会吃。它郁闷了是不吃东西的。

覃鹤洗了澡出来，躺到我身边。他像在梨园那样搂住我，只是我们之间没有了咪咪。他抚摸我的时候我觉得有些不自然，挡了他一下，他感到了，就来吻我。我觉得他的嘴还是臭。

你没刷牙啊。我皱着眉。

我刷了啊，认认真真地刷了。他说。

我还是觉得臭。这股臭味好像把事情变掉了，他再来摸我的时候我很难受。本来我想也没什么，就当和过去一样。我知道自己有挑剔的毛病，过一夜就能拿到钱，还是一下子给两个月。可是我还是很难受，他脱我衣服的时候我很不情愿，他差不多是强行脱的。他趴到我身上的时候我忽然无法忍受，把他推开了。

他埋怨自己说，为什么要去吃火锅，真是蠢。

躺了一会儿他又来搂我。我让他搂我，可我接受不了那股大蒜味。要是有口香糖也好，可是这时候商店关门了，他也没提这件事。他可能也对我的挑剔生气了。后来他使了力压在我身上，我就挣扎。我不知道自己为什么挣扎，我是不是讨厌他，可是那股大蒜味让事情根本不能按照事先想好的。他力气很大，有一下他差一点进去了，可是我的身体一点也不湿润，完全关闭起来了，他没有进去，自己软掉了，颓然地躺在一边。

他忽然起床出去，我听见他在卫生间细细地刷牙。回来还是躺在我身边。

我们都没有睡着，他给我讲了一些现在的情况，没有女人。他拉住我的手摸他，我感到他萎缩着。我隐约感到了有一种悲伤。上次半夜里看见他手淫的时候我就感到了。只是我又觉得，这好像无药可救。

我缩回了手。他似乎在流泪，我伸手过去摸了他的头，他安静了一点。可是我并不想去摸他的眼窝，不管那里是否湿润。如果我猜到咪咪流泪，我会去摸的，我承受得了一只猫的悲伤，可是我承担不了一个人的。我想到了在洋桥的日子。那时候覃鹤对我一直冷淡，可能是故意让我自己离开，再说他又经常采访出差。有天他出差回来，很累的样子，我们在街头公园里散步，他忽然对我好起来，抱着我走路，走了蛮远，我问他为什么忽然对我好了，他说觉得我们都不容易，在一起过也挺好的。我心里有一股暖流流过，伸手去摸他的头发，他的头发很柔软，说是头发软的男的重感情。我想到要和他一起在北京把日子过好，不要让他的头发再少了。可是他说这以后却忘了，再也没有想起来，不久又有了新欢。

想到这件事，我的心变硬了，我又拿回了自己的手，侧过身试着入睡。我后悔来了这里，已经不打算要钱了。

半夜我忽然醒来，发现覃鹤坐起来了，呆呆地望我，眼睛深洞洞的很怕人。我想问问他为什么，可是我害怕，因为害怕神情就显得冷漠，这一点他肯定也感到了。他忽然拿头向墙撞去，咚地一响，像是电视里攻城撞门。

我害怕极了，这种时候我总是不知道怎么办，还想躲开一点。覃鹤又嘭嘭地撞了两下，撞完以后两眼望着天，安静了一会儿。我不知道他是否出血了，但我不敢问，他也没有动静。过了一会儿我以为他没事了，又困得不行只想睡。这时覃鹤忽然转向我，使劲捏住我的两只胳膊，瞪着我说你为什么不答应？为什么不答应？

他圆瞪着眼睛，几乎要和我的眼睛碰上了，我的两臂又被望得很疼，他使了很大的劲，我心里害怕极了，呀地叫了出来。他又捏住我的胳臂左右一顿摇撼，说你为什么不愿意，为什么不愿意？这会儿的他不像是他，像是一个我完全不知道不认识的人，不知道他接下来会

325

怎样做，会不会杀死我，我说不出话了，只是缩着。我想到了小东西被咪咪杀死时的情景，我见到它身体的时候它就是这样缩着。我们就这么像是对峙了一会儿，覃鹤忽然放开了我，躺在了一边。我揉着我疼痛的手臂，可能被他捏出青瘀了。认识覃鹤以来，第一回看见他这样，要不是今晚上的事，我根本不会相信。

我想赶快走，可是时间太早了，是四点来钟。这一夜会这么长，真想不到。

覃鹤半坐在旁边，紧咬着牙齿，一会儿忽然会骂自己两句，又拿拳头捣自己的额头。我感到他在竭力阻止自己做什么，是不是我应该像先前伸出手去，摸摸他的头发或脸，我也许会在他脸上摸到淌下的泪水，就像一把刀用完了拿清水在洗。于是一切完全改变，只需要我轻轻伸手。可是我没有这点轻轻的力气，手臂疼得很。我只是害怕。

就这样僵着，我们谁也没睡着，窗外渐渐麻麻亮了。这间屋的窗帘也很好，有两层，里层遮得严实，外层的纱布窗帘只留一条缝，透进了晨光。我却不能在这屋里住上一段，今后再不会来这里了。我看了下表，五点了，就穿衣起床。覃鹤睁开了眼睛，看着我说，你这会儿就走？我没有答话。我怕他来阻拦我。我把你吓到了。他说。他像是仍旧僵在那里，身子没有动，看着我走出房门。他的眼神跟死过了的人一样。

我关上了这屋子的门，坐电梯下楼，出了小区。街上已经有人打扫了。我沿着昨天的来路走到了地铁，街上有点冷，进了地铁才暖和了一些。我在安检口查了包，这是迎接奥运会新设置的。X 光也许会照出里面有一个套子，这是来之前我拿上的，是严钊剩下的，我不喜欢用套子，可是我怕再怀上。安检的人面无表情。我进了检票口，下到没有厂个人的站台，裹紧衣领，等风来。

八个故事
BA GE GUSHI

图书在版编目（CIP）数据

八个故事 / 袁凌著. -- 桂林：广西师范大学
出版社，2025. 1. -- ISBN 978-7-5598-7098-8

Ⅰ. Ⅰ247.7

中国国家版本馆 CIP 数据核字第 2024VB4967 号

广西师范大学出版社出版发行

广西桂林市五里店路 9 号　　邮政编码：541004

网址：http://www.bbtpress.com

出版人：黄轩庄

全国新华书店经销

广西民族印刷包装集团有限公司印刷

南宁市高新区高新三路 1 号　邮政编码：530007

开本：787 mm × 1 092 mm　1/32

印张：10.5　　字数：170 千

2025 年 1 月第 1 版　　2025 年 1 月第 1 次印刷

印数：0 001~5 000 册　　定价：58.00 元

如发现印装质量问题，影响阅读，请与出版社发行部门联系调换。